王女殿下はお怒りのようです
7. 星に導かれし者
Royal Highness Princess
seems to be angry
author
八ツ橋 皓
illustration
凪白みと

（……こいつら、
そこまで強くはないわね）

属性を付与させた風魔術が
旋風となって敵を切り裂き、
まき散らされる黒い粒子を
上空へ搦めとる。

アルマ・リアクタから解放された魔力の結晶が、
気化するとともに周囲にキラキラとした光を振りまいていく。
ドロッセル・ノア
レティシエル・リジェネローゼ

王女殿下はお怒りのようです

7．星に導かれし者

八ツ橋　皓

OVERLAP

CHARACTER

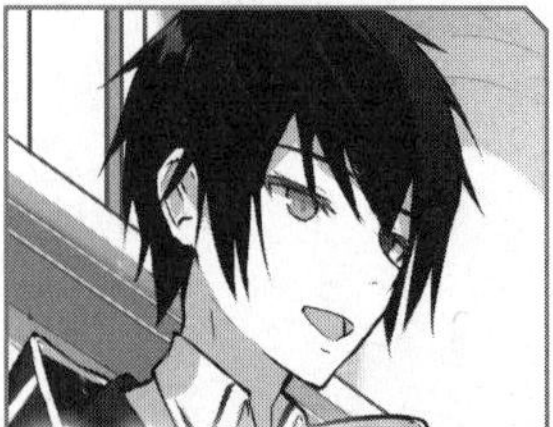

ジーク・ヴィオリス

ルクレツィア学園に通うドロッセルの友人。レティシエルの伴侶であったナオによく似ている。

ドロッセル・ノア
（レティシエル・リジェネローゼ）

千年前の王女・レティシエルが転生した少女。公爵家と袂を分かち、平民の身分となった。

ロシュフォード＝ベルアーク＝アレスター＝プラティナ

プラティナ王国の第一王子。昏睡状態から目覚めるも、記憶喪失に。

クリスタ＝アマリリス＝フィリアレギス

フィリアレギス公爵家の三女。ドロッセルの双子の妹。

ルヴィク・レイン

ドロッセルが六歳の時から彼女に仕えている専属執事。

エーデルハルト＝ノウル＝アレスター＝プラティナ

プラティナ王国の第三王子。常日頃から各地を飛び回り、王都にほぼ寄り付かない。

サリーニャ＝ミレーヌ＝フィリアレギス

公爵家が王都追放の刑に決まった後、忽然と姿を消してしまったフィリアレギス家の長女。

ニコル・ラベンデル

ドロッセルがかつて助けた侍女。今はドロッセルに仕えている。

Royal Highness Princess
seems to be angry

ヴェロニカ＝エステル＝バレンタイン
ドロッセルの友人の一人。魔力飽和症を患っており、錬金術に興味を示す。

ヒルメス＝リーフ＝グウェール
ミランダレットの婚約者。剣術が得意で、魔術と剣術の組み合わせに燃える。

ミランダレット＝ルル＝ウォルド
ドロッセルの友人の一人。ドロッセルに魔術を教わっている。

サラ
白の結社を率いる謎の存在。千年前から転生してきたレティシエルの存在を知る。

ジャクドー
白の結社の一員。サラのことを『旦那』と呼び、彼もまた何かを隠している様子。

ミルグレイン
白の結社の一員。サラに心酔しており、軽口を叩くジャクドーを警戒する。

ライオネル＝ルーク＝アレスター＝プラティナ
プラティナ王国の第二王子。笑みは絶やさないが、その考えは誰にも読めない。

ルーカス＝ド＝オラシオ
ルクレツィア学園の学園長。ドロッセルの言動によく振り回される苦労人。

ティーナ
光の精霊王であり、ディトとは双子。表情はあまり変わらないタイプ。

ディト
無の精霊王であり、ティーナと双子。好奇心旺盛で活発な性格。

Royal Highness Princess
seems to be angry

7.

星に導かれし者

CONTENTS

イラスト－凪白みと

序章　光と無の島

　この世界には精霊が暮らす里が東西南北に四つある。

　そのうちの一つ、光属性と無属性の精霊たちが暮らす里が、大陸西の海の上にポツンと浮かぶ孤島にあった。

「パパ、飽きた。遊んでいい？」

「まだ読み始めて五分も経《た》っていないだろ？　せめて三十分くらいは頑張りなさい」

「パパー！　飽きたから遊んでいい?!」

「今さっき私がティーナに言ってたこと聞いていたかい？」

　里の中心、精霊王の屋敷の書斎では双子の精霊王ティーナとディトが読書の時間を過ごしていたが、開始早々既に集中力を切らしていた。

　ソファーで昼寝を始めるティーナと、部屋中を飛び回るディトに、双子の父はやれやれとため息をこぼす。自由な我が子を持つとなかなかどうして苦労する。

（ただ、この頃結界の外にはほとんど出してやってないからな……退屈もするか）

　精霊の里には人間が外部から侵入できないよう、空間を遮断する結界が里全体を包んでいる。普段は通行止めも何もかかってはいないが、最近は都合により精霊の出入りを全て禁じている。

というのも近頃結界の状態が不安定になっているのだ。それもこの里だけではない、各地の里も全て同様の現象に見舞われていた。

結界の通行そのものに何か不具合があるわけではないが、原因解明が為《な》されていない現状、むやみに結界を使用するのも安全とは言えないため、通行止めという策が取られているのだ。

（こんなことを狙っている人間自体は見当がついているんだけどね……）

聖遺物内に隠された『古《いにしえ》の漆黒』どもの封印がこの頃解かれつつあるのも、恐らく例の魂の持ち主のしわざであろう。

午前中に開かれたばかりの長老会議でも満場一致である者の名が挙がったあたり、種族の間でも皆同じ推測をしているのだろう。

だが今の時代において、精霊側はまだその者と接触していない。こちらでも対策はいろいろと用意してきたが、現状まだ水面下でのにらみ合いが続いている。

外部にも協力者がいるし、彼らも現在各々動いてくれているが、向こうが何を仕掛けてくるかわからないうちは警戒するに越したことはない。

（……そういえばあの少女は今どうしているだろう？）

例のドロッセルという人間の少女とは、以前守護霊獣キュウを通じて対話して情報交換をしたことはあるが、あのあとすぐに結界の問題で連絡は途絶えてしまった。

彼女には実を言うと、精霊界でもある程度の期待が寄せられている。今の世では稀《まれ》な人為的な転生者だからだ。

輪廻《りんね》のサイクルで転生する人間はいれど、意図して繰り返される転生は少なく、ましてやこちらの味方をしてくれる存在は貴重である。人間界では滅んで久しい魔術の知識と特殊な魔力無しの体質も興味深い。

それに、あの娘の中にはまだほかに潜在的な能力が秘められている。本人がそれを自覚しているのかは知らないが、それは恐らく来るべき時に大いに役立つ力のはずだ。

「ドロッセルお姉ちゃん、どうしてるかな？」

「ドロッセル姉ちゃん、何してるかな？」

まるでこちらの心を読んだように、タイミング良く双子も窓の外を見ながらそんなことを呟《つぶや》いていた。

「大丈夫、きっとまた会える」

「ほんとう？」

「ほんとに?!」

「あぁ。パパの勘は当たるからな」

我が子たちのそばまで行き、ともに窓の外を眺める。金色の木々に囲まれ、日の光に照らされた里は穏やかだった。

遠くには広い琥珀色《こはくいろ》の湖に浮かぶ大樹が見える。里の頭上を覆い隠さんばかりに大きく樹冠を広げ、『世界樹』は今日も風に吹かれて光の葉を落としていた。

一章　混沌《こんとん》の戦場

イーリス帝国の皇帝が崩御。それも暗殺による死。

その情報に、プラティナ王国軍の本陣では動揺と不安の嵐が巻き起こっていた。

「なあ、これからどうなっちまうんだ?」

「わかるわけないだろ。オレに聞くなよ……」

「何でこんなタイミングで……」

亡くなった皇帝は、今回の戦争……プラティナイーリス戦争と仮称されている戦について開戦以前から反対意見を掲げ続けていたという。

この戦争は帝国内の不況と王国への不信から、過激派の総督がしびれを切らして動いたことで勃発したものだ。帝国では近年各地方を治める総督らが力を持ち、君主は半ばお飾りのようになっているとは聞いていた。

それでも皇帝が戦争に対して否定的、という事実は戦争賛成派の総督たちにとって大きな抑止力に違いなかっただろう。

その唯一の関所とも言える皇帝が亡くなったということは、これから先は戦争がますます激しくなる可能性があるということだ。

「……思っていたより情報の回りが速いですね」

自軍の兵士たちの様子を視界の片隅に捉えつつ、レティシエルはポツリと呟く。皇帝崩御の知らせが来て数日経つが、それでも未《いま》だにこの動揺っぷりである。

しかも兵士だけならまだしも、軍を率いる将軍ら上層部までがその一報に振り回され、指令体制が混乱しているというのだから笑えない。

自軍にとって極めて不利な情報に対して、ここまでわかりやすく士気が乱れるというのも、大きく凄惨な戦がなかったこのご時世の兵だからだろうか。

「一応知らせが入ったあと、殿下がすぐ緘口令《かんこうれい》を布《し》いたんだが、やっぱり隠し続けるのは無理だったか」

「ええ。あれだけ慌ただしい伝令兵が来ましたからね……」

横で携帯食料を食べながら、レティシエルの独り言にルーカスが答えた。レティシエルもその返答に頷《うなず》く。

まるで号外新聞でも持ってくるように派手に伝令が駆け込んで来れば、いくら緘口令を布いたところで効果を発揮するわけもない。

「とはいえ、いくら効果不十分でもここまで緘口令が意味を成さないケース、私初めて見ました」

「初めてを語れるほどお前は戦争を経験してないだろうが……」

真面目な顔でそう言うレティシエルに、ルーカスは呆《あき》れるような困ったような何とも言えない苦笑いを浮かべた。

確かに『ドロッセル』としてはかなり不自然な発言だったかもしれない。自分で言っておいて、レティシエルは思わず口を押さえる。

「まぁ、それだけ危機に対する免疫がないんだろうな、うちの国の軍は全体的に」

だがルーカスがそれ以上深く追及して来ることはなかった。年相応に16か17の小娘がカッコつけているだけと思っているのだろうか。

できればそう思っていてくれたほうが、こちらとしても大変都合が良いのだが……。

「百年くらい前まで遡っても、王国内や近辺で起きた戦争と言えばスフィリア戦争のみだ。そのときの教訓を踏まえて再編制された国軍がこの部隊だからな」

「実戦経験、この戦いが起きるまではほとんどない兵が多いのでしたよね？」

「ああ、まぁな」

そう考えるとよくここまで戦況をキープし続けられたな……。実戦経験がないのはお互い様だからかもしれない。

「ただ向こうの大株……ディオルグといったか？　そいつはこの前お前が討ち取ってくれたからな。戦況は悪くなるだろうが、一気に絶望的な状態までは落ち込まないだろう」

「……そういえばライオネル殿下も同じことをおっしゃっていましたね」

昨日の緊急会議でライオネルはそう言って将軍らをなだめて落ち着かせていた。

少し前にレティシエルが敵陣に乗り込んで討ち取ったディオルグという男は、帝国軍で最も戦争に積極的な立場を取っていた男だった。

彼が死んだことは帝国軍にとって大きな打撃だったようで、その死の数日後には敵兵たちの士気に乱れが確認されていた。

援軍によって勢いづいたのも最初だけで、軍全体の連携が統一できていないせいだろう。おかげで今でもまだ何とか侵攻を食い止めることができている。

「でもそれもそう長くは持ちませんよ?」

「そうだな。だからこそ今がチャンスなんだろうよ」

そう言ってルーカスは手に持っていた銃の点検を終わらせ、次の一挺を手に取る。今、レティシエルたちは兵器開発部のテントまで出向いていた。

いつ帝国軍の猛攻が開始されるかわからない中、こちらも常に万全の用意をしていなければいけない。そのため銃のメンテナンス要員として、開発に携わった自分たちが呼ばれたのだ。

ちなみにジークはテントの中で今も兵器の量産に努めている。製作法は一応確立したものの、やっぱり相応の精度の物が作れるのは未だにジーク一人だけなのだという。

「申し訳ありません、お二人ともお忙しいでしょうに」

少し申し訳なさそうに眉を下げて言ったこの初老の男性は、この兵器開発部の部長をしているドラコという人である。

以前から開発部に頻繁に出入りしていたレティシエルは、遠目で彼を見かけたことくらいなら何度かあったが、実際に会話を交わすことはこの度メンテナンス作業に携わるまでなかった。

「いえ、これも我が国の勝利に必要なことですから、言ってくれればいくらでもお手伝いします」

「ハハハ、お若いのにご立派なことをおっしゃる」

レティシエルがそう答えると、感心感心と笑ってドラコは両手を後ろで組んだ。胸あたりまで伸びている白髪交じりのひげが風に揺れている。

「最近の若い者は実に才能にあふれておりますね。私もそろそろ引退を考えるべきなんですかね」

「何を言いますか。先生は俺とそんなに離れていないではありませんか。まだまだ現役で十分やっていけますよ」

「おや、ルーカス殿は嬉《うれ》しいことを言ってくれますねぇ」

ひげを撫《な》でながらドラコは朗らかに笑った。つられるようにルーカスも一緒になって笑っている。

「しかしまた君と同じ所属になるなんてね。何年ぶりだい？」

「まぁ、あれ以来ありませんでしたからね、先生と一緒に戦う機会は」

「どうだね。君、ルクレツィアの学園長をしていると聞きましたけど、うまくいってるのかい？　人に教えるの、下手だったと記憶しているのですが」

「いやぁ、まあなんとかやってますよ」

横でただ聞いていること以外何もできないレティシエルを置いて、二人は何やら懐かしげに談笑を始めた。

レティシエルがはたから聞いていても、何の話をしているのかイマイチ理解できないのは、きっとこの二人の間には彼らにしかわからない共通の意識があるからだろう。

それでもルーカスが楽しそうにしていることは、話をしている彼の表情から容易に読み取れる。いつも学園で教師や生徒たちに接している姿や、オズワルド陛下と対面している姿しか知らないから、こういうフランクなルーカスの姿は珍しい。

「おっと、つい長話をしてしまった」

一通りお互いの近況報告に盛り上がったあと、ハッと我に返ったドラコが思い出すようにそう言った。時間を忘れてしまうほど、ルーカスとの雑談は楽しかったということなのだろうか。慌ててポケットから懐中時計を取り出して時刻を確認している。

「すまないね、作業中なのに邪魔をしてしまって」

「先生の気にすることはないですよ。あれ？　何か用事でも？」

「ええ、ライオネル殿下に量産状況を定期的に報告しないといけませんからね。新兵器たちは今の我が軍の要ですからね」

それでは、と言い残してドラコは立ち去っていった。その背中を、レティシエルは点検作業をやりつつちらりと見送る。少し、意外だ。

「……定期報告、ジークがするんじゃないんですね」

「まぁ、ジークは製造組の主力だからな。報告のためにチマチマ抜けるより、他の人間が代わりに報告したほうが効率いいんだろうよ」
「なるほど……」
「ただ最近になってその役割、引き受けるようになったらしいぞ。どういう心境の変化があったんだか」

そんな会話を交わしながら滅魔銃二号の点検作業を進めていく。チェックする部分は主に銃の中枢付近、シルバーアイアンが使われている部品が主である。

実際に兵器として加工し、戦地で活用するようになってからわかったのだが、シルバーアイアンは意外にも耐久性に欠け、頻繁にひび割れなどを起こしやすい性質だった。

普通に金属として使う分には問題はないようだが、どうも魔導術式を刻印してそれを魔法弾の砲台にすることは金属に過剰な負荷がかかるらしい。

レティシエルたちの前には携帯型の小型融解炉が置いてあり、中では先ほどから絶えずシルバーアイアンのインゴットを融解している。

この熔かしたインゴットをひび割れ箇所に注ぎ、修繕することが今回レティシエルとルーカスが頼まれた仕事である。と言ってもレティシエルの役回りは修繕が完了した銃を、魔術で冷やしてメンテナンスを早期完了させることだ。

修繕に熔かしたインゴットを使用するにあたり、冷却する作業は避けて通れない。しかし通常の方法では時間がかかって仕方ない。

　だからこそ、術者の意思一つで冷却具合などを自在に制御できるレティシエルの魔術が重宝されている、らしい。

「そういえばルーカス様」

「ん？」

「あの方、お知り合いのように見えましたが」

「あぁ、あの人とはスフィリア戦争のとき以来の戦友だ。彼はあの当時の軍事開発部の主任だった」

「へぇ、それはずいぶん昔からのお付き合いですね」

「まぁな。なんなら俺が若手軍人だった頃からだぜ。俺は軍人見習いだった頃あの人から兵器学を学んでたんだ」

　だから先ほどルーカスはドラコのことを〝先生〟と呼んでいたのか、と心の中でレティシエルは納得した。

　しかしルーカスに軍人としての知恵を教えた人間が、今になって自分と同じ戦場に立っていると思うと、なんだか不思議な感覚を覚えた。千年前の大戦時代では、これほど長く同じ人が戦場に残り続けることは稀《まれ》なことだったからかもしれない。

「……ん？」

　そのとき、パサリと布がめくれるような音が小さく聞こえた。音のするほうを振り返ると、ちょうどジークはテントから出てきたところだった。

伏し目がちにうつむいて歩いているジークは、テントの入り口から少し離れた場所にいるレティシエルたちには気づいていない様子だった。椅子代わりにしていた丸太から立ちあがり、声をかける。

「あ、ジーク、お疲れ様」

「……あ、はい。ドロッセ……あっいえ、シエル様こそお疲れ様です」

「？」

たった今気づいたように、ジークがこちらを振り返った。半テンポ反応が遅い、少し覇気のないその話し方に、普段のジークらしくない違和感を覚えた。

しかも一瞬、レティシエルの本名を言いかけていた。陣地内での身元情報特定防止のため、レティシエルが偽名を使っていることは彼も重々承知しているはずなのに……。

「お、作業はもう終わったのか？」

「学園長……いえ、今は小休憩中です」

メンテナンスの手を止めて顔を上げたルーカスの問いに、小さく笑みを作ってジークは答えた。しかしその表情は……うまく言えないが、やっぱりどこか影があるような気がしてならない。勘、とでもいうのだろうか。ルーカスは気づいていないのだろうか？

「そうか。しかしジーク、お前目の下のクマすごいぞ。ちゃんと寝てるのか？」

「仮眠はちゃんとしてますよ……本当に心配性ですね」

「当たり前だろ。これでもそれなりに長くお前のことは見てきたんだ。すぐ無茶ばっかりしやがるのはわかってるんだからな」

「ハハ……」

クドクドと説教めいたことを言うルーカスに、ジークは恥ずかしいような困ったような表情を浮かべた。

「お二人こそ、ここで何を？」

そして話題転換を図ろうとしたのか、そんなことを聞いてきた。思わず首をひねる。ここで何をって、そんなこと……。

「滅魔銃のメンテナンスだ。見ればわかるだろ？」

「ですね……聞くまでもありませんでした」

そう言ってジークはバツが悪そうに頭を掻《か》いて笑った。

どこか無理に笑っているような、そんなぎこちない笑みだ。こんな聞くまでもないことを聞くのも、普段の彼からして違和感がある。

「……あ」

そのまましばらくジークに見守られるまま作業を進めていたが、突然ルーカスが声を上げて手を止めて立ちあがった。

「……？　どうしました？」

「いや、材料が切れた。ちょっと裏行って取ってくるから作業続けててくれ」

どうやら手元にあるインゴットを使い尽くしてしまったらしい。ガシガシと頭を掻きながらルーカスは早歩きでテント裏へと消えていく。

あとにはレティシエルとジークだけがその場に取り残された。無言の空間。レティシエルも何も言わなかったし、ジークも何も話しかけては来なかった。

そっと横顔をうかがってみる。伏し目がちなのは変わっていない。ぼんやりと地面をずっと見つめている。

数日前のジークは、決してこんな落ち込んでいるような表情を見せることはなかった。やっぱりどこか様子がおかしい気がするが……一体何が原因？

「……ねえ」

「はい？」

「ジーク……何かあった？」

「……！」

恐る恐る聞いてみると、予想外といった様子でジークが目を見開いた。心配されたことに驚いているのか、そう聞かれたこと自体驚きなのか。

「い、いえ、何でもないですよ。少し、作業詰めで疲れたんです」

「そう、なんだ……」

「じゃあ、私はこれで。作業、まだかなり残っているので」

「あ……」

原因については何も話してもらえなかった。言い訳めいた言葉を置いて、ジークはまる

で逃げるようにテントの中に引っ込んでしまった。

伸ばしたけど何も摑《つか》めないまま虚空を空振った右手を下ろし、レティシエルは眉間にシワを寄せてジークが消えたテントの入り口をジッと見据える。

数日前までは普通だったと考えると、ディオルグや帝国皇帝の死による戦争の激化を憂えているのだろうか。それにしてはどこか心ここにあらずといった様子だったが……。

「……ジーク、何か悩んでることでもあるんでしょうか？」

「ん？　そうなのか？」

テント裏からインゴットの入った木箱を持って戻ってきたルーカスは、神妙な顔つきで兵器開発部の入り口を見ているレティシエルに首をかしげてみせた。

「本人は何も言いませんでしたが……なんというか、少し様子がおかしい気がしてならなくて」

「んー、まぁ言われてみりゃ、ちょっといつも以上にぼんやりしてたかもな」

ルーカスもレティシエルの視線を追ってテントの入り口に目を向け、思い返すようにあごに手を当てる。

「この頃働き詰めで疲れてるってのもあるだろう。もう少し様子を見たほうがいいんじゃないか？」

「それはまぁ、そうですね」

そう言われてしまうと、レティシエルにはこれ以上何も言えない。

ジークは悩みがあるとは一言も言わなかったし、自分でも疲れていると発言した。その言葉が嘘《うそ》ではない可能性だって確かにゼロではないのだから。

「ともかく、俺は作業に戻るぞ。昼前にはこいつ、片づけちまいたいからな」

「あ、はい」

作業に戻るルーカスに、レティシエルもまた丸太に腰かけてメンテナンスを再開する。

しかしずっと先ほどのジークの様子が気になっていた。

まるでこの場から逃げるように立ち去ったあの時のジークは、一体胸の内にどんな事情を抱え込んでいたのだろう。

（……いつか、話してくれるのかな？）

もう出てくることはない気がしていても、ジークが消えていったテントの入り口を意味もなく眺める。

ジークに何があったのか詳しく聞きたい自分と、彼の個人的な事情に土足で勝手に踏み込めない自分が、同じ心の中に同居していた。

＊＊＊

レティシエルやライオネルらが予想した通り、帝国軍の勢いは日を追うごとにじわじわと、だけど着実に増していた。

ディオルグを討ち取り、イーリスの皇帝の崩御から一週間、その日レティシエルらの姿は主戦場であるスルタ川沿岸のテントにあった。

「南第二小隊から、五時の方角にいる敵を撃破との報告！」

「緊急報告！　東の小隊から救援要請です！」

「西六番の隊はどうなっている？　連絡はどうした」

最前線から次々と飛び込んでくる敵情報を整理しながら、作戦テーブルを囲んで方々に伝令を走らせていた。

兵器性能的には同等くらいまで対抗できる手段ができたとはいえ、その兵器の数も扱い手もまだまだ不足している。兵力差はまだ根本的な解決には至っていないのだ。

「やはり私も攻撃に参加したほうが……」

「いいえ、あなたにはここにいていただきますよ、シエル殿。少なくともこの猛攻をしのぎ切るまでは」

戦場の地図から目を上げることもなく、ライオネルはそうバッサリと言い切った。その口調には有無を言わせない圧がこもっている。

「この場所は、我が軍にとって司令塔であり心臓でもあります。もしここが壊滅してしまえば、それは我が国の敗北を意味します」

「わかっています。しかしこのままでは埒《らち》が明きません」

「だからこそあなたにはこの場所を第一に守ってほしいのですよ。我々は軍の頭、兵たちはいわば手足。手足は替えが利いても、頭は一度壊れてしまえば替わりはありませんから」

「……」

そう言ってようやくライオネルは地図から顔を上げた。その顔には、まるで聞き分けが悪い子供をなだめるような困った笑みを浮かべていた。

「焦りは禁物ですよ、シエル殿」

「……ええ、そうですね」

総大将直々にそう言われては、これ以上レティシエルに何か言えることなどあるはずもない。

テーブルから離れてレティシエルはライオネルに背を向ける。前々から感じていたが、レティシエルと彼とでは戦争に対する姿勢という意味では合わない気がする。戦争に対する価値観が違いすぎるのだ。

ライオネルのように兵をただの手足と切り捨てる考えを、レティシエルはできない。そういう戦をしてきたことがなかった。

千年前では日常化する戦争に対応するため、兵士もまた貴重なリソースだった。兵を生むには民が必要であり、その民をいかに生かすかも戦における重大な課題だった。

民がむやみに死ぬようなことがあれば、現状は変わらずとも将来的に使える兵力は確実に減る。そうなってしまえば慢性的に兵力不足が続き、どこの国にも立ち向かうことができなくなってしまう。

(それともそれこそ、千年前独特の考えなのかしら?)

今は戦いなんてめったにないし、民が意味なく大量に死ぬ心配もない。兵力不足なんて気にするだけ無駄なのかもしれない。

そう考えると、大きな戦争が起こらなかったことで平和なこの世界では、戦争に従事する者への認識そのものが変化しているのだろう。なんとも複雑である。

「失礼いたします」

ちょうど会話が途絶えたタイミングで、入り口の布をまくってドラコがテントの中に入ってきた。気配がまるでなかったから驚いた。まさか外に人がいたとは。

「あぁ、ドラコ殿。お待ちしていましたよ」

「いやはや、お話し中だったようでなかなか入るタイミングが摑めず……」

「それは失礼しました。一声かけてくだされればよかったのに」

戦地に出向いているからか、今日のドラコは鎧姿《よろい》だった。ライオネルと一緒に軽く笑い声をあげ、そのまま話へと流れ込んでく。

「ドラコ様が前線にいるなんて珍しいですね。開発部長なのに……」

「本当はジークが来ようとしてたらしいぜ。それを説得して思いとどまらせて、代役を先生が買って出たんだ」

そう言ってルーカスは困ったように肩をすくめてみせる。

「なるほど……」

実にジークらしい。確かに研究熱心なジークのことだ、寝不足でも体調不良でも、構わず押して現場に出てこようとするのは想像に難しくない。

しかし今回に限ってはドラコが代わりに来てくれてよかったと思う。今のジークは多分疲労以外のものも精神の内に抱えている。そんな注意力の散漫した状態で戦場に来ることは危険だ。

「それについては報告書を提出してくださいと、以前言ったはずですが」

「申し訳ございません……後日必ず」

チラリとライオネルのほうに目を向けると、彼はまだドラコを相手に話し込んでいた。何やら深刻そうな雰囲気だ。

それが終わるのを待つついでに、レティシエルはいったんテントの外に出た。日没が近づきつつあった。

前線に迅速な対応を指示する目的で設置されるこの臨時本陣は、戦場がよく見える丘の上に張られている。坂の上のほうが襲撃されたときにも有利に立ち回れるし、敵の動きも上からよく見える。

自身に遠視魔術をかけ、レティシエルはまばらに生えている木々の隙間から戦場の様子をうかがう。

スルタ川を挟んで王国軍と帝国軍はぶつかっていた。帝国軍の川渡りの際の移動速度の低下を狙って、こちらの岸から王国軍が弓と銃で集中狙撃をすることで何とか前線を食い止められているが、夜になるまで決着がつきそうにもない。

このままでは戦況を維持することはできても、打破することはできない。ライオネルは日没までこのまま粘り切るつもりのようだが……。

（……そこで右翼軍が左に陣を敷けば……あぁ、そこでどうして正面突破しようとするかな？　敵の右脇の隙を突けばいいのに……）

レティシエルからすると、プラティナ王国軍の戦い方はところどころ無駄が目立つ。もし自分が司令官だったらこうするのに……という時に限ってわざわざ遠回りしようとする。

（見ていることしかできないなんて、もどかしいわね……）

なんならライオネルの命令はある程度無視して、今すぐ戦場に飛んで行ってもいいが、実を言うと以前一回やったことがある。そのせいでライオネルからは既に警告されてしまっているので、うかつに動き回ることはできないのだ。

勝手な行動をしたことについてはこちらも一応反省する気はあるが、それでも自分にとって最善の結果となるよう動くことが、今の王国軍には必要なのではないのか。

それをライオネルにも言いたいところだが、頑固なのか自分の望む筋書きがあるのか、あの王子はなかなか自分の策を覆そうとしない。どうしたものか。

「では、失礼いたします」

背後から声が聞こえ、振り向けばちょうどドラコがテントから出てきたところだった。

「……おや、こんにちは」

「こんにちは。お話、終わったんですか？」

「ええ、滅魔銃の運用状況についての情報は一通り共有していただきました。君は……確かシエル殿といったかね」

「はい。こうしてちゃんとお話しするのは初めてですが」

「そうでしょうね。君のことは一方的に知っていたのですがね」

言っては何だが、ドラコは正直のところそこまで目立つ人物ではなかった。

兵器開発部の部長という肩書きは持っているが、実際に部を率いているのは若手新鋭のジークや他の研究員で、テント内で彼を見かけることも少ない。

だからレティシエルも彼の顔は知っていても、詳しい経歴情報などは把握していなかったわけだが、この頃彼がよくいろいろなところに駆り出されるようになっていた。ちょっと不思議だ。

開発部の実質的リーダーの立場のジークが最近多忙を極めているから、その業務を補佐するためなのだろうか。

「では、私はこれで」

「どちらに？」

「戻るのですよ。私の研究室に少々用がありましてね」

そう言ってドラコは早足でその場から立ち去っていった。普段王国軍が駐留する本陣に帰るらしい。よほど急ぎの用があるのだろうか。

戦況も確認したことだし、いつまでも外でボーッとしているわけにもいかない。レティシエルは再びテントへと戻る。

「あぁ、おかえりなさい、シエル殿」

テント内に戻ると、足音で判断したのかライオネルは地図から顔も上げずに言った。そのすぐ横ではルーカスが地図を覗《のぞ》き込むように立っている。

「戦況、どうでしたか？」

「膠着《こうちゃく》していますね。こちらは何とかしのいでいる様子でしたが、敵も勢いに衰えは見えません」

「押されて後退しているわけではないなら今は持ちこたえられるでしょう。日没まではあと一時間ほどですので、それまでは耐えていただきませんと」

夜になって暗闇が押し寄せて来れば、敵は闇に目を取られて進軍することが厳しくなる。いわばこれは持久戦なのだ。

「ただこのまま何日もこの状態を保ってられるわけじゃない。早いところ何か策を打たないと……」

「ええ、わかっていますよ、ルーカス殿。私も敵がまだ本格的に動き出していない今のうちに、どうにかして帝国軍の勢力を殺《そ》いでおきたいですしね」

眉間にシワを寄せて地図とにらめっこしているルーカスの言葉に、ライオネルは大きく頷《うなず》いた。

方々に指示を飛ばし、臨時本陣周囲の警備をしているうちに一時間はあっという間に過ぎていき、西の地平線に太陽が吸い込まれていくと同時に辺りが一気に暗くなる。

遠視魔術で戦場を見てみても、帝国軍の動きが鈍くなっているのが見て取れた。具体的には兵たちが川渡りをやろうとしなくなった。当然だろう。この暗い中で川を渡るなんて危険すぎる。

「殿下、敵兵の撤収を確認しました」

「ありがとうございます。ではこちらも引き上げましょうか」

ライオネルは帝国軍が戦闘続行不可と判断して撤収していくまで兵たちにその場でにらみを利かせ、安全と退路が確保されると同時に軍を引き上げさせる。

撤退していく軍のしんがり役をレティシエルは務めた。多くの負傷兵を先に行かせ、敵の追撃がないかを念入りに警戒する。

彼らの多くが後方に大きく遅れているのは、怪我《けが》のせいで満足に移動することができないからだろう。その数はとても両手では数えきれない。十人分の両手を使って指折り数えても足りないかもしれない。

どうにかして敵軍の攻撃はしのぎ切ったが、決して手放しに喜べるような状況に自軍は至ってはいなかった。

「……三日後の未明頃に、敵陣に奇襲をかけようと思っています」

何とかして日没まで粘って帝国軍を退かせ、その夜のうちに開かれた緊急作戦会議でライオネルがそう提案してきた。

千年前は魔術が隆盛を極めていたこともあり、夜だろうと嵐だろうと魔術である程度環境の不利を補完できていた。夜であれば光球で闇を照らし、嵐であれば頭上に魔術で雨よけの幕を張る。

そういう意味では魔法技術が衰退している現在のほうが、戦における緊張度は低めだろう。夜になれば暗闇が戦闘を阻んでくれるし、悪天候では互いに身動きできない。

「それはまた……どういう思惑で？」

柱に寄りかかって腕を組み、ライオネルの話を聞いていたルーカスが、ほう？　と興味深そうにライオネルに質問を投げる。

「殿下もご存じかと思いますが、安易な奇襲は警戒されやすく、対策もしやすい。戦争が膠着すればするほど、敵も奇襲に対する警戒を強めているはず……」

ルーカスの言葉に、数人の幹部が賛同するように小さく頷いている。

「そんな状態に、なぜ突破口としてわざわざ奇襲作戦を選ばれるのですか？　そうおっしゃられるには、何か勝機につながるまっとうな理由がおありなのでしょうね」

それがルーカスの言い分だった。どうやら今の世では、奇襲は戦争においてかなり一般的で代わり映えの無い作戦の一つらしい。

「……奇襲作戦が一番普遍的な戦術であることは、もちろんよく理解しているつもりです。

その上で、私はそれを提案したい」

テーブルについていた手を下ろし、ルーカスや他の幹部たちをまっすぐ見つめながらライオネルはよどみなく答える。恐らく口から出まかせを言ったわけではないのだろう。

「普遍的だからこそ、盲点であると思うからです」

「と言うと？」

「ここ数日間、私は戦の合間に諜報員《ちょうほういん》に敵陣調査を命じていましたが、帝国軍は少し離れた後方に物資の支援基地を置くことで背後への警戒をある程度緩和させている傾向がありました。だからこの場合、この敵陣の後方が奇襲の鍵になってくると考えています」

「それ自体が無謀な策だとは思わないのですか？」

「確かに帝国軍本陣の背後を突くことは難しいことでしょう。しかし帝国軍には自陣営の後ろに味方がいるという油断は少なからずあるのではないでしょうか。うまく懐に潜り込めれば、後ろから敵勢を崩すことができます」

少し難しい話だが、ライオネルが言いたいことは何となくわかった。

同じく奇襲であっても、作戦の段取りなどによっていくつかパターンがある。一つは左右からの攻撃。これが最も一般的な奇襲で、同時に警戒されやすい方式でもある。

そしてもう一つは背後からの強襲。戦の際に本陣を置くとき、基本的には自国の領土を背にして陣を張る。背後を取られることへの防止と、重点的な防衛が必要な方角を一つでも減らすためだ。

千年前であればどちらも研究し尽くされた策だが、戦術を駆使しなければならない頻繁な戦がない今の世では隙になり得るかもしれない。

「もちろん予測に反して帝国軍が背後も厳重に固めている可能性もないわけではない。不確かな可能性に皆を巻き込むことにはなってしまいますが、それでも我が軍の勝利のためにこの策に賭けたいのです」

そう言いつつライオネルは悪びれていない様子だった。やれやれと首を振ったルーカスは、ライオネルに視線を戻して一つ頷いた。

「どうやって裏をかくのか、自信があるのですか？」

「ええ、無論」

「……わかりました。では作戦計画をお聞かせ願えますか」

「ありがとうございます、ルーカス殿」

首を縦に振ったルーカスに、ライオネルは満足したようなホッとしたような、そんな表情を浮かべて笑った。

ライオネルの口から語られた奇襲作戦の計画は満場一致で採択され、ただちに軍全体に密命が下された。

だが一言に奇襲と言っても、先の戦いで決して小さくない打撃をくらったばかりの王国軍には、一つのミスが命取りになるかもしれない。

そのため準備は入念に行われることになった。各種武器防具のメンテナンスは万全にし、兵糧の在庫を十分確保し、奇襲の段取りや計画も練りに練り込んで整え、そうして方々での用意は順調に整い、いよいよ作戦前日の夜を迎えた。しかし……。

「で、殿下！　大変です！」

まだ空も白んでいない真夜中に、奇襲隊の一角を指揮しているはずの将軍が一人、血相を変えてライオネルのところへ駆け込んできた。

「そんなに慌ててどうしました？」

「そ、それが……帝国軍が……すぐそこまで……！」

「え？」

目を剝《む》いたのはライオネルだけではない。出陣のため彼のもとに集合していたレティシエルも同じだった。

将軍の横を一瞬ですり抜け、レティシエルはテントを飛び出す。途端に全身に押し寄せてきたのは、燃える炎の色と金属同士がぶつかり合う音、焦げた臭いと悲鳴。

「……どうして、帝国軍がここに？」

背中を嫌な汗が静かに伝う。目の前で燃え盛る炎に、前世の戦場で見てきた様々な情景が重なって見え、一瞬足がすくんで動けなくなる。

……。それを振り切るように、レティシエルは自分の頰を両手で思いっきり叩《たた》いた。よし、目が覚めた。

冷静になってみれば、違和感にも気づけるようになった。敵の襲撃のタイミングが良すぎる。これではこちらの奇襲を止めるためにさし向けられたものとしか考えられない。

だがそうなるとおかしなことが起きる。そもそもこの作戦はライオネルの厳重な緘口令《かんこうれい》のもと秘《ひそ》かに伝えられた。

それがそうたやすく他国の密偵の耳に入るとは思えない。にもかかわらず帝国軍はこちらの作戦を把握し、まるで誰かが敵にこちらの情報を横流ししたように絶妙なタイミングでこうして軍を派遣してきている。

「シエル殿！」

そう叫んで走り寄ってきたのはライオネルだった。既に剣を片手に構えて戦闘態勢に入っている。

「状況は？」

「御覧の通り芳しくはありません」

「ですね。とにかく奇襲作戦は中止し、今は防衛に徹しましょう」

本陣はまるで火事に呑《の》まれたような状況だった。いつの間に火が付けられたのか、テントなどを燃やし尽くす炎は風にあおられ次々と近くの可燃物に引火していく。

焼け焦げた臭いと灼熱《しゃくねつ》の空気を乗せた風が頬をチリチリと焼いて通り過ぎていく。今宵《こよい》はそれなりに風が出ていることも災いしていた。

「……敵の狙いは、恐らく私と兵器開発部でしょう」

あちこちで火の手が上がっているその様子に、ライオネルはポツリと小さく、しかし確信をもってそうこぼした。

兵器開発部は、現状帝国軍に対抗しうる手段を生産している唯一の場所だ。ここを壊滅させてしまえば、王国は帝国に反抗する手段を失うと、襲撃者は考えていることだろう。

実際、本陣に突入してきた敵兵の一部が、他のテントを軒並みスルーしてまっすぐ陣の奥に向かうのが遠目に見えた。あの進行方向には開発部のテントが置かれている。狙っているとしか思えない。

様子を見に行きたいのはやまやまなのだが、こっちはライオネルを守らなければいけない。そもそも行く手を阻む敵も多く、目的の場所まで移動するのも一苦労だ。

「殿下、今から移動します。ついてこられますか？」

「ええ、もちろん」

頷いてライオネルは腰に下げた鞘《さや》から剣を抜き放つ。レティシエルも近くに置いてあった剣を手に取り、レティシエルが先行する形で二人は燃え盛る陣地の中を走り出す。

「……おい！　ライオネルがいたぞ！」

「その首もらった！」

十字路に出れば、すぐに敵に姿を見とがめられた。案の定この第二王子殿下が目的らしい。

もちろん首をもらわれるわけにはいかないので、レティシエルは持っていた剣に風魔術をまとわせ、弧を描くように真横に一気に振り抜いた。

「ぐあああ！」

低い位置で剣を払ったので、剣は敵兵二名の足を大きくえぐり取り、あまりの痛みに耐えきれなくなった彼らは顔から地面に頽《くずお》れた。

「シエル殿、どこに向かうおつもりで？」

「兵器開発部です。そういえば作戦のために用意した兵器たちはどこに？」

「昨夜のうちに森に運び込んでいましたよ。まさか、こんな風に役に立つとはね……」

身軽に移動できるようにするため、奇襲で使う武器の一部は昨晩ひっそりと陣地から運び出されていた。

ただの奇襲作戦の一工程にすぎなかったが、この一工程のおかげで王国軍の保有する貴重な戦力を、みすみす敵に壊されずに済んだわけだ。

「こ、この卑怯《ひきょうもの》者どもが！」

「ハッ！　なんとでも言いやがれ！」

「ではそこをどいてください、卑怯者さん」

「なっ……グハッ！」

斬りかかる帝国兵と鍔迫《つばぜ》り合いをしていた王国兵を、通りすがりついでに助けながら、レティシエルはライオネルと一緒に兵器開発部を目指す。

「おい、いたぞ……ぐあ！」

「魔道士シエルだ！　気を付け……ぐふ」

　道中で遭遇した敵兵は、全て敵戦力を殺《そ》ぐため魔術あるいは剣で動きを封じていった。命まで奪わなかったのは、あとで捕虜にした時に何か敵軍について情報が聞き出せるかも、と思ったからである。

「おい、しっかりしろジーク！　ここで倒れてる場合じゃないぞ」

「わ、わかっています！」

　いくつかの角を左、右と曲がり、兵器開発部のテントのある区画まで出た。

　真っ先に耳に飛び込んできたのは、こんな状況でも重く響くルーカスの太い声だった。開発部の前でルーカスが剣と拳を駆使して敵と渡り合っていた。その背後にはジークの姿も見え、こちらは魔法と魔術を使い分けながら援護をしている様子だ。

「死ねぇ！」

「邪魔をするな！」

　一気に十数人もの敵兵が、一斉にルーカスに襲い掛かる。

　その程度の人数でルーカス自身はビクともしないが、多人数を相手にすることで一瞬だけ横をすり抜ける隙が生まれてしまう。

「!?」

　そのわずかな隙を突いた敵兵の一人が、今度はジークに剣を突き立てようとまっすぐ距離を縮めている。

それを確認した次の瞬間、レティシエルは既に上空に飛び上がっていた。身体強化魔術を使って跳躍したのだ。

走って二十歩の距離も、飛べば一瞬である。ジークに切りかかろうとしていた敵兵は、垂直落下してきたレティシエルの剣に胸を貫かれて即死した。

「ジーク！　ルーカス様！　二人とも無事？」

「……っ！　シエル様！」

上空から突然飛んできたレティシエルの登場に、ジークは一瞬本気で驚いたようだ。目が限界まで見開かれ、現れたのが知人と理解すると途端にホッとしていた。

「ええ、なんとか。ただ敵も続々集まってきているようですし、いつまでここを守り切れるのかは……」

ぐるりと周囲を見回しながらジークが言った。

先ほどの兵らはレティシエルが撃退したが、もう新しい兵がこちらを取り囲もうと動いていた。

確かにこのままここにいては埒《らち》が明かないだろうし、不利になる一方だろう。向こうの包囲網が完成する前に、どうにかしてここから離脱したい。

「殿下、私から提案があります」

「なんですか？」

「敵を二分させるというのはどうでしょう」

ルーカスを指差し、自分を指差し、レティシエルは言った。

「殿下は先ほどご自分でおっしゃりましたよね、自分が狙われていると」

「ええ、言いましたね。……あぁ、なるほど、陽動作戦ですか」

「理解が早くて大変助かります」

レティシエルが提案した作戦はこうだ。

まずはライオネルと兵器開発部……正確にはそのエースであるジークを一緒に陣地の外へ逃がす。

そうすると敵はターゲット抹殺のためにこちらに兵力を割くだろう。ここまで来ている敵兵の総数は同じなのだから、必然的に敵は兵力を二分させることになる。

二分すると当然両方とも戦力がいくらか低下する。その状態であれば、我が軍にも防衛成功の希望が見出《みいだ》せるはずだ。

「だが、そもそもその『外に逃がす』こと自体難しいだろ」

「そうかもしれません。ただ、私には転移があります。それを使えば、この敵勢の中を身一つ武器一つで突破する必要はなくなります」

転移魔術は、レティシエルが一度でも行ったことがある場所であれば行使が可能だ。他者もレティシエルに触れていれば一緒に連れていける。

千年前であれば手垢《てあか》が付いたような脱出法で、基本的には対策されていたものだが、魔術に関する知識も防衛も浅い今の世の戦では活用できるはずだ。

「陣地のすぐ外に転移し、一度敵にこちらの姿を発見させて陣地から引き離します。もちろんうまくいくとは限りませんが、少しでも可能性があるなら動くべきです」

「確かにそれはそうだが……」

「どうか心配しないでください。たった二人を守って移動するだけなら、私一人でどうとでもできますし」

「それは……でも、危険すぎます！」

そう叫んだのはジークだった。それまでずっと黙っていた彼は、弾《はじ》かれたように顔を上げては首を横に振る。

その様子をレティシエルはジッと見つめる。ジークの言い分も理解できる。だが危険なのは承知の上である。こうでもしなければ、この絶望的な状況を切り抜けることはできない。

「ジーク、大丈夫よ」

「シエル様……」

自身の左腕を摑《つか》んでいるジークの右手にそっと手を重ねた。自分の手越しにジークの手の震えが伝わってくる。不安なのだろう。当たり前だ。不安じゃないはずがない。

「何も心配しないで……なんて根拠のない慰めをかけるつもりはないけど、どうか私を信じて。きっとあなたを守ってみせる」

こんなことを言ったところで、この作戦が一《いち》か八《ばち》かの賭けでどうなるかわからないことは変わらない。

　それでもこの気持ちがジークに届いていてほしい。少しでもその心を落ち着かせてあげられるのなら、それで今は構わない。

「だからジーク、あなたも私に背中を預けて？　私もあなたを信じるから」

「……私に任せて、とかそういうことは言わないんですね」

「ええ。だって言っても気休めにしかならないでしょう？　実際に生き抜けなければ意味ないもの」

「本当に、あなたというお人は……」

　ジークはそう言って小さく苦笑いを浮かべた。握り返してきたその手はもう震えてはいなかった。

　嫌みでないのはもちろんわかっているが、なぜ苦笑いされるのか。レティシエルとしては自分の考えを言っただけなのに。

「おい、それだったら俺も一緒に――……」

「いいえ、ルーカス様はここに残って兵たちを指揮してください。護衛は私一人のほうが何かと都合が良いでしょう」

「しかし……大丈夫なのか？」

「こちら側の戦力が少なければ少ないほど、相手の油断も誘いやすいはずです」

　護衛をワラワラ連れていては、自分はここにいて今から逃げるぞ、と宣言しているようなものだ。あくまで、兵を置いて逃げているように見えることが重要なのだ。

　それにこれまでの戦いで、帝国側もレティシエルの厄介さについては重々承知しているはずだ。レティシエルがいるというだけで、もしかしたら必要以上に多くの兵力を割いてくれるかもしれない。

「誰かに任せられる簡単な任ではないことは自覚しています。だから私が行くのです」

「……わかった、ならお前に任せる。死ぬんじゃないぞ」

「そんな予定はありませんよ」

　どうしても心配がぬぐえない様子のルーカスを、安心させるためにもレティシエルは清々《すがすが》しく微笑《ほほえ》んで見せる。

「では陣地のほうはよろしくお願いします」

「あぁ。殿下たちを頼む」

「はい」

　ルーカスに本陣の防衛を任せ、レティシエルはライオネルとジークの手を掴むと転移で陣地の入り口まで飛ぶ。

　敵の多くは奥まで突入していたようだが、外周でも背後を守るためにいくらか兵士が待機していた。

「……ん？　お、おい、あれ……！」

　そのうちの一人がレティシエルたちの姿を視認した。それを確認し、レティシエルは二人を連れて山のほうへ逃げる。

もちろんこれは、逃げ出しているように見せるための演出だ。そのまま本陣からほど近い山に分け入る。うっそうとした木々が辺りを包む。

（……後方に足音を多数確認）

本陣を抜け出し、山に入って十五分ほどだった。どうやらレティシエルの予測は間違っていなかったらしい。

探索魔術を発動させた状態のレティシエルには、木々に紛れるようにこちらの後を追いかけてくる複数の気配が認識できていた。

気配のみで、見た目は索敵できないが、足音を殺して近づいてきているあたり、味方ではない。帝国軍と見て間違いない。

数はおよそ二百。数え切れていないだけでまだいるかもしれない。襲撃軍全体の兵数がわからないので何とも言えないが、半分程度は引き付けられているといい。

（襲ってくる気配はなし、と……）

今のところ、追っ手はまだ様子見を決め込む様子である。さっさと襲ってくるかと思ったが意外だ。

敵の考えはレティシエルにはわからないが、恐らくもっと逃げにくい奥地に追い込み、背後を完全に断ってから安全に仕留めるつもりなのだろう。

何せこちらは王国軍の総大将と武器開発の要人と、自分らの大将を討った魔道士の三人組なのだ。レティシエルの能力は敵も既に十二分に理解しているはずだし、それだけ慎重になっていてもおかしくはない。

少しずつ進行方向を変えながらレティシエルは森の中を進む。不自然に思われない程度に山林の奥まで向かい、やがて開けた場所に出た。

その空間の中央に巨木が倒れているあたり、恐らく元々ここにあった木が倒れたことで空間ができたのだろう。

「……ここまで来れば、大丈夫でしょうか」

周囲に響くように、わざと大きめに声を出す。チラとライオネルたちに目配せをすると、向こうもすぐレティシエルの意図を察した。

「そうですね、陣地からかなり離れましたし、さすがにもう安全でしょう」

「誰にも後をつけられていないようです。うまく抜け出せましたね」

レティシエルの言葉にライオネルが頷《うなず》き、ジークは周囲を見回しながらホッとしたような口調で呟《つぶや》く。

「殿下、このあとはどうしましょう？」

「しばらくここで待機しましょう。あとから隊が合流する予定なので、むやみに移動するのも良くないですから」

もちろんそんな隊は存在しない。あくまで相手の油断を誘うための嘘《うそ》だ。

「わかりました。ではここで待ちましょうか」

つけてきている気配に気を払いつつ、レティシエルらはこの広場でそのときが来るのを待つことにした。

ジークとライオネルもそれぞれ倒木のそばにポジションを取り、何を話すわけでもなく息を潜める。わざわざ倒木近くを選んだのは、外からの攻撃を防ぐ役割を木に期待したからだろう。

（……徐々に気配が散っていってるわね）

レティシエルたちがこの空間に入ってからしばらく、森の中に潜む敵兵の気配に動きがあった。

一か所に固まっていた気配が、少しずつではあるが、まるでこの空間を包むように拡散している。どうやらこちらの逃げ道をふさぐためにここを包囲するつもりらしい。

「……四方、囲まれました」

敵に聞かれないよう、極力声のトーンを落とし、レティシエルはライオネルにささやきかける。

「やはりそう来ますよね……勝機はいかほどで？」

「はっきりとしたことは何も。ただ全力を尽くすのみです」

「つれないですね」

「確証の無いことは保証できかねますので」

声を潜めつつ引き続き敵の様子を探る。まだ動く気配はない。こちらが安心しきった瞬間を狙っているのかもしれない。

五分……十分……さらに数分後、ついにそのときがきた。

森の中から軽鎧《ライトアーマー》を着けた帝国兵たちが一斉に姿を現した。全員が既に剣や銃を構えており、静かな殺気がこちらに向けられる。

「……一国軍の総大将が、まさか一人のこのこ逃げるとはな」

隊を率いるリーダーと思《おぼ》しき男が、レティシエルたちを一瞥《いちべつ》しては軽蔑するように鼻で笑った。

「……」

「だが逃げても無駄だ。お前らの命は、今ここで断ち切ってやる。観念しろ！」

「かかれ！」

その号令一つで、敵兵は武器を構えて一斉にこちらに襲い掛かってきた。同時にレティシエルは自分たちの足元に魔法陣を展開する。

レティシエルたちを中心に半径二、三メートルほどのドームが構築される。淡い黄色に色づいた半透明の結界で、それ越しに剣を弾かれ驚く敵兵らの表情が見えた。

「お二人とも、ここからは出ないでください。結界が二人を守ってくれるはずです」

「シエル殿、あなたは？」

「打って出ます」

安全地帯にこもって遠隔で攻撃を加えることもできるが、それでは時間がかかる。普通に戦いに出たほうが早く決着できるだろう。

結界を維持したままレティシエルはその領域の外へと出る。先ほどまで驚いていた帝国兵たちは、出てきたレティシエルを腹立たしそうに睨《にら》みつけた。

「魔道士シエル、貴様……謀ったな」

「謀ったなんて、人聞きが悪いですね。勝手に追ってきたのはそちらでしょう？」

囮《おとり》作戦であることに気付きもせずノコノコついてきたのは向こうだ。今も気づいている様子はないが、こちらに対して怒るとはお門違いもいいところである。

「お二人の首、取りたいのでしょう？　でしたら私をまず倒すことをお勧めするわ。私が死ねば、あの結界もおのずと霧散するもの」

「……ほう、よほど死にたいらしいな」

戦闘で相手に隙を作らせたいとき、言葉で挑発して感情的にさせることも一つの方法だ。現にレティシエルの挑発に敵は乗ってきた。あえて挑発に乗っているのか、それとも自分たちのほうに分があると踏んでいるのか。

「ならまずお前から葬ってやる！」

そう言うと敵兵の一人は剣を構えて突進を仕掛けてきた。

剣を持っていないほうの手に装備している盾を利用して攻撃するつもりらしい。当然それは横へ飛んで回避する。それと同時に雷魔術を男の両腕に撃ち込む。

「うぐっ」

両腕を駆け巡った痺《しび》れと痛みに男が剣と盾を取り落とす。それを拾い上げ、レティシエルは亜空間魔術を発動する。

魔導兵器のように使用者の認定が必要なものでもないし、未《いま》だ武器防具全般の技術が帝国に追いついていない王国軍に再利用してもらおう。

「この……！」

その作業をしている最中にも、すぐさま次の兵がこちらに攻撃を仕掛けてくる。

素早い動きで繰り出される突きを、レティシエルは身体強化魔術を駆使しつつ一つ一つ確実に避けていく。

攻撃がなかなか当たらないことに焦ったのか、一撃だけ敵は苛立《いらだ》たし気に大きく剣を横に払った。そこに隙が生まれ、それを逃すレティシエルではない。

「ぐぉ……」

払った瞬間無防備になった男の腹に、渾身《こんしん》の一撃を叩《たた》き込む。魔術で強化された拳は体に大きくめり込み、男は口から泡を吹いて頽《くずお》れる。

勢いに乗ったまま、レティシエルは深く地面を蹴って敵の間を縦横無尽に駆ける。

そしてある兵には首の後ろから一撃を見舞い、ある兵には背後から足を払って転倒させ、直後に背中を強打して気絶させる。

このさほど広くもない空間の中では、殲滅《せんめつ》力が高い魔術の行使は難しい。だから魔術と体術を織り交ぜながら戦う方法を、レティシエルは選んだのだ。

「ひるむな！　総力で押しきれ！」

帝国兵の士気はまだそれなりに高いようだった。どうやら数に物を言わせて戦うつもりらしい。

「……ならこちらも数で対抗しましょうか」

上段から振り下ろされた剣戟《けんげき》を避け、レティシエルは魔導術式を発動させる。

青色の光を放つ小さな魔法陣が、まるでレティシエルを守るように周囲に百以上展開される。

そこから姿を現したのは、氷で構築された無数の矢だった。

攻撃を警戒して構えた帝国兵たちだが、レティシエルはそれらの矢を彼らの回りへと散らした。

氷の矢たちはレティシエルの意のまま宙を躍り、それを叩き落そうと剣を振り回す帝国兵を翻弄する。

矢を操りながらレティシエルも攻撃の手に出る。氷の矢に気を取られていた男たちは、懐まで一気に飛び込んできたレティシエルに対応できるはずもなかった。

体術によって男たちの体勢は突き動かされ、その隙を突いて宙を漂っていた氷の矢が一斉に彼らに牙をむく。

「がはぁ！」

「ぐわぁぁ！」

矢は全て男たちの肩……剣を持っている側を貫いていた。これで彼らが再び武器を手にして満足に戦える可能性はなくなったといえよう。

とはいえ全員死んではいない。急所は外したし、魔術の威力も調整している。

多勢に無勢のとき、敵を殺すことは必ずしも最良の手とは言えない。千年前の経験談だが、仲間を殺された敵は怒りでより団結を高めてしまうパターンが多い。

それでも敵は減らせば減らすほどいいが、まだ攻撃に総力を切る時ではないだろう。

「調子に、乗るな……！」

隊のリーダーと思しき男がこちらに向けて銃を構えている。

一瞬どうするか思案したが、周囲にまだ敵兵がいるのでここは結界魔術でしのぐことにした。

銃身より撃ち出された弾丸が着弾する寸前に、レティシエルの全身を淡い光が覆う。見えない壁にぶつかった弾丸は、乾いた金属音と爆破音を残してつぶれた。

「……ちっ」

リーダーの男は忌ま忌ましそうに舌打ちしたが、すぐさま次の弾丸を装塡している。

（……さすがに数が多いわね）

レティシエル自身はまだまだ限界には程遠いが、一人で二百人の敵の相手をするとなるとやはり多少骨は折れる。

結界魔術を二つ同時、さらに亜空間魔術も併用しながら戦っているこの状況では、魔術を発動する上でかかる精神的な負担はかなり重い。

せめてあと少し、敵を半数以下まで無力化するまでは今のままうまく回していきたいところだが……。

「……？」

そのとき、暖かい何かが体内に流れ込んできた。なんだと視線を下ろすと、レティシエルの体が一瞬だけ淡く光り、またすぐ元に戻った。

（今のは……）

なんだか体が軽いような気がして、魔術を撃つために魔素を取り込む工程もかなり負担が軽くなっていた。

この力には覚えがある。無属性魔術である支援魔術だ。名の通り兵の魔術行使を支援するための術で、千年前では治癒術師と並んで後方支援に欠かせないものであった。

レティシエル以外にそれを使える者はこの場に一人しかいない。結界のほうを振り返ってみると、予想通りジークの右手に魔導術式の陣が展開されていた。

その横ではライオネルもまた結界《安全地帯》の中から結界に近づこうとする帝国兵に、魔法を放って牽制《けんせい》している。

（……ありがとう、ジーク）

あとで面と向かって礼を言わなければと思いつつ、レティシエルは再び剣を片手に敵兵の軍団に切り込んでいく。

援護をしてくれている仲間たちのためにも、ここは早急に決着をつけたい。

「く、来るな！」

「この化け物……！」

「……お褒めいただき光栄ね」

悲鳴を上げる帝国兵たちにそう皮肉を返す。もう化け物呼ばわりされることにも慣れてしまった。

この場から逃れようとするあまり、こちらに背を見せて一部の敵兵が逃走しようとするが、それをレティシエルが看過するわけもない。

「ほ、本隊に伝令を――……」

「行かせるわけがないでしょう？」

「ぐわっ！」

石のように押し固められた土の礫《つぶて》が、男たちの無防備な背中に一斉に打ち付けられる。誰一人本隊に戻らせるわけにはいかない。

背中から血を流しながら男たちは絶命する。礫がその身を貫通したのだ。防具を着込んでいても、高速で飛来する礫の威力を防ぐことはできないだろう。

味方が一気に大勢死んだ状況を目の当たりにした帝国兵たちの動揺は凄《すさ》まじかった。

ただでさえ崩れていた隊形はもはや原形をとどめておらず、中には恐怖のあまり武器を投げ出してしまう者さえいた。

その姿を冷静に見定め、レティシエルは次の術式を展開する。大地が揺れ、無数のひびが走り、そこから数多《あまた》の石の槍《やり》が飛び出す。

「うわぁあ！」

「や、やめてくれ！」

その槍たちは逃げ惑う帝国兵たちの足を正確に捉え、一人また一人と突き刺していく。足を貫かれ、胴体を貫かれ、敵はもう逃げることもかなわない。彼らは次々と地面に倒れ伏し、石の槍が猛威を振るうたびに、立っている敵が一人ずつ減っていった。

やがて周囲から動いている敵の気配が消え、この場にいた敵兵は全員地面に伏せた。痛みでうめいている者もいれば、気を失っている者もいる。

「殿下、ジーク、終わりましたよ」

「お疲れ様でした、シエル殿」

ドーム状の結界を解除すると、中にいたライオネルはそう言ってレティシエルをねぎらった。

手元にちょうどいい具合の縄がないので、大地に魔術で干渉して無数の蔓《つる》を生み出し、それで男たちを縛る。このあと捕虜として連れて帰ろう。

どこからかガサガサと荒々しい足音が勢いよくこちらに近づいてくる。足音の主はルーカスだった。

「敵は!?」

「全滅を確認しました。ひとまずは大丈夫そうです」

「そうか……」

陣営のほうから走ってきたルーカスが、到着するなりそう聞いてきたのでレティシエルも手短に答えてあげた。

その答えにルーカスは盛大に息を漏らした。本陣の防衛を任せた彼がここに来ているということは、向こうも襲撃をしのぎ切れたのだろう。

「……ん？　そいつぁ……」

レティシエルたちが縄をかけて引き連れてきた敵兵たちを見つけ、ルーカスが小さく眉を上げた。

「あぁ、この人たちですか？　敵軍の内部情報について何か知らないかと、襲撃してきた兵たちを何人か捕虜にしました」

「ほう、なるほど。そいつはいい、よくやった」

「陣地内にも、捕虜にすることを目的に殺さずに動きだけ封じた兵がいるので、その者たちも後で捕らえるつもりです」

と言っても下級兵ばかりなので知ってる情報なんてたかが知れてるかもしれないが、と付け足してレティシエルは苦笑いする。塵《ちり》も積もればなんとやらである。

「ルーカス殿、来ておられましたか」

「ご無事で何よりです、殿下。お怪我《けが》などは？」

「ありませんよ。優秀な護衛のおかげで」

そう言ってライオネルはこちらに目を向けてニッコリと微笑《ほほえ》んだ。とりあえず会釈を返しておいた。

ふと人ごみから離れた場所に、ジークが一人ポツンと立っていることに気づいた。気になって、レティシエルは近くまで行ってみることにした。

「あ……シエル様」

足音に反応して顔を上げたジークは、レティシエルを見ると微笑んだ。

「そんなところでどうしたの？」

「ハハ……いえ、大丈夫です。すみません」

質問するとなぜか乾いた笑い声と謝罪の言葉が返ってきた。彼が謝らなければいけない事態は何もなかったはずだが。

「……？　どうしてジークが謝るの？」

「いえ……守られてばかりで、結局何のお役にも立てなかったので」

「あら、そんなことを気にしていたの？」

恐らくジークは、先ほどの戦いでレティシエルに戦闘を任せっきりにしていたことを気にしているのだろう。気にしていることに驚いていた。

「役に立たなかったなんて、そんなことはないわ。だってジークは良く戦ってくれたもの。助かったのはむしろ私よ」

首を横に振ってレティシエルは言う。ジークが自分のことを過小評価する必要はどこにもない。

先の戦闘で、レティシエルは確かに主戦力として戦ったが、後方で支援魔法・魔術を使ってくれていたジークの支えあっての勝利だ。

「ジークたちのサポートがあったから、私はあの多勢に無勢の状況で安定して戦えた。だから感謝してるわ。あなたがいてくれてよかった」

「……！」

そう言うと、なぜかジークは目を見開いて沈黙してしまった。首をかしげたのはレティシエルである。本心を話しただけなのだけど……。

「……？　どうかした？　急に黙り込んでしまって」

「……思うんですけど、シエル様って時々かなりずるいことをおっしゃいますよね」

「そう？」

「そうですよ。でも……ありがとうございます。嬉《うれ》しいです」

そう言ってジークは笑った。つられてレティシエルも頬を緩める。

「ひとまず戻りましょう。ここにいてはまたいつ狙われるかわからない」

「そうですね、一刻も早く態勢を立て直さなくてはなりませんし」

陣地に戻るとライオネルはすぐに将軍や兵たちに囲まれた。自分たちの総大将の無事がわかったのが何よりホッとしたのだろう。

捕らえた捕虜たちはライオネルの指示によって速やかに牢《ろう》に移され、これから尋問を待つという。

なお、レティシエルは味方兵に囲まれる前に目立たないようさっさと逃げた。戦場に来てからそれなりに日は経《た》つが、人ごみが苦手なのは相変わらずである。

敵襲直後のせいで本陣にはまともなテントはほぼ残っておらず、今もかすかに火の燃えカスがあちこちで火花を放っているが、これ以上燃え広がる可能性はなさそうだ。

「まずはテントを修復しなくちゃね……」

でなければ負傷兵らを休ませてあげられる場所もない。レティシエルは陣地内を移動しながら、手当たり次第に壊れたテントに修復魔術をかけていく。

修復魔術は対象となる物体を修復するに足りる素材を消費して、一瞬で対象を無傷の状態に直す術式である。テントたちはどれもあちこち焼けて無くなり、一つ一つのテントを完全に修復できずとも、三つの焼けたテントから二つの完全なテントはできる。

焼けたテントたちが光をまとい、それが溶け合うように隣のテントと融合し、光が消えた頃には新しいテントとして生まれ変わっていく。

「……相変わらず自分の目で見ても信じられない光景ですね」

黙々とひたすらテントを修復し続けるレティシエルの隣で、その奇跡に感心するように少し呆《ほう》けた顔でジークは呟《つぶや》いた。先ほど人ごみから逃げたとき、彼も一緒について来てくれていたのだ。

「別に奇跡でも何でもないわ。素材があるから術式でそれを組み立ててるだけ」

「理論はわかっているのですが、実際に見て感じることはまた別です」

「……そういうものかしらね」

　手を止めることなく、小さく肩をすくめてレティシエルは言う。彼の言うその理屈はわからなくもない。

　魔術をレティシエルから学んでいるジークですらそう思うのだから、予備知識がない人間からしたら神の奇跡にしか見えないことは、以前旧公爵領の反乱の際の領民の反応で目にしている。

（……どうだろう？　この辺りのテントは一通り修復し終えたけど）

　一通り直し終わった後、レティシエルは自分が歩いてきた通りを振り返る。

　効率よく陣地内を回れるよう、ここまで歩くのにいろいろな裏道を通っていたので、目立ったテントは全て修復できたはず。通りの左右には、またたくさんのテントが立ち並ぶ景色が戻ってきた。

　ふとジークがジッとこっちを見つめていることに気づいた。何を言うでもなく、ただじっと、無言で。

「……？　どうかした？」

「え？　あ、いえ、なんでもありません」

　そう言ってジークは愛想笑いを浮かべる。まただ。少し前に、これと似た表情を見た。

あのメンテナンス作業のときだ。あのときジークが浮かべていた含みのある笑みと、目の前の表情が重なった。

「……ねえ、ジーク。この前のことだけど――……」

「おぉーい！　ジーク！」

どういうことか確かめたいと口にしようとしたタイミングで、遠くでジークを呼ぶ声が聞こえてきた。なんと間の悪い。

「……ん？　おぉ、シエルじゃないか。いつの間にか姿が見えないと思ったら、ここにいたのか」

声の主はルーカスだった。ジークに向かって手を振り、遅れてその後ろにいるレティシエルに気づく。

「人ごみに囲まれる前に逃げさせていただきました」

「お前、そういうの苦手そうだもんな……お？　おぉ!?　いつの間に!?」

何気なく周囲を見渡したルーカスが、二度見する勢いで目を剝《む》いた。その視線は修復されたテントたちに釘付《くぎづ》けだ。顔には『信じられない』と書いてあるような気さえした。

「お、おい、ドロッセル、これお前が？」

「落ち着いてください、ルーカス様。呼称が元に戻ってます」

「あ、すまん。あまりにもびっくりしちまって……」

「……ジークと同じことをおっしゃいますね」

ゴホンと咳払《せきばら》いをしてルーカスはその場を誤魔化す。呼称を呼び間違えるほど動揺するなんて……テントを修復することがそんなに物珍しいのか。

「ところで、ジークに何か用があって来たのではないのですか？」

「……おお、そうだ、そうだった。開発部の復興を見てやってくれないか？　俺だけだと細かいことはよくわからないんだ」

「あぁ、そんなことでしたか。わかりました、すぐ行きます。シエル様、また明日」

「え、ええ、また……」

風のようにやってきて、ルーカスはジークを連れてまた風のように去っていった。残されたレティシエルは困ったように頭を掻《か》く。また聞きそびれてしまった。

さて、一人になってしまったが特に何か指示されているわけではないから、今は復興作業に徹しようとレティシエルはあちこちで修復魔術を行使しながら陣地内を移動して回る。

「……おや、シエル殿。もう復興の手伝いをしてくれているのですか？」

その道中でライオネルとバッタリ会った。彼はちょうど負傷兵の見舞いを終え、これから捕虜の尋問に向かう途中だったという。

「シエル殿も来られますか？」

「いえ、私は遠慮しておきます。本陣の修復、まだ中途半端ですし」

「そうですか。わかりました、では終わり次第呼びますので、そのときはテントまで来てくださいね」

再度ライオネルと別れ、レティシエルは引き継ぎ作業に戻りながら呼び出しがかかるのを待つことにした。

数時間後、負傷兵が寝かされているテントで治療の手伝いをしていたレティシエルのもとに、ライオネルからの使いがやって来た。

「シエルです、失礼いたします」

使いから伝令を受け取り、レティシエルはライオネルのテントまでやってきた。元あった総大将用のテントは燃えたので、今あるのは先ほど修復したばかりの臨時テントである。

「とにかく、この件については異論は認めません。いいですか?」

「わかりました。殿下の仰せのままに……」

中ではドラコがライオネルと話していた。この頃この二人が会話している場面をよく見かける気がする。

「では肝に銘じておいてくださいね」

「ええ、もちろんです」

「わかっていただけたのなら何よりです」

そのやりとりを最後に二人の会話は終了し、ドラコはライオネルに一礼して入り口のほうに戻ってくる。

すれ違ったとき、ドラコが穏やかな表情で小さく会釈してきた。レティシエルも軽く会釈を返し、その背中を見送った。

「お話し中、失礼しました」

「いいえ、気にしないでください。ちょうどキリの良いところでしたし」

「何のお話を？　やっぱり滅魔銃についてですか？」

「そんなところです」

今回の敵襲では、軍そのものが大きな打撃を受けたのはもちろんのこと、兵器の製造面でも少なくない損失を受けている。

何しろ機材など諸々《もろもろ》とともにテントが燃えてしまっているし、研究員はあらかた生き延びているが怪我《けが》をしている者も多く、開発の第一線に人が復帰するにはまだまだ時間がかかりそうなのだ。

ドラコとはそのことについて話し合っていたのだろうか。それにしてはずいぶん含みがありそうな会話だったが……。

「そういえば、こちらの情報が漏れていた件については……？」

ふと思い出してレティシエルはライオネルに質問を投げてみたが、対するライオネルの反応はあまり芳しいものではなかった。

「それについては残念ながらまだ進展がなく……」

「そうですか……」

「ただ我が軍の中に裏切り者がいるのは確かですからね。焦らずともじきシッポを摑《つか》めるでしょう」

「……？」

小さくそう言って薄く微笑《ほほえ》んだライオネルに、レティシエルは若干の違和感を覚えた。裏切り者がいると判明した割に、彼の表情には焦りらしい焦りが見えない。今の笑みも、無理している笑顔には見えなかった。

（普通はもっと慌てるはずなのに……）

だけどライオネルのそれは落ち着きすぎている。それが不自然だった。

裏切り者の存在の危険性を、一国の王子ともあろう者が理解していないはずはない。全てわかった上で、ライオネルは焦る必要はないと判断しているのか。

そう考えたところでふと思った。もしかしてライオネルは、誰が裏切り者なのか既に目星をつけているのではないか、と……。

「……それより殿下、私を呼んだということは例の捕虜の尋問は終わったのですか？」

しかしそれを彼に面と向かって尋ねるのははばかられ、代わりにレティシエルは別の話題を振った。

「あぁ、そうそう、そのことでシエル殿と話すことがあるのでした」

先ほどまで浮かべていた笑みを引っ込め、真剣な表情に戻ったライオネルがレティシエルをまっすぐ見据えてきた。

「シエル殿、帝国側に縁者はいますか？」

「縁者？　いませんけど」

「本当にいませんか？　ご自分が把握していないだけで、相手があなたを知っている可能性は？」

「はぁ……」

　否定したのだがそれでもしつこく食い下がってくるライオネルに、レティシエルは不思議に思って首をかしげる。

「それはないと思います。私の家に帝国出身の者はいませんでしたし、家族もみんな生粋の王国人でした」

　ずいぶん久々にフィリアレギス家の面々を思い浮かべてみる。

　関わるのが面倒でほぼ他人のように過ごしたあの家ではあるが、家系図を調べたことはあるからこれは言い切れる。

　先祖代々王国民のみで構成されていたから、国の外に縁者がいること自体あり得ないし、屋敷の使用人も外国出身者がいるとは聞いたことがない。

「そうですか……」

「あの、殿下？　急にどうしました？」

　それを聞いて、またもライオネルは考え込んでしまった。思い切ってレティシエルは事情を聞いてみることにした。

「……実は、気になることをあの捕虜が言っていましてね」

「気になること？」

「ええ。あの捕虜、あなたの名前を知っていたのです」

そう言ってライオネルは眉間にシワを寄せた。敵兵が、レティシエルの名前を知っていた……？

「シエルという偽名は別に隠しているものではありませんが……」

「そうではなく、『ドロッセル』という、あなたの本名のほうを口にしていました」

「……！」

全身に衝撃が走り抜けた。『魔道士シエル』がドロッセルであることは、王国軍でもトップレベルの秘密とされている。

王国軍の中でもそれを知っている者はほぼいない。むしろ正体隠蔽のためにあえて偽名まで使っているのに、その隠しているはずの本名が流出しているのか。

「……なぜ？」

「わかりません。とにかく、どうやら帝国側は一部『女魔道士シエル』と『ドロッセル』が同一人物であることを既に知っているようです」

しかもライオネルのこの言い分だと、敵軍の中ではそこそこ広まっている情報と思われる。ますますわけがわからない。どこから情報が流れたのか。

ここに来て以降にも何度か元からの知人たちが名前を呼び間違えたことはあったが、それは片手で数えられる程度だ。そのわずかな回数が仇《あだ》となったのだろうか。

「こちらの内部情報が帝国に漏れているのでしょうか」

「そう考えるのが自然でしょう。スパイを放たれていたのか、それとも我が軍の中の裏切り者が教えたのか……」

兵力自体は帝国軍に及ばないものの、王国軍は本陣の警護だけは丁寧に行ってきた。スパイに入られる可能性は恐らく低い。

となるとやはり情報を漏らした者がいるのだろう。レティシエルと同じく内通者がいることは、既にライオネルの中でも決定事項のようだった。

「私の名前がどこから広まったのか、敵兵は何か言っていましたか？」

「いえ、さすがに情報の出どころまでは知らない様子でしたよ。だからこそ原因が特定できなくて困ってしまうのですが」

肩を小さくすくめてライオネルは苦笑いを浮かべた。しかし何か思い出したのか、直後にハッと目を瞬かせる。

「ただ関係があるのかはわかりませんけど」

「？」

「例の捕虜がこの情報を聞いたのが、帝国軍のかつての第一行軍支援者の警護をしていた兵からだったらしい」

「……第一、行軍支援者？」

「あなたが以前討ち取った、ディオルグという男のことですよ」

なんでもあのディオルグという男、戦争に自ら参入する前は帝国軍に物資や兵を積極的に提供し、この開戦のためにずいぶんと多くの支援を惜しまなかったという。

「……どうしてディオルグの護衛が、そんな情報を知っているのでしょうか」

「それはまだわからない。ただ護衛の兵が知っていたということは、ディオルグかその周辺関係者から流れてきた可能性もあるでしょう」

「……」

「現在その線で密偵に捜査をさせていますが、ディオルグ本人はともかく、周辺関係者まで含めるとなると名も無き一般人も含まれてきますからね」

「それはなかなか骨が折れる作業になりそうですね」

相槌《あいづち》を打ちながら、レティシエルは以前ディオルグと対峙《たいじ》したときのことを思い返してみる。

あのとき、ディオルグにはレティシエルの正体に気づいている様子はなかった。彼があの謎のキューブを使って最後の捨て身の攻撃を仕掛けようとしたときも、あの男はレティシエルのことを『魔道士シエル』と呼んでいた。

もちろんその反応が芝居だという可能性も捨てきれないが、それでもこの情報を漏らしたのは恐らくディオルグではない。

となるとディオルグの回りにいる人間に、レティシエルの正体を知る者がいるということになるが……ダメだ、全く見当もつかない。

（……あの白いキューブも、なんだったのかしら）

ディオルグとの決戦のとき、最終手段として彼が繰り出してきたあの白い立方体。姿を見せたのはほんの一瞬ですぐ燃えてしまったから、それがどういう物体なのかはわからずじまいだった。

呪術の源となる呪石と違ってあの戦いで初めて見た。あれも帝国の兵器なのか。それにしては他の兵たちが携帯している様子はないが、上級兵や幹部たちにのみ支給されているのだろうか。

それともここでもサラの影響が入っている可能性は……。この頃不可思議なことが起こると何でも白の結社を連想してしまう。

「しかしそれ以外にも妙なことをあの捕虜は言っていましてね」

レティシエルが心の内であれこれと考えている間に、ライオネルの話は大分先まで進んでしまっていたらしい。

「なんでも、現在帝国軍の中では『とっておきの作戦』とやらが着々と準備されているというのです」

「とっておきの作戦?」

「詳しい作戦内容はどうしても聞き出せませんでしたが、今に見てろよ、と言い捨てていたのでよほど自信のある作戦なのでしょう。まぁ、あの捕虜は下級兵だったので単純に知らなかっただけかもしれませんが」

それはなかなか気になる情報である。

皇帝崩御に伴って動きは大分鈍くなったと思っていたが、動きが鈍った割に水面下でそんな作戦が立てられていたとは。

味方軍が成長しているのと同じく、敵もただ、その様子を手をこまねいて見ているだけではないようだ。

「その作戦、きっと阻止しないとまずいですよね」

ボソリと言う。下級兵にまで作戦自体の情報が出回っているということは、この作戦は帝国軍内では既にある程度進行している可能性が高い。

「ええ、どんな作戦なのかは知りませんが、我が軍がこれ以上不利になる可能性が少しでもある以上、それを見逃すことなどできません」

一つ頷《うなず》いて、こちらと目を合わせるとライオネルはとてもにこやかに微笑んだ。なんだろう、少し嫌な予感がするような……。

「それでシエル殿」

「はい」

「シエル殿には帝国の陣地に潜入して、その作戦について調査してきてほしいのです」

「はい？」

案の定ライオネルから告げられた言葉に、レティシエルは思わずポカンと呆《ほう》けた返事をしてしまった。

「私に……潜入捜査を？」

「そうです。何か不都合でも？」

「不都合といいますか、私は諜報《ちょうほう》は専門ではないのですが」

「もちろん存じています。ただ今回は条件が条件なだけに、女性であるあなたが一番適任だと思うのですよ」

「条件？」

「まぁ、行っていただければすぐわかりますよ」

「はぁ……」

ニコニコと笑みを浮かべるライオネルの顔からは、拒否権がない雰囲気がにじみ出ていた。レティシエルはただ生返事をすることしかできない。

かくして断ることもできず、レティシエルの敵地潜入ミッションをあっさりと受理してしまったのだった。

二章　帝国本陣潜入捜査

スルタ川を挟んで王国軍と向かい合わせに、帝国軍は大きく陣地を構えていた。

王国よりも格段に多くの兵力を抱え、資源を有している帝国軍の本陣はそれに比例して広く、多くの人間が慌ただしく出入りする。

しかしこの日は、少し様子が違っていた。本陣の北門、スルタ川の反対側に向かって開いている陣地の正門に、粗末な服を着た大勢の人がゾロゾロと列を作っていた。

「おい、一列で並べー！」

「そこの二人、列から外れるな！」

整列係の兵士の声が群衆のざわめきの中に呑《の》まれていく。きっと最後尾に並んでいる人までは届いていまい。

その長い列に交じって、レティシエルはうつむきがちに静かに並んでいた。普段戦地で着ているローブではなく、周りの人々と同じ色合いの質素な格好をしている。

「こんないい仕事が舞い込んでくるなんてねぇ」

「そうそう。ちょうどうちの旦那、この前解雇されちゃって食うに困ってたとこなのよ」

「あら、あたしの家とおんなじね」

前に並んでいる、レティシエルと同じく頭巾に普段着姿の女性たちの噂話《うわさばなし》に耳をそばだててみる。

なぜレティシエルがこんな場所に庶民に交じって並んでいるのかというと、帝国本陣への潜入捜査を行うためである。

ライオネルから命令を受けたとは言え、今回は敵側が画策しているという奇襲計画の詳細情報の入手とその阻止が目的。前回のように正面から堂々と敵陣に殴り込むわけにもいかない。

だから今回は変装をして敵の本拠に潜り込む作戦となったのだ。

もちろん、諜報員らではなくレティシエルのところに回ってきたのには理由がある。現在、帝国軍ではなぜか大量の下働きを募集していた。

仕事内容としては、開示されている情報によれば洗濯や荷物運び、掃除などの項目が挙げられ、男女ごとに別々の仕事を割り当てる予定であるという。

同じ下働きであれば、男よりも女が潜入したほうが警戒される確率は低いだろう、というのがライオネルの予想だった。実際のところ、来てみれば確かに応募に来た人の男女比は半々くらいで、レティシエルくらいの若い女性の姿も決して珍しくない。

帝国では確か男性が仕事、女性が家庭、といった価値観が一般的だったが、それも近年徐々に変わり始めているらしい。各地を統治する総督たちの権力増大に伴い、国内の治安も生活水準も不安定になってきているのでそれが影響しているのかもしれない。

それに、このたびの帝国軍陣地内での雑用係は、設定されている給金がそこそこ高い。

だからその給金につられてこれだけ人が集まっているのだろう。

「おい、後ろがつかえてるんだ。さっさとしろ！」

整列を呼びかける声が大きくなってきたことで、列が徐々に受付所に近づいているのがわかった。レティシエルはフードの裾を引っ張ってグッと目深にかぶる。

もう目視できる距離に受付所が見えていた。といっても粗末な木の長机を置いただけの何もない場所だが。前の人が一人一人と受付所を通りすぎ、やがてレティシエルの番が回ってくる。

「はい、次」

受付所で名簿を記入していた兵士が顔を上げた。

「名前は？」

「ルイです」

「歳《とし》は？」

「17です」

「連絡が取れる親族は？」

「いません……」

という『設定』である。あまりにあっさりしすぎると怪しまれるかもしれないと思い、最後は目を伏せて悲しそうにしておいた。

実在する人間っぽく演出するには、さすがに最低限このくらいの偽情報は用意しておくべきだろうと、ここに来るまでの間に考えておいた。

年齢以外は全て適当だが、辻褄《つじつま》だけはきちんと合わせてある。この手の偽情報は手間をかけすぎても、かえって自分で作ったその設定に囚《とら》われてボロが出やすい、というのがレティシエルの経験談だ。

「わかった。登録完了までしばし待て」

必要なことを聞き終えたのか、こちらには見向きもせず後ろにいる兵と手続きの準備に取り掛かった。今のところ怪しまれている様子はない。

今回の潜入任務に当たって、レティシエルは髪を黒く染めていた。あの銀髪ではさすがに目立ちすぎると、ライオネルが用意してくれた髪染めである。

一発で正体が特定されそうな特徴的すぎるオッドアイについても、両目に迷彩魔術をかけて色を誤魔化している。目に当たる外からの光の角度と反射を調整し、はたから見たらどちらも同じ色に見えるようにする魔術だ。

ちなみに色は紫色でそろえた。赤い目と青い目で、混ぜたら紫になるからという、割としょうもない理由だったりする。

「登録が完了した。雇用期間中はこの腕輪を常時装備していること。それ以外の注意事項は特になし」

しばらくするとさっきの兵士が戻ってきた。その手には鈍色《にびいろ》に光る太いバングルのような腕輪が握られていた。

　さほど丁寧に磨かれてはないようで、腕輪の表面はデコボコしている。そして皮膚と接触する輪の内側にはくすんだオレンジ色の丸い石が嵌《は》まっている。この形と色には見覚えがあった。

「それだけで、いいですか？　その……仕事内容とかは」

「お前が気にすることは何もない。指示が出るまであてがわれたテントで大人しくしていろ。１１７番のテントだ」

　質問は許可されていないらしい。この腕輪が渡されるあたり、魔導兵器が仕事に関わってくるのだろうか。腕輪を受け取り、レティシエルは受付所の前を通ってイーリス帝国軍本陣内に足を踏み入れる。

　中はさすがと言うべきなのか、王国軍の本陣の二、三倍近くは広い陣地には碁盤目状にテントが整然と並び、その間を縫うような形で通路が自然とできている。

　敷地が広いせいか馬車が通っていくのも見えた。恐らくこの本陣を端から端まで移動するとなると、徒歩より馬を利用したほうが早いのだろう。

（……とりあえずまず１１７番のテントを探さないと）

　ただこれだけ大量のテントがあると、目当てのテントを探すのだけでも一苦労だ。

　先ほどの兵のあの適当な口調から推測するに、恐らくそんなに入り口から離れた場所ではないのではないか。地図もないのでしらみつぶしに歩きまわる。

　二十分くらい歩いただろうか。陣地の隅の隅の一角に、ようやく目的のテントを見つけることができた。

　そこは小さなテントが蜂の巣みたいに密集している場所だった。今回雑用を雇うに当たって急遽《きゆうきよ》作られた場所なのだろう。テント一つのサイズは、人ひとり寝られるくらいの大きさしかない。

　黄ばんで少しよれているテントの布には、黒いペンキか何かで大きく『117』と殴り書きされていた。入り口の布をめくって中に入る。

　蜂の巣テントなだけあって天井の高さも低い。屈《かが》んでいる状態でギリギリ頭がぶつからない程度。これは本当に寝る以外何もできない住居らしい。

（でも……これは迂闊《うかつ》に動けないかもしれないわね）

　仕事の中身が未《いま》だ謎のままなので、いつ呼び出しが来てもおかしくない。そうなると気軽にテントから出歩くのは危険だろう。

　地面に申し訳程度に敷かれている毛布の上に座り、レティシエルはぼんやりとテントの天井を見上げる。

　帝国側が提示してきている情報は、今のところ大量の下働きを募集しているというだけ。だが受付の兵の反応を見る限り、その仕事とやらも全く概要が見えない。

　そもそもこれだけ大量に人を雇わなければいけない『下働き』なんて存在するのだろうか。この区画にあるテントの数は相当なものだし、一体帝国軍はこの雇われた人間たちに何をさせるつもりなのだろう。

（それにこの腕輪……）

受付で渡された、見覚えがありまくる鈍色の腕輪。今は右手につけているので、右手を上げるとチャラリと小さく音を立てる。

輪の内側にオレンジ色の宝石が埋め込まれたこれは、確か帝国が使っている魔導兵器と同じような見た目をしている。あの武器も、本体と使用者が身に着ける腕輪がリンクすることで起動し、威力を発揮する。

これが配られたということは、魔導兵器絡みの実験でもするつもりなのだろうか。それにしては何の干渉もしてくる様子はないが……。

（……今日はもう遅いし、情報収集は明日にしようかな）

灯《あか》りがないテント内からは、布越しでも外の光の色がよく見える。布はうっすらと暗いオレンジ色に染まっている。日暮れはもう近い。

日が完全に沈んだあと配給担当の兵が一度来たが、それ以外この区画に出入りする兵はいない様子だった。

ちなみに夕飯は古くなってパサついたパンが三つと、水のように薄い缶スープ一個。何とも微妙なラインナップである。

つい先ほど明日からの調査開始を決めたのだが、もう既に覆したくなってきた。

時計がないので詳しい時間はわからないが、恐らく時刻は既に真夜中に突入。真っ暗闇の中レティシエルは眼《め》が冴《さ》えて寝れないでいた。

布一枚隔てた外からはいびきやら何やらが聞こえている。まぁ、この狭いエリアにこれだけ雑多に人が詰め込まれているのだから、うるさいのも仕方ない。

(……暗視と遠視の組み合わせで偵察くらいならできるかしら?)

一応迷彩魔術の応用で自分の姿を消すことはできるが、潜入初日でまだ敵陣の状況もわからないうちから乱用するのは控えるべきだろう。

入り口の垂れ布を少しだけ持ち上げ、辺りに人気がないことを確認する。そして静かにテントを抜け出すと背後にある木の上に登る。

レティシエルたちのテントはこの木を中心に密集して設置されている。頂点付近の枝まで登り、そこから遠くに広がる帝国本陣を覗《のぞ》き見る。

深夜になっても本陣では至る所に明かりが灯《とも》されていた。王国軍のかがり火とは違ってもっと明るい灯のようだ。街灯に近い造形だろうか。まるで昼間のようである。

出歩いている者こそ夜間警備担当の兵たちのみだが、この明るさも相まって寝静まっている気配を感じさせない。

(あの灯も帝国の技術のうちなのかしら?)

そんなことを思いつつ引き続き帝国軍の様子を探っていく。

ここからだと死角になってしまう場所も多いが、帝国本陣は全体的にかなり綺麗《きれい》に区画整理されている様子だった。

確認できる限りではテントの形は複数あるようで、同じ形状のテントは基本的に一か所に固まっている。恐らく形状ごとに利用目的も分けられているのではないだろうか。明日そのあたりも調べておこう。

「……？」

ぐるりと軽く陣営の様子を観察したが、ふと本陣のさらに奥にぼんやりと光る場所があることに気づいた。

もしかすると本陣の明かりが霞《かす》んでそう見えているだけなのかもしれないが、それでも妙にその一点に目を引かれた。

なんと形容すべきなのだろう。ただの無機的な光ではなく、あの場所を見つめているとまるで何かに飲み込まれるような、そんな足元が抜けるような感覚が……自分でも何を言っているのやら。

今夜はここまでにしておこう。あまり長くテントを空けるわけにもいかないので、音をたてないよう木から降りてテントの近くまで戻った。

「こんばんは、お嬢ちゃん」

「!?」

すぐ横から声が聞こえ、レティシエルはギョッとして振り向いた。

明かりに満ちた本陣とは対照的に薄暗いテント群の中、闇に浮かび上がるように一人の老人がこちらに目を向けていた。どうやら先ほどの声は彼のものらしい。

素早く距離を取り、レティシエルは声をかけてきた者を見る。顔のシワや白髪ばかりの頭から、かなり年を召した方のように思える。足腰が悪いのか車椅子に乗っている。それにしても声をかけられるまで気配が全くなかった。

周囲が暗いせいか、老人を縁取る輪郭線はずいぶんぼやけて曖昧に見えた。今にも消えてしまいそうだ。これなら確かに気配を察せないかもしれない。

しかし魔法などを使っている様子もないのに、ここまで気配を消せるものなのだろうか。声を発していなければ、まるで生きているとも死んでいるともつかない。

「こんな時間に散歩かい？」

「ええ、寝付けなかったから少し散歩に」

「そうかい……。お嬢ちゃん、今日採用された子かい？」

「はい。割のいい仕事があると聞いたので……」

抜け出して帝国陣地の偵察をしているとバレただろうか。ひとまずここは怪しまれないよう無難な言い訳をしておく。

「そっかぁ……お嬢ちゃんもかぁ……」

それを聞いた老人は小さく呟《つぶや》いて目を細めた。睨《にら》んでいる……わけではなく、どこか憐《あわ》れむような目線だった。

「それにしても、夜でもこんなに明るいのですね。あの灯り、なんですか？」

「特殊な燃料を使っておるのだよ。仕組みも知っとるが……」

「……では、ご老人はあのぼんやり光っている場所も、何なのかご存じなのですか？」

その含みがある対応に引っ掛かるものはあったが、いきなりここでその疑問に切り込んでは警戒されるだろう。

「知っとるよ」

「……」

先ほど偵察中に見つけた例のぼんやり光る場所に目を移し、レティシエルは聞いてみた。答えを期待していたわけではなかったのだが、まさかの即答。ちょっと予想外でレティシエルのほうが思わず絶句してしまった。

「でも、聞いて、どうするんだい？」

「どうするって……どうもしません。周りはこんなに明るいのに、なんであの場所はぼんやりとしか光が見えないのかなと、少し気になっただけなので」

「ハハハ……そうかい。好奇心が強いのは良いことじゃよ」

「はぁ……ありがとうございます」

老人は小さくそう言って弱々しく笑った。なぜ褒められたのかわからないが、とりあえずお礼は言っておく。

「……」

「……」

それからしばらくの間、老人は黙り込んだままだった。レティシエルも何も聞かなかった。これが話したくないという意思の表れなら、ここで無理して聞く必要もないと思った。

「……気になるんじゃないのかい?」

「言いにくそうなので、またいつかで構いません」

「……そうかい」

なぜか老人は笑ってそう言った。先ほどから、このご老人の言動の理屈がイマイチ掴《つか》みきれない。そもそもこの人は何者なのだろう。

「大丈夫だよ」

「?」

「遠くないうちに、お嬢ちゃんにもわかるさ」

「……? そうですか」

「んじゃあね」

要領を得ない謎の言葉だけを残して、老人は現れたときと同じく静かに暗がりの中へ消えていった。

(……なんだったんだろう、あの人)

あとには狐《きつね》につままれたような感覚で立ち尽くす、レティシエルだけが寝静まった夜のテント群に取り残された。

……とりあえず、今日はもう帰って寝ようかな。

＊＊＊

潜入二日目、日の出と同時にレティシエルはむくりと起き上がる。

テントの外をうかがうと、帝国軍の朝は既に始まっている様子だ。鎧《よろい》を着こんだ兵たちが隊を組んで移動し、あちこちのテントからは炊事の煙が無数に上がっている。

「さてと……」

今日はどうしようか。昨日は陣地入りが遅かったからここの地理も把握できていないし、今日はまずそのあたりの情報をそろえたほうが良いかもしれない。

とはいえどのタイミングで、この与えられたテントを離れるか悩む。まだどういう仕組みで仕事が割り振られてくるのかもわからないのだ。

「朝食だ！　さっさと出てこい！」

ちょうどそのとき外から帝国兵の声が聞こえた。直後、周囲のテントからドタドタと無数の足音が地面を揺らしながら移動し始める。

みんなこぞって朝食の配給に並びに行ったらしい。チラと列の様子を見てみたが、この狭いテント広場で三回も列が折り返すほどの大盛況っぷり。もう少しすいてから行こうと瞬時に決めた。

十分ほど待って列の半分以上が消化された頃合いを見計らい、レティシエルは短くなった行列の最後尾に滑り込む。レティシエルの後ろにもう誰も来る気配がないので、自分で最後なのかもしれない。

「これで全員か？　じゃあこれから連絡事項を伝える！」

　レティシエルがパンをもらい終えたあと、空になった籠を片づけながら配給の帝国兵は言った。配給兵だが彼が実質ここの出稼ぎ組を仕切る存在なのだろう。周辺で食事をしていた庶民たちが、なんだなんだと一斉に兵士に注目する。

「お前たちには今日から早速雑用の仕事に入ってもらう。毎日二十人ずつ持ち回りだ」

「……あ、あの、私たちは結局、何をしたらよいのでしょうか？」

　恐る恐る誰かが質問の手を挙げた。配給兵は一瞬面倒そうに眉をひそめたが、それでも問いには答えてくれる。

「仕事内容は募集の際に書いたとおりだ。あとはこちらの指示に黙って従っていればいい。勝手な行動は慎んでもらう」

「は、はぁ……」

「質問はもうないな？　では1から20までの受付番号を――……」

　そこから例の帝国兵は、呼ばれて集まってきた二十人の男女を点呼し、そのままどこかへと連れて行く。

　どうやら仕事に呼ばれる順番は、受付の際に言い渡された数字通りのようだ。ならば117番のレティシエルは、数日後にならなければ順番は回ってこなさそうだ。

（ということは、今日はここを抜け出しても問題なさそうね）

そうと決まれば早速行動を開始しよう。

配られたパンをさっさと口に放り込み、レティシエルはいったんテントに戻ると自身に迷彩魔術をかける。自分の姿を周囲の景色に溶け込ませて見えなくする、あの魔術だ。

そしてもう一度外に出て、人にぶつからないよう気をつけながら広場を離れる。迷彩魔術が消してくれるのは外見だけで、肉体そのものが消えるわけではないので人とは普通にぶつかってしまうのだ。

「急げ、遅れるな！」

「はい！　隊長」

広場を出たところで、整列して陣の外へと駆けていく帝国兵たちの姿が見えた。今から出陣するらしい。

陣地内の兵数が減るのであればかえって好都合だろう。その様子を見送り、レティシエルは一番外側の通路に沿って本陣を歩き始める。

道中にあるテントも覗いてみたところ、どうやら最外角は倉庫に使われているようだ。中にはベッドが並んでいるものもあるので、使用人らの寝泊まり場にも使われているのか。

（……兵糧庫の場所とか記憶しておいたほうがいいわね）

王国側に役立ちそうな情報は積極的に持ち帰っていこう。そんなことを思いながら、レティシエルは徐々に陣地の内側へと入っていく。

最外角は見張りがいるくらいであまり人は多くなかったが、内に入れば入るほど人の出入りが激しくなっている。王国軍の本陣はテントの位置に規則性はなかったが、帝国軍はそうでもないようだった。

　中央に大将軍や指揮官らの居住用テントや会議用テントなどが集まり、その周辺をグルリと一般兵用のテントが取り囲んでいる。

（要人を防衛するにはとても効率のいい配置ね）

　軍隊は既に出陣してしまっているので、要人たちはほとんど出払っているだろう。大した情報は得られないかもしれないが、何か聞けるかもしれないと希望を持ちつつ、要人らのテント周辺を巡ってみる。

「……そういやお前、あの噂《うわさ》聞いたか？」

　そんな小さな囁き声《ささやごえ》が聞こえてきた。とっさにテントとテントの間に滑り込む。今のレティシエルは姿を消しているが、実体は消えていない。不意に角を曲がってきた敵兵などとぶつかるという事態は可能な限り回避すべきだ。

「はぁ？　お前勤務中にいきなりなんだ」

「いや、だって気になるだろ、あのじいさんの噂」

　声の主はどうやらすぐ後ろのテントの門番らのようだ。周りの目を気にしているあたり、聞かれるとまずいことでも話しているのだろうか。

「でかい声出すな。お偉方に聞かれたらどうすんだ」

「今誰もいないだろ。それより裏山のじいさんの話なんだが、やっぱあの日より後に出てきた噂っぽいぜ」

「ハァ……手短に済ませろよ？　その話、一応緘口令《かんこうれい》出されてるんだからさ」

変わらずヒソヒソと話し声は続く。これは……もしや例の『作戦』に関する話題が議論されているのでは？

「あの日か……あの何かよくわからない作戦が発表された日だろ？　あれマジでなんだったんだ……」

「さぁ、それは俺にも……将軍様はとっておきの作戦だとか言ってたけど、肝心の内容が全然わかんないんじゃあ意味ないよな」

やはりそのようだ。まさかいきなり手掛かりにありつけるとは、なんとも運のいいことである。

「それな。しかも今あれだろ？　陣地の裏で妙なじいさんがうろついてるんだろ？」

「陣地の裏って、あの山のことだよな？　ほんとなんでこういうタイミングでそういう変な噂が出るんだか」

「でもその辺は将軍様とかが対策立ててるんじゃないか？　スパイとかだったら困るわけだし」

陣地の裏にある山を徘徊《はいかい》する謎の老人……とっさに昨夜会った車椅子のおじいさんのことを思い出した。

あのおじいさんは鎧も武器も身に着けていなかった。帝国の兵ではあり得ない。かと言って軍の関係者にも見えなかった。彼はどうやってこの陣地内を出入りし、何のためにそこにいるのだろうか。

その後もしばらく耳をそばだてていたが、これ以上目新しい情報は出てこなかった。意外にも厳重に緘口令が布《し》かれているようだ。これは実態を摑《つか》むまで長期戦になるかもしれない。

（……門番のような下級兵には計画の詳細は伝わっていないということね）

敵軍が帰還して来るまで待とうかと思っていたが、正午を過ぎてもまだ戻る様子がないので、諦めていったん地図の作成を済ませることにした。

迷彩魔術が発動している間は、レティシエルの持ち物にも術は適用する。なので携帯してきた紙と炭をペン代わりに作業を始める。帝国本陣は施設が規則正しく配置されているので、記録が非常に楽である。

とはいうものの、何せ兵力に比例して陣地も広いので、全ての記録を終えたときには日も沈みかかっていた。

その頃には出陣していた兵も帰還し、陣内が一気ににぎやかになってきたため、レティシエルは一足先に自分のテントに戻った。

そしてみなが寝静まった深夜を狙って、今日書き取ったばかりの地図を清書し、誰にも奪えないよう亜空間魔術を使ってしっかりと収納したのだった。

＊＊＊

太陽が沈み、テント区画が寝静まってしばらく。レティシエルは誰もいない広場にポツンと一人立っていた。

「……おや、まだ起きていたんですかい」

星など眺めながら期待半分に待っていると、四日前と同じく暗がりからにじみ出るように例の老人がスルリと現れた。

「はい。起きていれば、またお会いできるかと思いまして」

「おやおや……こんな老いぼれに会おうだなんて、物好きなお嬢ちゃんですね」

「そうかもしれません。何せ三日前から毎晩こうしているので」

「ホッホ……」

そうなのだ。帝国の陣地内探索をした日から実に四日も経過している。二十人ずつ呼ばれていた『仕事』も80番まで来ている。明後日《あさって》にはレティシエルも呼ばれるだろう。

その間、迷彩魔術を駆使して敵の情報を盗み聞くほかは何もしていなかった。『とっておきの作戦』について知っているであろう上層部を探りに行く機会がなかなか掴めず、帝国軍の現状に関する情報ばかりがそろっている。

もちろんそれも今の王国軍にとっては奇襲などを決行するうえで重要な情報であるから、全くの無意味な時間ではなかったが、少しもどかしい。

思った以上に敵側の警戒が高いのだ。下層の兵たちには詳細情報は一切伝えられていないし、上層部も作戦のことは口に出さないよう通達されているのか、ジェスチャーや目配せなどの方法でのみ連絡を取る。

もちろん書類にも足跡なども残るはずがなく、心を読む魔術でもない限り穏便に情報を収集するのは難しい状況だ。そもそもそんな魔術はないわけだが。

「それで？　こんなところで老いぼれ一人を待ち続けている理由は何かね？」

「……」

老人が微笑《ほほえ》んだ。名前も知らない人物ではあるが、現状味方らしい味方のいないこの敵陣では一番とっかかりになりそうな人物だ。

「おじいさんは……」

「翁《おきな》と呼んでくれますかね。みな、そう呼んでおるから」

「では、翁さん。この帝国陣の中では今、何が起きているのでしょうか」

正直に答えてもらえないだろうとはわかっているが、レティシエルはその問いを翁にぶつけた。

この数日、連日帝国陣内で聞き込みという名の盗み聞きを繰り返していくうちに、いくつか不自然なことが判明している。

まず、使用人や下級兵が毎日のように徴兵されていた。さすがに全員の見た目は把握しきれていないが、徴兵された分だけ下級兵の顔ぶれは変わっていたらしい。これは彼らの世間話を聞いてわかったことだ。

さらに初日の夜に見つけて以来ずっと気になっていた、あのぼんやり光る謎の区画がどこにも見当たらなかった。これだけ探して行き方すらわからないとなると不可解である。

そして一番レティシエルが疑念を抱いていること、それは『仕事』に呼ばれていった民たちが、誰一人このテント区画に戻ってこなかったことだ。

それだけであれば仕事先に滞在しているだけとも考えられるが、どうも帝国の兵たちも下働きたちの行方がわかっていないらしい。

『そういやさ、あそこの隅の下働きたちいるじゃん？　あいつらって脱走でもしてんのか？』

『はぁ？　そんな話聞いてないぞ？』

『いや、あそこなんかどんどん人が減ってるらしいんだよ。上の兵たちがなんか毎日連れ出してるらしいけど』

『マジで？　……言われてみれば、下働き雇ったのにそいつらが陣地内で働いてるの見たことないな』

つい先日、倉庫番の二人が話していた噂を聞いた。寝床とする区画から消えるだけでなく、帝国陣地内でも姿が見えない下働きたち。何やら嫌な予感がする。

翁に聞いたところで大した意味はないのだろうが、それでも軍の関係者でないであろう翁なら答えてくれないかと期待はあった。何せ彼は例の奇妙な噂の当事者だ。何か知っている可能性もある。

「……嬢ちゃん、割り振られた番号は、いくつだい？」

「……？　117ですけど」

「そうかい……」

無言だった翁が突然妙なことを聞いてきた。首をかしげつつ数字を教えると、今度は達観したようにうつろな目で虚空を見つめる。

「すまんね、嬢ちゃん。その件について、今はまだ何も教えてやれないんだよ」

「今は……？」

「だから『仕事』にはちゃんとおいで。そこまでくれば、嬢ちゃんにも全てがわかる。この陣地で起きていることも、軍が目指していることも、全部ね」

それ以上は何も答えることなく、翁はまた車椅子ごと夜闇に溶けていってしまった。

「……」

レティシエルはただそれを黙って見送ることしかできなかった。結局まだ、肝心なことは何もわからないままだ。

そして日にちは過ぎ、いよいよレティシエルが『仕事』に呼ばれる日の朝がやってきた。

「おい、117番。起きろ」

前日の夜からまともに寝付けていなかったレティシエルは、朝早くにテントの外から聞こえてきた男の声に、閉じていたまぶたを開ける。

「はい」

「仕事だ。出ろ」

それだけ言うと兵士はまた顔を引っ込めた。召集に応じなかったからわざわざ呼びに来たのか。レティシエルは小さくため息をつき、言われるがままテントを出る。

広場に向かうと、他にも数人の人間が集まって待機していた。多分レティシエルを含めれば合計二十人がそろっているだろう。

「出発する。早くついて来い」

そう言っているときには既に兵士は早足で歩き始めていた。他の人たちが慌てて追いかけている。

彼らの後ろをついていきながら、レティシエルはテント区画を振り返る。五日ほど前、ここには二百人に劣らない数の人が集まっていた。それが今はもう百人もいない。

（……それも、今日で理由が判明するのかしら）

順番が来たのならもうすぐ全てがわかると、あの翁は言っていた。

つまるところ、『仕事』で向かった先にレティシエルの望む答えがあるということなのか。今度こそ『とっておきの作戦』の概要を摑《つか》めるだろうか。

「ここだ。全員中に入れ」

連れてこられたのは陣地の片隅にある一つのテント。あのテント区画とは恐らく対角の位置にある角地だ。

中に入るとそこはテーブルと椅子が並べられただけの簡素な空間だった。床は板張りでテント内には明かりもなく、ポツンと置かれたテーブルの上にはなぜか人数分のコップがあった。

「お前らにはこれから仕事を任せるが、こちらもそのための準備がある。そこのテーブルの上にある茶でも飲んで待っていろ」

それだけ言い残すと、引率していた帝国兵はさっさと出て行ってしまった。

「……よくわからんが、とりあえず座るか」

「だな。まあ、茶ぁ飲んでろって言われたし……」

ほかの人も不思議に思っている様子だが、それでもみんな各々テーブルのコップを取って中身を飲み干している。何も疑っていないのだろう。

レティシエルも一応コップを手に取りはしたが、懐疑心のほうが勝って口はつけなかった。何か仕込まれている可能性だってある。

「……ん？　なんか、眠いな……」

異変が起きたのはそれから間もなく経《た》った頃だった。

その一言を言い出したのが誰かはわからないが、その言葉をきっかけにテント内にいた人は全員相次いで気を失って床に倒れていった。

「!?」

みな先ほどの茶を飲んだ人だ。慌てて近くに駆け寄ってみるが、どうやら眠っているだけのようだった。茶に睡眠薬が盛られていたらしい。

「……あいつら、茶飲んでちゃんと寝たかな」

「どうだ？　結構効き目は良いヤツ盛ったからそんなに時間はかからないと思うが……」

「もうちょっと待ってみるか？」

さらにタイミングが悪いことに外から帝国兵の声が聞こえた。レティシエルは自分の手に持っているコップを見つめる。

今の会話から考えて、恐らく帝国兵らはレティシエルたち全員を眠らせるつもりで茶を飲ませたようだ。それなのにレティシエルだけ起きているというのも不自然だ。

かと言って茶を捨てるのも無理がある。このテントの床は板張りで、ただ捨てたのでは床に水たまりができてすぐにバレてしまうだろう。

一瞬の思考を得て、レティシエルは茶を飲むことを決めた。ただそのままではない。睡眠薬を飲まずに済むようひと手間加える。

一息でコップの中身を空けると、物音をたてないようコップを床に転がし、レティシエルも横になって寝たふりをする。

「……お。ちゃんと全員寝たみたいだぜ」

帝国兵が入ってきたのはその直後だった。目を閉じているので正確な人数はわからないが、足音の数から推測するに四か五人くらいか。

「それじゃあとっとと運ぶぞ。二十人もいるんだ、さっさとしろよ」

「はいはい、わかってるよ」

　近づく足音が聞こえ、誰かがレティシエルの腕を摑む。そしてレティシエルの体がふわりと浮いた。

＊＊＊

　湿った臭いが鼻先をかすめる。担がれた体が、兵士が歩くたびに揺れる。

　今、レティシエルは薄暗い洞窟の中を帝国兵に担がれて進んでいた。レティシエルは薬を飲んでないので、気を失っているふりをしている。

　薄目を開けて周囲を観察してみると、どうやら下り坂の洞窟のようだ。幅はかなり狭く、大人の男が二人ギリギリすれ違える程度で、松明《たいまつ》などの明かりもないので夜でもないのに道の先を見通せない。

「ったく、なんで俺たちがこんな面倒なことしないといけないんだ」

　前を行く男の文句が、狭い空間内で反響して妙に大きく聞こえる。それに対する返答は背後から響いた。

「仕方ないだろ、当番制なんだから。毎日担当する奴《やつ》は違うんだ」

「それはわかってるけど、これまでに当番してたヤツらも結局元の職場には帰ってきてないだろ」

「確か異動したんだろ？　お偉いさんたちのとこに」

「かー！　うらやましいぜ」

そんな雑談をしている間にも彼らの歩みは止まらない。狭い空間に足音が響き、突如その反響が弱まった。これは……どこか広い場所に出たらしい。

「はぁー、すげえなこれ。天然の洞窟か？」

そう言う男の声がこだまのように大きく響いた。相当天井が高いようだ。

「おい、いいから早くそいつら詰めろって。さっさと終わらせてさっさと帰るぞ」

「へいへい」

レティシエルを担いでいる男が再び歩き始め、しばらく進むとまた止まった。それにしても詰める、とは……？

「これを……こうするんだよな？」

その質問の答えはすぐにわかった。小さな男の独り言に続いて金属でできた何かが動く音がし、担がれていた体が下ろされた。

背中に冷たい感触が伝わる。どこかに横たえられたようだ。しかも腕で壁を感じられるからかなり狭い空間だ。これは……長方形の箱？

顔の上で再び金属音が聞こえ、足音が遠ざかる。今ならいいだろうと少しだけ目を開けると、案の定レティシエルがいるのは四角い箱の中だった。上には金属の縁にはめられたガラスがある。あの音はこれが開閉する音だったらしい。

この状態では外の様子は見えないが、足音がひたすら行き来している音はする。薬で眠らせた人は他にまだまだいるので、その人たちを運んでいるのだろうか。

（しかしこれ、何かしら？）

よく見れば壁の真ん中あたりには黒い何かが横一列にはめ込まれているが、なんのためにあるのか。もう少し観察したかったが、足音が戻ってきたのでまた目を閉じる。

小さくカチッという音がした。何かのスイッチが押されたような音だ。直後左右から細かなバイブ音が鳴り始め、しばらくしてくぐもった悲鳴が聞こえてきた。

何が起きているのか気が気でないが、今レティシエルは眠っていることになっているから動くこともできない。焦りばかり募っていく一方で、悲鳴のほうは徐々に小さくなってやがて聞こえなくなっていた。

「よし、ちゃんと作動してるみたいだ……ん？」

くぐもった声が頭上から降ってくる。どうやらレティシエルが入っている棺《ひつぎ》を、帝国兵のうちの誰かが覗《のぞ》き込んでいるらしい。

「こいつ、悲鳴あげないな」

これは怪しまれているのだろうか。とはいえわざとらしく悲鳴をあげても嘘《うそ》が露呈する確率が上がるだけだが……。

「薬の効きが抜群なんだろ。ほっとけ」

「まぁ、それもそうか」

どうしようかと思案しているうちに、帝国兵はあっさりと箱の前から去っていった。悲鳴を上げない者は珍しいが別に皆無ではないらしい。

「これで仕事は終わったな。報告に行かないといけないんだったか？」

「らしいな。しかも秘密裏に戻って来いとか面倒だぜ」

そんな会話を交わしながら男たちの声が遠ざかっていく。それを箱の中でレティシエルはじっと聞いていた。

話し声がなくなってもしばらくレティシエルは動かない。話さなくなっただけでまだ近くにいるかもしれない。念には念を入れておいたほうがいいだろう。

（……そろそろ大丈夫かしら？）

それからどれくらい経ったか。耳をそばだてても、もう帝国兵の声も足音も聞こえない。悲鳴も途絶えていた。

箱の壁に手を当て、火炎魔術を発動する。と言っても実際に箱を燃やすわけではない。熱で壁を溶かし、ここから脱出するためだ。

しばらく熱を当て続けていると、やがて人が一人這《は》って通れるくらいの丸い穴が壁に開いた。熱のこもった壁をいったん水魔術で冷やし、レティシエルはその穴から外に出る。

それにしても下働きとして雇った人を、薬を盛ってまで連れて行きたい場所とは一体何なのだろう。

魔術でお茶に干渉し、薬が溶けている部分を泡で閉じ込めたから事なきを得たが、そうでなければ危なかった。

（……そうだ。さっきの人たちは？）

一緒に捕まった人たちのことが心配だ。先ほどの悲鳴のことも気がかりだし、ひとまず周囲を見て回ることにする。

レティシエルがいるのは広い洞窟の中だった。あの狭い通路からは想像もできないほどの面積を誇り、そこには四角い箱が大量に密集して並べられている。レティシエルが出てきたあの箱のことだ。

（……？　あれは……？）

奥行きのある洞窟の奥には妙な物が置かれていた。かなり天井が高いこの洞窟ではあるが、その巨大な金属の塊はその天井ギリギリのところまで迫っていた。

白い金属でできた機械のような装置だ。現在稼働している最中のようで、低い振動音とともに装置そのものが薄ぼんやりと青色に光り輝いている。装置の足元からはおびただしい数のパイプが伸び、それらは全て箱の一つ一つに接続されていた。

「……！」

一番近くの箱のガラスを覗き込み、レティシエルは息を呑《の》んだ。

中には男性が一人入れられていた。着ている服に見覚えがあるので一緒に連れてこられた人だろう。しかしその状態は異常だった。

今日の面々に年寄りは一人もいなかったはずなのに、彼は全身がミイラのように痩せ細り、開かれたままの口からはわずかなよだれが垂れている。握りしめられた手が中途半端な位置で停止しているのは、外に出ようと内側からガラスを叩《たた》いていたからか。

すぐさまガラスを叩き割り、謎の装置と接続しているパイプを切断する。急いで治癒魔術も使うが、男性の容態は回復する様子が全くない。

「無駄じゃよ」

背後からしわがれた声が聞こえた。この声は知っている。レティシエルは振り向いた。

「翁《おきな》さん……」

「そろそろ、ここへ来るんじゃないかと思っていたよ……」

車椅子に乗った翁がそこにいた。相変わらず今にも消えそうなほど気配がない。そういえばこの男性の状態は翁の容貌に似ているとふと気づいた。

「……無駄とは、どういう意味ですか？」

「言葉通りじゃ。一度ああなってしまった者は、もう二度と人間として生きることはできぬのだよ」

ほんのわずか目を伏せたのみで翁はほぼ動かない。しかしその弱々しい声色には悲しみと達観の感情がこめられていたように感じられた。

「……ここは一体何なんですか？　あなたは何者？」

「……」

翁の表情は変わらない。レティシエルもそれ以上は何も言わなかった。しばし無言の時間が続き、先に口を開いたのは翁だった。

「……ここはね、生者の墓場なんじゃよ」

「墓場？」

「わしは……さしずめ墓場の番人といったところかね」

手を動かしている様子もなく車椅子ごと翁は箱のそばまでやってくる。思えば彼はずっと車椅子の操縦に手を使っていなかった気がする。一体どうやって……。

「この棺はね、内側からは絶対に開けられんようになっているんだよ。万が一にも、中に押し込んだ人間が、脱走したりしないように」

「……」

「そうして棺に入れられた者は、棺の稼働と同時にただひたすら、魔力を搾取され続けるんだよ」

その言葉で察した。帝国軍はこのために雑用係を募集したのだ。採用者に魔力を吸い取る例の腕輪が渡されたのも、全てはあの装置を動かす燃料を集めるためだった。

魔力は人が持つ精神的な力の一つだ。基本的に人の生死にかかわることはないが、一度に大量消費すると意識を失ったり、記憶をなくしてしまうこともある。

そして短期間で急速に魔力の全てを吸い取られた人間はこうも変わり果ててしまうのか。

先ほど棺は起動したがレティシエルに何ともなかったのは魔力無しだったからだろう。

「みんな、この融合炉につながれて、辛うじて息をしているにすぎんのだ」

「……この炉は、一体何のために？」

「戦争じゃよ。敵軍を壊滅させるための、砲台の燃料だよ」

それが『とっておきの作戦』の正体らしい。言われてみれば例の装置の上部には洞窟の天井を貫いている円柱がある。あれが砲台なのかもしれない。

(私が見たあのぼんやりとした光も……)

砲台に魔力を充填する光景だったのだろうか。確かにあの光は、目の前の装置がまとう青い光によく似ていた。

「帝国は、こんなものを開発していたの……」

「こんなもの、か……。わしもここに来るまで、アルマ・リアクタがこんなものとは知らなかったなぁ……」

「これがアルマ・リアクタ!?」

思わずレティシエルは目を見開いた。

アルマ・リアクタと言えば、帝国内の各地にエネルギーを共有する巨大な融合炉だ。そこから送られるエネルギーで人々は明かりを灯《とも》し、火を起こし、魔導兵器を生み出す。ずっと単語として耳にし続けてきたアルマ・リアクタが、まさかこんなおぞましい仕組みのものだったとは。

そういえばイーリス帝国では奴隷制度を容認していると以前聞いた。アルマ・リアクタの仕組みは自国民もわかっていない様子だが、その理由もまさか……。

「のう、お嬢ちゃん。このじいさんの最期の頼みを聞いてくれないかね？」

「……最期？」

「わしを、殺してほしいんじゃ」

顔色を悪くさせているレティシエルに、翁はそんなお願いをしてきた。

「どうして、ですか？」

「……もう、とっくに終わるべきだった命だからじゃよ」

そう言って翁は静かに目を閉じた。出会った当初から、レティシエルがずっと翁に抱いてきた違和感。その正体。翁の体はほとんど動くことがなかった。

車椅子の操縦レバーを動かすときも手が動くことはなく、微《かす》かに微笑《ほほえ》みを浮かべたときもあったが、それ以外の部位は動いたところを見たことがない。

まるで固まってしまったような、あるいはもう動く気力も残されていないような、車椅子に座る人形のような印象。それが違和感の正体だ。

翁の体に手を伸ばす。しかしその手が何かに触れることはなかった。翁のいる場所をすり抜け、レティシエルの手は宙を掻《か》く。

「翁さん、その体は……」

「……」

翁は何も言わないが、目の前の彼が幻影であることはたった今確認した。神出鬼没にレティシエルの前に姿を見せられたのも、その身が実体ではなかったから。

同時に翁の言葉の意味を理解した。きっとここで眠っているであろう彼の本当の体は、ずっと前に活動を止めるはずだったのだろう。

それがアルマ・リアクタの番人として融解炉につながれ、ここに横たわる数多《あまた》の棺と同じように、燃料たる魔力を供給、管理するただの媒体として延命されている。生きることも死ぬこともできず、ずっと。

「こんなことをね、会って間もないお嬢ちゃんに頼むのも心苦しいんだけどね……お嬢ちゃん、お願いできるかね？」

「……」

「お嬢ちゃんになら、この老いぼれをアルマ・リアクタごと消滅させられるだけの力があるんじゃろ？」

「……気づいていたんですか？　私が敵だと」

少し驚いた。他の者には気づかれていなかったから大丈夫だと思っていたのだが。

「うん……気づいておったのう」

「いつから……？」

「いつだろうねぇ……そう言われると、最初にお嬢ちゃんを見たときから、予感みたいなものはあったかね。君は唯《ただ》一人わしのこの姿が見えていたからね」

少しだけ翁の表情が動いた気がする。笑った……のだろうか。

「綺麗《きれい》すぎる子だと思ったんじゃよ。市井で暮らしてきた子には見えんかった。初めから、なんて凜《りん》とした子なんだろうって……」

「……」

「庶民らしくないなと、思っておったよ……。質素な服を着ても、粗末な場所に押し込められても、お嬢ちゃんの気配はずっと高貴なままだった……」

徐々に翁の声は弱まっていた。心なしか姿も薄くなっている。彼に残された時間は、恐らくもう長くない。

「オーラ……なんていうのかのう？　こんな役割を押し付けられてたからね、そういうのが何となく視《み》えるんじゃよ」

「……知ってて、誰にも言わなかったんですか？」

「うん、言わなかったね……この子なら、全部終わらせてくれるんじゃないかって、期待しちゃってたからかもしれないね……」

だから何度もレティシエルの前に現れては意味深な言動を翁はしていたのだろうか。

どこか楽し気に話す翁に、レティシエルは何も言えずただその様子を見守ることしかできなかった。

「……翁さん」

「ん？」

「翁さんの本名は、なんですか？」

「うーん、なんだったかね……？　もう覚えとらんね……」

少し考えこみ、翁はそう言っておどけてみせる。おどけているつもりはないのだろう。一気に大量に魔力を吸い取られたことで肉体が衰弱し、記憶も失っていた。

瞬きの一瞬で、翁は洞窟の一番奥まで移動していた。すぐ横にはひときわ大きな棺《ひつぎ》がある。レティシエルも棺のそばまで歩み寄り、その蓋を開く。

中には一人の老人が横たわっていた。隣にいる翁と寸分たがわない姿をしている。これが彼の肉体なのだろう。

迷いはなかった。レティシエルは無言のまま、眠る翁の首に両手をかける。魔術は万能ではない。毒に至らせる術もなければ、病を起こさせる術もない。魔術は、人を安らかに殺すには向かない力だ。

「おやすみなさい、翁さん。あなたと話せたこと、楽しかったです」

「こちらこそ。空に行く前に、良い思い出ができたよ……」

最後まで、翁の幻影は笑っていた。その言葉に答えることなく、レティシエルは両手に力を込めていく。

「……ありがとう、お嬢ちゃん……」

目の前には、まるで眠るように目を閉じる翁の骸《むくろ》があった。彼の幻影も既に消えてなくなっている。

翁の命が消えたことを確認し、レティシエルは火球を作り出して彼の遺体を火葬した。青い炎が燃え上がり、骸を包んで一瞬で灰へと変わった。

「……」

それを見届け、レティシエルは洞窟の奥に目を向ける。視線の先にはアルマ・リアクタの炉がある。ゆっくりと右手を突き出す。

白いアルマ・リアクタの周囲を、無数の銀色の魔法陣が取り囲む。レティシエルが発動した圧縮魔術の陣だ。ほどなくして装置の表面にひびが入り、鋭い音が響いた。

術式の威力を少しずつ強化していく。炉にかかる負荷はさらに増し、一つのひびから始まった崩壊は瞬く間に進んだ。

機械の表面が割れる音が連鎖的に続き、それは上空の砲台まで到達するとガラスが割れるように綺麗な音とともに砕けた。

アルマ・リアクタから解放された魔力の結晶が、気化するとともに周囲にキラキラとした光を振りまいていく。

星の海のようなその光の中を歩いて、レティシエルは一番近くにつながれている棺のガラス蓋を開ける。

白い布が敷かれた棺の中には、胸を掻きむしるような体勢のまま固まって動かない老人……いや、先ほどまで青年だった男性が横たわっていた。

顔を近づけてみると、ほんのわずかだが確かに息をしている音が聞こえる。できることなら助けたい。この人だけなく、この洞窟の機械につながれた全ての人を。

「……ごめんなさい」

だけどそれは、レティシエルの力を以《もっ》てしても叶《かな》わないことだ。

しばらく棺の縁に手をかけたまま立ち尽くし、やがてレティシエルは自身の回りに術式を展開させる。

風魔術の術式だ。刃の形を取った風たちは宙を舞い、棺と装置をつなぐパイプを切り裂いていく。

「……長い間、お疲れ様でした」

そう呟《つぶや》いたレティシエルの声が、うねる風の中に呑《の》まれて消える。

「おやすみなさい。どうか、良い夢を……」

やがて全てのパイプが風の刃によって切断され、全ての音が失《う》せた。機械音も息遣いも、耳が痛いくらいの沈黙。

（……こんなものが、帝国の全てを支えていたなんて）

やるせない気持ちに襲われた。胸に今抱いているこの怒りは、どこにも向けられないものだと気づいて無性に腹が立つ。

アルマ・リアクタは存在してはいけない物体だ。だけどこれよりも大きな物が帝都にはある。それを糧に生活を成り立たせている無辜《むこ》の民がイーリス帝国には山のようにいる。

（……戻ろう）

これ以上ここにいても、レティシエルにできることはもう何もない。

任務だけを考えるならば、この情報を持ち帰って対策を取るのが良いが、事態は一刻を争う。帝国はこちらが対策を練るのを待ってはくれないだろう。

だからこれは、レティシエルの独断だ。これで帝国軍の最終手段である、臨時アルマ・リアクタは破壊された。

＊＊＊

臨時アルマ・リアクタの破壊を終え、レティシエルは薄暗い洞穴を通って外に出た。

外にはうっそうした森に覆われた山肌が広がっていた。木々の樹冠に見え隠れして、ふもとには帝国軍の本陣が微妙に姿を覗かせている。

やはりレティシエルがずっと気にしていたあの謎の光を放つ場所は、このリアクタが設置されていた洞窟だったらしい。

時刻は既に夕暮れを迎えようとしていた。テント区画を出発したときはまだ明るかったのに、思いのほか任務の遂行に時間をかけてしまったらしい。

敵軍の増援がやってくる前に、レティシエルはそそくさとその場から去る。急いで味方に任務完了を報告しなければ。

「……？」

まさに本陣を目指して山を下っていたところ、南の方角から黒い煙が上がっているのが見えた。ちょうと国境付近までさしかかったタイミングだった。

火事か何か起きたのだろうか。しかしあの方向、確かプラティナ王国軍の本陣がある方角と同じでは……。

「まさか……！」

瞬時に脳裏を最悪の光景がよぎった。あれは敵兵に襲われているのではないだろうか。しかし帝国軍の『とっておきの作戦』は、先ほどレティシエルが臨時アルマ・リアクタを破壊して防いだはずなのに、なぜ今また王国軍が襲撃されているのか。

「戻らなくちゃ……」

やるべきことはやったのに、なぜ？　居ても立っても居られなくなった。レティシエルはすぐさま全速力で山を駆け下り始める。

早く。もっと早く。そう心で念じながら走り続けた。

太陽が完全に地平線の下に消える前に、レティシエルは本陣を一望できる河原の丘までたどり着いた。ここでなら『魔道士シエル』であるほうがいいだろう。変装を解いて本陣へと向かう。

「ひるむな！　撃ち続けろ！」

王国軍本陣に飛び込んだ時、真っ先に聞こえたのはそんな怒鳴り声だった。

これは味方の声なのか、それとも敵の声なのかとっさには判断がつかない。レティシエルはすぐさま周囲を確認する。

帝国軍の鎧《よろい》が見えた。剣や盾で武装した兵たちが、陣営の奥に侵入しようと歩みを進めていた。しかし……どうやら苦戦している様子。

「銃部隊は前へ！　弓兵は後方に下がれ！」

二度目の号令。それと同時に無数の矢と弾が帝国軍に向けて一斉に降り注ぐ。矢が途切れたと思えば弾が続き、それが止《や》むとまた矢が降る。

その絶え間なく続く攻撃の手が、帝国軍の足を止めているようだ。

最前列で銃を構えているのは、当然王国軍の兵たちだった。予測したような最悪の事態に陥っていないことに、ひとまずレティシエルは安堵《あんど》した。

しかしまだ現状の全体像は把握しきれていない。それを聞くため、レティシエルは総大将たるライオネルの姿を捜し始める。

「くっ、このままでは戦線が持たないいんじゃないか?!」

「どちらにしろ防衛一方でも負けるんだ。構うな！　そのまま押し切れ！」

道中、兵糧庫の前で苦戦を強いられている味方軍に遭遇した。見過ごすわけにはいかないので、レティシエルは両手に水の弾丸を作り出し加勢する。

「うわっ！　な、なんだ!?」

突然明後日《あさって》の方向から攻撃が飛んできたからか、それともいきなりレティシエルが来たことに動揺したのか敵が目を剝《む》く。

そのままレティシエルは間を置くことなく弾丸を放ち続ける。もっと大規模な魔術で一網打尽にしたいところではあるが、味方も入り交じったこの場では巻き込みかねない。

「すみません、ライオネル殿下の居場所をご存じありませんか？」

「え、で、殿下ですか？　た、確か……中央の防衛の指揮を執っていると聞いたような……」

「中央ですか……わかりました、ありがとうございます」

兵隊長に礼を言い、レティシエルは陣地の中心に向かっていく。果たしてライオネルはそこにいた。

「……え？　シエル殿？」

レティシエルがここにいることに驚いている様子だ。

「独断で帰還を決めてしまい申し訳ありません」

「いえ、それは構いませんが……任務のほうはいかがいたしました？」

「遂行してまいりました。詳しいご報告は後ほどさせていただきます」

「この状況ではゆっくり話も聞けませんからね。戻って早々悪いのですが手伝っていただけますか？」

「はい」

レティシエルはその後すぐに戦闘に駆り出された。前線で銃兵と弓兵が敵を牽制《けんせい》している後方で、魔術を使って援護する役割だ。

今回の戦闘において、王国軍はうまく立ち回っているようだった。敵が間合いまで踏み込んでくることを全て防いでおり、敵からの近接攻撃を遮断できている。

おかげでレティシエルも遠距離で魔術を放つだけでよく、帝国側の不利は明白だった。そして夜の闇が完全に周囲を覆い尽くした頃、ようやく敵軍は散り散りになって撤退していった。

敵が完全にいなくなったのを確認し、レティシエルは陣全体に結界を張る。連続の奇襲が来ないとも限らない。その間にライオネルは各所に命令を出して状況を立て直していた。

「よし、これでひとまず事態はうまくまとまりそうですね」

方々への指示を済ませてライオネルが総大将テントに戻ってくる。一足早く来ていたレティシエルの前を通り、ライオネルは椅子の上に腰を下ろした。

「ではシエル殿の報告を聞きましょう。と言っても、あなたがここに戻っているということは、任務は無事完了したということでしょうが」

「ええ、おっしゃる通りです」

それからレティシエルは、帝国陣で起きたことを簡潔にライオネルに報告した。帝国側が用意していた作戦、兵糧や武器防具の在庫や消耗状況、陣地内で作成していた帝国本陣の地図も一緒に提出しておいた。

「なるほど、臨時のアルマ・リアクタの設置と砲台ですか……。それが『とっておきの作戦』の正体でしたか」

話を聞き終えてライオネルは、あごに手を当てて小さくうなった。少なからず彼にとっては予想外の情報だったと思われる。

「帝国のほうも、よほど切羽詰まっていると見えますね」

「そうでしょうか」

「私は少なくともそう思いますよ」

首をかしげるレティシエルに、逆にライオネルは自信ありげに頷《うなず》いてみせた。

「ご存じかもしれませんが、アルマ・リアクタという物体は帝国にとって自国のエネルギー産業を支える重要なツールであり、国家機密に相当するほど厳重に情報などが全て管理されています」

それはレティシエルも知っている。以前同盟国同士の交換留学でライオネルが帝国に行ったときでもアルマ・リアクタの情報は全く摑《つか》めなかったと聞く。

「それがこのような前線に、臨時とはいえその国家機密を置くだなんて、かなり危ない橋を渡ったように思えます。こちらが諜報《ちょうほう》を仕掛ければ、もしかしたら機密ごと流出するかもしれないのに」

「……だからこその『とっておき』だったのでしょう」

実際、レティシエルによってこうして情報は流出してしまっている。確かにはたから見ればかなり無謀な行為だ。

そんな危険を冒してまでそれを決行したということは、この作戦だけは何が何でも成功させるつもりだったのだろう。なかなか思うように決着がつかないこの戦いに終止符を打つための最終兵器だったはず。

「まぁ、ともかくよくやってくださいました。これで帝国のほうはしばらく強気には攻めて来られないでしょう」

「油断は禁物ではありますが、そうですね。ところで殿下、今回の襲撃については一体――……」

「失礼しますよ、殿下。……ん？　おお、シエルじゃないか」

先ほどの襲撃のことを聞こうとしたのだが、タイミングが悪いことにちょうどルーカスがテントに入ってきた。レティシエルを見つけて軽く手を振ってくる。

「こんばんは、ルーカス様。殿下に御用ですか？」

「おう。今回の戦闘での損害規模についてちょっとな。もしかして邪魔したか？」

「いえ、シエル殿の報告は既に聞き終えていますから大丈夫ですよ」

そう言ってライオネルはルーカスの言葉に答えた。今はお暇《いとま》したほうがよさそうだ。

「では私は一足先に失礼させていただきます」

「ありがとうございました、シエル殿」

ライオネルに一礼してレティシエルはテントから出た。襲撃のことを聞きそびれてしまったが、これればかりは仕方がない。

（今夜はもうテントに戻ろうかしら……）

それとも夜警の手伝いに行くべきだろうか。襲撃直後で兵の数が足りていない可能性もあるし……。

「……あれ？　シエル様？」

考え事をしながら歩いていると、ちょうど向かい側からやってきたジークがレティシエルの姿を見つけ目を見開いた。右手で灯《あか》りとなる松明《たいまつ》を持っていたが、その左手には白い包帯が巻かれ、動かないよう首から下げた布で吊《つ》るされている。

「ジーク!?　あなた、その腕どうしたの？」

「あ、これですか？　先の襲撃で矢がかすってしまいまして。でも手当ては受けたので問題ありませんよ」

「そう……それならいいのだけど」

ふと思った。この襲撃に居合わせていたジークなら、あのとき陣地で起きた一部始終を知っているのではないかと。

「ねえ、ジーク。今回の襲撃について聞いてもいいかしら？」

「？」

「私がいない間に何がありました？」

「……」

レティシエルが質問を投げかけると、ジークは視線を地面に落として沈黙した。

「……今朝方でした。夜明けとともに襲撃の軍勢が押し寄せてきました」

しばらくして、ジークはゆっくりとそう話し出す。

「多くの兵は突然の事態に動揺していましたが、殿下の冷静な指揮のもと善戦し、一日かかりましたが何とか敵を追い返すことに成功しました」

「そうね。私が駆けつけた日暮れ頃には既にこちらの優勢だったわ」

「……」

「それ以外にも、何か気がかりになるようなことがあったの？」

「……敵が、あなたの不在を知っていました」

「え？」

「このたびの襲撃で、敵は『魔道士シエル』という脅威がいないと知っていたのです」

実際、あの女がいないから臆することはない、と敵が言っていたのをジークは聞いたのだという。

「私は極秘任務で陣地を離れていたけど、それを知る人は何人もいないのでは？」

「はい、私やルーカス様、殿下、あとは一部の上層部以外に、その件を知る者はいなかったはずです」

きな臭い話になってきた。一部の関係者しか知り得ないはずの情報を帝国軍が持っていた。この事実が示すことはつまり……。

「それじゃあ……」

「ええ。手引きした者がいるのだと思います。シエル様の不在を知らせた、誰かが」

苦々しい表情でジークは言った。裏切り者は、すぐ近くにいると。

閑章　それぞれの想《おも》い

あの手紙の内容が、脳裏にこびりついてずっと離れなかった。

兵器開発部のテント内で作業をしながら、何度もぼんやりしては手を止めてしまう。誰にも聞かれないほど小さくジークはため息を漏らした。

先日、自分が知らない間にどこからともなく届いた、行方不明になっている父ローランドからの手紙。そこにはジークも知らない自身の出自が暴露されていた。

（……ジークフリート＝レナートゥス＝エーデル・フラウ＝フォン＝ラピス、か）

ラピス國《こく》第十四公子の名前。心の中で唱えてみても、それが自分の名前だという実感は全くない。父はどこからその情報を得たのだろう。

「……」

しかしあの手紙を読んで以降、妙な光景を夢で見るようになった。深い谷のような荒野の中に朽ち果てた古城のような建造物がそびえ、石のアーチが立ち並ぶ。

二人の少年少女がそこへ入っていくが、二人が何者なのかはわからない。今のジークには一切見覚えのないもので、まるで他人の記憶を覗き見しているような感覚だった。

だけど不思議と懐かしくも感じる。失った幼少期の記憶の中にあった風景なのだろうか。思い出そうと試みてもうまくいったことは一度もない。

幼少期の出来事で覚えているのは、顔も忘れた父の大きな背中と、誰かに追われていたという焦燥感、一度だけ父が言葉を交わすのを遠くに見た謎のローブの人影、黒い霧をまとう呪術兵の姿。

それらが意味しているものが何なのかは今もわからないが、夢に見た石の建物とつながりそうな気配も見出《みいだ》せない。一体自分がどこでそんなものを見たのか。

自分の中に覚えのない記憶があることが、こんなにも恐ろしいことだったのかと初めて知った。

（……ドロッセル様には、やっぱり話すべきだっただろうか）

脳内に彼女の顔が浮かんだ。ドロッセルは恐らくジークの様子がおかしいことに気づいている。そうして何度もこちらを気にかけて声をかけようとしてくれていた。

そのたびにジークは手紙のことを告白しようかと悩み、結局何も打ち明けられずに何度も彼女から逃げてしまう。

その告白によって返ってくるであろう反応が、わからなくて怖い。

ラピスというのがどういう国なのか、ドロッセルとずっと情報を追っているうちにわかってきている。

厳重に鎖国を続ける保守的な国であり、白の結社が活動の本拠を置いている謎多き国で、呪術兵を作り出すなどそこかしこに闇をたたえる国。その国の公子であるとジークが告白したところで何になるというのか。

「……」

それに、これはジーク自身の問題である。

これまでにも、ドロッセルは幾度となくジークの身内絡みの悩みや相談などに乗ってくれていた。

彼女には何の非もない。この上なく助けられた。だけど、それに甘えてばかりいる自分に情けなさも感じていた。

ただでさえ彼女には守ってもらってばかりなのだ。それに今は戦争という、もっと大きな事件に直面している。軍の心臓として前線に立つ彼女に余計な負担はかけたくない。

「……集中！」

声に出して言わないと、気持ちがちっとも作業に戻ってこないような気がして、小声だがしっかりと自分に活を入れる。

そういえば、彼女は今どうしているだろうか。聞いた話だと潜入捜査から帰還した後、特別任務のために今度は国内に戻るとか何とか。

（またしばらくお会いできないのか……）

思いのほか、その事実を残念に思っている自分がいて少し驚く。事情を打ち明ける勇気もないのに会いたいと思うなんて、我ながら矛盾している。

この世に二人といないとても大事な友人だとは思っていたが、自分にとって彼女の存在は存外大きいものだったらしい。

（ドロッセル様が戻ってこられるまでに戦闘態勢を強化しておくべきだな。あの人に頼らなくても、大丈夫なように）

そのためにも、まずは滅魔銃を始めとする新兵器の増産を急がなければ。よし、とジークは作業に戻る。

一時的ではあるが、今だけは手紙のことも自身の正体のことも忘れることができるくらい、いつになく作業に没頭した。

＊＊＊

毎日、北の国境で繰り広げられている帝国との戦争の報告が、ひっきりなしに執務室の中に飛び込んでくる。

「……はぁ」

その一つ一つに目を通しながら、エーデルハルトは思わずため息を漏らしてしまう。

これだけ日々鬱々とした戦況ばかりと向き合わなければならない身としては、ため息の一つもこぼしたくなるのも仕方ないと、何となく心の中で言い訳してみる。

このたびの帝国と王国の戦争に、エーデルハルトは同行することは許されなかった。当然だろう。危険な戦地に、王位継承権を持つ王子を二人同時に送り出すことなどできるわけもない。

「父上の容態も相変わらずだしなぁ……」

開戦してからというもの……いや、むしろ開戦する前から父王オズワルドの容態は悪化の一途をたどって、一向に回復の兆しを見せることがなかった。

倒れてから既に何か月も経過している。体を壊した原因も不明のまま、当然政務を行うこともできそうにない。

王がいつ崩御してもおかしくない状況では、ますます兄か自分のどちらかは王の代理としてガラ空きの王都及び国内を回していかないといけない。

文句を言ったところで何も解決しないのはわかっているが、それでも愚痴の一つでも言わないと気が滅入《めい》ってしまいそうだ。

そのくらい王国を取り巻く状況は、頭を抱えたくなるほど厄介なことばかりそろってしまっていた。

心の内でタラタラ文句を言いながらも、書類を処理する手は一瞬たりとも止まっていない。効率的な仕事をする上でストレス発散は重要だとエーデルハルトは思っている。このくらいはきっと罰は当たらないだろう。

合間に官僚たちが、次々と執務室にやってきては報告書やら予算案やらを置いていく。

この忙しい状況では、ノックにイチイチ構っている時間がもったいないので、この部屋への入室はノック不要の通達をあらかじめ出している。

「作業中失礼します。殿下、各部署からの報告書をまとめてきました」

「おお、ありがとう」

それを秘書が整理整頓して持ってきてくれた。これ以前に届いていた他所《よそ》の部署の報告書も一緒である。

一番優先度が高い戦争関連以外の情報は、目下同室で執務を手伝ってくれている秘書の青年を窓口にしている。一人で全部の仕事をこなすよりよほど効率が良い。

真っ先に目を通すのは、財政部の現状報告。国内の財政は現在かなり火の車だった。

父王が行政で辣腕を振るっていたときは国庫もかなり豊かだったが、今それはほぼ全て前線援助に飛んで行っている。

……まぁ、むしろ父王が節約の結果蓄財してくれていなければ、支援不足でそもそも今の国境線での善戦もあり得なかったわけだ。

(これは父上の寝室に足を向けて寝れないな)

エーデルハルトの自室の寝台は、残念ながらベッドの足元がオズワルドの部屋のほうに向いてしまっているが。

「伝令です！　失礼します！」

「おう、報告書とかはそこの箱にどうぞ」

「はい！」

エーデルハルトが定期連絡を受け取ると、伝令はまた慌ただしく執務室を飛び出していった。

ライオネルたちのいる前線の状況については既に伝わっている。軍に裏切り者がいるかもしれない話も、だ。しかしこれが民間に流れることについては、厳重な緘口令《かんこうれい》を布《し》いて阻止していた。

ただでさえ戦争によって国内の情勢は不安定に陥っており、王国側の不利も既に多くの国民が知るところとなっている。

その上さらに自国軍に内通者がいるかもしれないなんて情報、知れば混乱は避けられないだろう。

「そこの君、大至急伝令を呼んできて。あ、緊急のほうね」

「あ、はい、わかりました！」

一刻も早く自軍に態勢を立て直させるため、国境への物資や兵士の輸送体制を強化するべく命令書を作成する。

現状のこの財政でさらなる出費は正直かなり圧迫が大きいが、負ければそれどころではなくなる。代わりに税制や貿易方面を見直して増収を図ろう。

「殿下！　練兵状況の報告に参りました！」

秘書が一時的に離席しているので、その間はエーデルハルトに情報がダイレクトに入ってくる。

「おお、来たか。で、どう？」

「順調です！　ちょっと慣れない訓練法で最初は戸惑った様子ですが、慣れてしまえば問題は何も」

「そうか。よしよし、なら引き続きこの調子で頼むよ」

「はい！」

エーデルハルトもただ国政に忙殺されているわけではない。各地各国を放浪の末に編み出した新たな訓練法を、戦力増強策の一つして導入したのだ。

国境に総力を集めるのも重要だが、かといって王都や国内の警備もおろそかにはできない、というのも理由の一つではある。

（まだ前線に派遣できるほどの数がないのが問題だよなぁ……）

始めて間もないのだから当然使える兵力も少ない。少数精鋭にするべく訓練スケジュールを調整しているが、果たして戦場には間に合うのかどうか。

ひとまず一小隊分くらいは訓練が完了しているし、まずはその隊を試験的に実戦に出してみるのも……。

コンコン。

「ん？　どーぞ」

「失礼します」

この多忙のときに律義にノックをする者がいるとは……なんて少し物珍しく思ったが、入ってきたのがアーシャで納得した。

普段はエーデルハルトの母である第三妃ソフィーリアの侍女をしている彼女だが、今は仕事着ではなく鋼の軽鎧《ライトアーマー》を装備し、腰に剣を差して長い茶髪をポニーテールにしている。

「なーんだアーちゃんか。わざわざノックしなくても良かったのに」

「仮にも一国の王子たる殿下の執務室に入るのに、ノックをしないなんて失礼なことはできかねます」

「仮にも、は余計だって……」

こう、変に真面目なところがあるのがアーシャである。確かに彼女にはノック無しで人の部屋に入ることはできかねるのかもしれない。

「しかし急にどうしたんだ？　この時間はまだ練兵場にいるはずだろ？」

アーシャは軍人としては普段治療兵として従軍しているが、士官学校の元生徒なだけあって戦闘力もあるので、今日は新しい訓練法による練兵を任せていたのだが……。

「それが……」

「……あーちゃん、ムリ」

「あぁ、ごめんね。もう少し待って、メイ」

そのやり取りで、アーシャの背後にメイが隠れていることに気づく。アーシャより頭一個分以上小さいメイは、アーシャと一直線上に並ばれると角度によっては全く見えない。しかも日常的に気配を消しているものだから余計に、である。

今日も身長くらいの大きな筒を背負い、アーシャの服の裾を手が蒼白《あおじろ》くなるほど強く握りしめている。碧色《へきしょく》の瞳が何かをこらえるように細められていた。

メイはスフィリア戦争の後、記憶をなくした状態で父王によって保護された。開戦直後に滅ぼされたスフィリアの領主、ウルデ公爵家の跡取りの証《あかし》であるブレスレットを持っていたため、当家の一人娘である『メイ』だろうと判断された。

しかし魔力が一切ないため魔力至上主義の王国貴族の間で引き取り手は現れず、ウルデ家が死した王妃ジョセフィーヌの実家だった縁で、王妃と親しかった母の護衛として身を寄せるようになった。

メイが妙に母ソフィーリアに懐いたというのもあったが、この時期は直前にエーデルハルトの妹である第一王女アレクシアが旧フィリアレギス領で死んだばかりで、母の心内を落ち着かせる意図もあったとかなかったとか。

「メイ？　どうした？」

「……頭、クラクラする」

そう言ってメイはムスッと眉間にシワを寄せる。まただ。この頃メイはよくめまいを訴えていた。

昔から、メイは時々謎のめまいや頭痛を訴えることがあった。そのたびに医者には見せているのだが、何度診察しても原因は不明。

結局治療法も何も見つからないまま気づけばメイの容態は落ち着いていたのだが、ここ最近再び起きるようになっている。しかも頻度がおかしい。何しろこれで一週間連続なのだから。

「やっぱきつかったか……メイも体調悪いなら無理するなって言っただろ」

「……頑張れる、気がした」

「気がした、じゃなくて、絶対、のときに頑張ってくれ。な？」

「……ごめんなさい」

あまり表情の起伏がないメイだが、今日はわかりやすくシュンと目じりを下げていた。

「謝らなくていいよ。その代わり今日はゆっくり休むように」

「ん……あ」

小さく頷《うなず》いた直後に思い出したように声をあげ、メイはアーシャの横をすり抜けてエーデルハルトの近くまで来た。そしてそのまま手に持っていた何かをこちらに握らせた。

「これ、渡す」

「え？　ちょっと、メイ、これって大事なものだろ？　メイが持ってないと……」

「ダメ。わかんないけど、でも、渡さないと」

渡された物にエーデルハルトはギョッとしたが、珍しく真剣な表情を浮かべるメイにそれ以上は言い出せなかった。

「えっと……ではメイは連れて行きますね。医務室で仮眠を取れば多少マシになるでしょうから」

「あ、あぁ、頼んだよ、アーちゃん」

「それと訓練の詳細報告については……」

「いいからいいから、まずはメイの面倒見てやってくれ」

「……わかりました。また戻ってまいります」

申し訳なさそうに頭を下げ、メイを連れてアーシャはドアの向こうへ消えていった。

それを見送ってエーデルハルトは手元に目を落とす。そこには先ほどメイから渡されたブレスレットがある。ウルデ家の跡取りであることを証明する、あのブレスレットだ。

(メイ……なんでこれを?)

これまで一度も手放そうとしなかったのに、このタイミングでこれを渡してきた理由はなんだろう。

ブレスレット自体に何か特別な意味があるのかと見てみるが、目立って怪しげな箇所はない。せいぜい台座に大きな黒真珠が嵌《は》まってるくらい。

この手の骨董《こっとう》に詳しい者となると……デイヴィッドあたりか。最近学園から姿を消して行方知れずのようだが、ダメもとで一度大図書室に顔を出してみよう。

(そういえば、あの報告って……)

書類が山積みになっている机の上を漁《あさ》る。ふと数日前にデイヴィッド名義で送られてきたある報告書のことを思い出した。

近頃王国各地で起きている奇妙な現象についての報告だ。爆発のようなものを経て地面に空いたクレーターに黒い池のようなものが現れるのだという。

池と言ってもその正体は濃密な霧で、無秩序に発生しているように見えて実は調べてみるとそれらはみな、かつてその地で起きた爆発事故によってできたものだと判明した。

カランフォードでの事故と同種のものが、一年のうちに王国各地で数件起きたことがあった。事故後ゴーストタウンになってしまったカランフォード以外は数年のうちに復興し、この頃は事故の話もすっかり忘れられていた。

（どうして今になって……）

今のところ人や動物への被害は確認されていないが、原因不明というのがなんとも不安を掻《か》き立てる。何かが起こる先ぶれでなければいいのだが。

「……ドロシー」

現在進行形で前線で戦っているだろう幼馴染《おさななじみ》の姿が脳裏をよぎった。

前世の記憶を持ち、黒い霧に縁深い彼女なら、この現象に対しても何らかの理由を見出《みいだ》せただろうか。

三章　ルクレツィア学園の疎開

敵の臨時アルマ・リアクタを破壊してから、帝国軍の動きは少しずつ鈍くなり始めた。恐らくアルマ・リアクタを失ったことで、軍事力に開いた穴は大きかったのだろう。立て直すまでにまだ時間が必要のはずだ。

「疎開、ですか？」

プラティナ王国軍の陣地、その総大将テントの中でレティシエルはたった今言われたことを復唱した。

「ええ、疎開です」

彼女の正面に座っているライオネルは、そう言ってニッコリ微笑《ほほえ》む。

潜入捜査が終わってからしばらく、レティシエルは前線で戦う以外特にないまま過ごしていた。ライオネルもまた軍の統率に明け暮れていて、捜査終了以降は会っていなかった。

それが久々に呼び出しがかかったと思えば、いきなり突拍子もない話である。想定していなかった話だったので、思わずポカンとして目を瞬かせてしまう。

「失礼ですが、誰がどこへ疎開するのでしょう？」

「ルクレツィア学園の生徒たちが、王国南部の避暑地へ、です」

「……」

一瞬、脳裏に友人たちの顔がよぎる。もしや彼らの身にも何かあったから計画された疎開なのか……とも思ったが、冷静に考えてみれば守りが堅い王都に暮らす彼らに、この戦い由来の危険が及ぶ可能性は低い気がする。

戦場付近に暮らす一般市民の安全のため、その人たちを疎開させるのはわかるが、なぜ戦場から離れた学園の生徒たちがその対象になるのか。

「また、いきなりですね……何か事件でも？」

「そういうわけではありませんが、この頃国土内に敵兵が入り込んでいる報告が何件も寄せられていますので」

ライオネルが言うに、帝国軍はこの頃戦場では勢いが殺《そ》がれつつあるが、その代わり内偵に力を入れているらしい。ひとまず学園が襲撃されたわけではないことに安堵《あんど》した。

これまではあまりなかったが、最近は国境を越えて王国内に侵入しようとする者が多数現れている。捕らえたその大半は帝国の密偵だった。

「可能な限り国境の出入りには目を配っていますが、それでも取り逃がした密偵がいないとは言い切れません。ですから安全のため、今回の疎開を決行しようと思っています」

なるほど、ライオネルがこの頃いつも忙しそうにしていたのは、この帝国からの密偵の増加に対応するためでもあったということか。

「しかし、わざわざこのタイミングに実行されるとなると、学園の生徒らが狙われると考える理由が、殿下にはおありだということでしょうか？」

「ええ。ルクレツィア学園は我が国でも最高峰の教育機関です。そこから大勢の生徒が卒業後国政や軍など、国を支える立場につくことは少し調べればわかることです」

貴族の子女が通う学校なので、卒業後に与えられる役職などが高いのも、教育の水準が高いのも確かだ。

「それは我々にとって大きな武器であると同時に、弱点でもあるのです」

「……未来の芽を摘もうとするかもしれない、ということですか」

つまり将来的に王国軍の戦力となり得る候補を、帝国がつぶしにかかってくる可能性を懸念しての疎開ということらしい。意図に気づいたレティシエルの発言に、ライオネルはコクリと頷く。

「現在、帝国が最も望んでいることは恐らく我が軍の弱体化でしょう。本来であれば大勝できるはずだったのに、想定外の抵抗に自軍も消耗させられたことは相手にとっても不測の事態だったはずです」

「それはそうでしょう。開戦から今日までの帝国軍の二転三転ぶりを見れば一目瞭然です」

「シエル殿もわかっているようで話が早いですね。我が軍は現状、絶えず送られてくる王都からの支援物資と援軍で何とか持っているようなもの。その援軍を断とうと敵が考える可能性を考慮しないわけにはいきません」

ただでさえ国境線というのは広く、全てを完全に防御するなど至難の業である。

今の王国軍には当然それができるほどの勢力はないのだから、せめて狙われる可能性のある存在を先回りして保護したほうが得策だと判断したという。

ちなみに同じく軍人見習いを育成する士官学校であるハインゲル学園のほうも、ルクレツィア学園と同時に疎開の実施を予定しているという。王国のこれからの軍事を支える卵たちの保護を最優先させたというわけだ。

「護衛は私一人ですか？」

「ええ。ルーカス殿にはここに残っていただくつもりなので、前線のことは心配しないでください」

「ルーカス様お一人で大丈夫なのでしょうか」

「今の帝国軍の状態であれば、彼一人でも十分戦線を維持できるはずです。英雄様がいるほうが、兵たちの士気も高まりますしね」

それについては否定しない。確かにスフィリア戦争のときの大英雄『紺碧《こんぺき》の獅子《しし》』は、今なお軍人や兵士たちの間で根強い人気がある。

本陣ではルーカスへの羨望や憧れなど、そう言った話題には全く事欠かない。何しろ毎日どこかで誰かしらが話している。これが戦時でなければ、きっと大勢の兵がルーカスを囲んでは握手などを求めていただろう。

「疎開について了解しました。私で良ければ護衛、やらせていただきます」

「シエル殿だからお願いしているのですよ。ただでさえ疎開をする時点で不安をあおってしまうのですから、ガタイの良い軍人より同年代の護衛のほうが、生徒たちの緊張もいくらか和らぐでしょうから」

「はぁ、そうですか」

「……それに、そのほうが事態も動くでしょうし」

「？」

「いえ、なんでもありませんよ」

一瞬ボソリと、ライオネルが何か言うのが聞こえた。とっさに聞き返したが、返ってきたのは普段通りの笑みとはぐらかしだけだった。

この頃、こういった不可解な反応をライオネルはよく見せている気がする。戦術に対する頑固さや奇妙な発言、それらは一体何を意味しているのか。

「……それで、疎開の日程などは決まったのですか？」

「それについてはまだです。今日は護衛の件をあなたにお願いするために、一足早く情報をお伝えしただけですよ」

「そうですか……」

「詳しい日時など決まりましたらそのときにもう一度呼びますので、それまで少し待っていてください」

「わかりました。そういえば、私の正体などは伏せるべきなのでしょうか？」

「そうですね……基本的には伏せてもらいたいですが、変に誤魔化したりするとかえって怪しまれることもありますからね。勘付かれたときはシエル殿の判断で明かしても構いませんよ」

その後二三追加の説明を受け、レティシエルは自分のテントへ帰る。護衛か……日程はまだ決まっていないとはいえ、恐らくそこまで長い期間も空かないだろう。

戻ったらひとまず荷物の用意くらいはしておこうかしら。どうせそんなに持ち物もないわけだし……。

そんなわけで、現在レティシエルは幌《ほろ》馬車の幌の上で揺られながら、街道を南下していく馬車団を襲撃する者がいないか警戒していた。

髪や目の色は身バレを防ぐため前回の潜入捜査のときと同じく、黒髪に紫の目で統一し、念のためフードも深くかぶっている。

ライオネルから話を聞かされた翌日には疎開の日程が決まり、その日のうちにレティシエルはまとめておいた荷物を持って王都ニルヴァーンに戻った。

というのも決定した日付がほんの三日後だったのだ。おかげでレティシエルがルクレツィア学園の面々と合流したのは、出発当日の朝のことだった。

「遅くなりました。申し訳ありません」

「い、いえ、とんでもないです！　こちらこそ来ていただきありがとうございます、シエル様」

こちらの名前は既に通達されていたらしい。見かけたことがない男性教師が、少し上ずった声で対応してくれた。

馬車の周辺にはレティシエル以外にも護衛と思われる男性たちの姿が見える。教師に彼らのことを聞いてみたところ、第三王子に派遣された者たちらしい。以前エーデルハルトが友人らにつけてくれると言っていた護衛たちだろうか。

「こちらの準備は既に整っていますので、早速出発しようと思いますが……」

「わかりました、問題ありません」

友人たちの姿を捜したい気持ちはあったが、出発時間がギリギリだったのと、何しろ生徒は既に全員馬車に乗り込んでいたので、わざわざ中を覗《のぞ》いて捜すわけにもいかない。どのみちこれらの馬車のどれかには乗っているだろうし、目的地に到着してから捜しても遅くないだろう。

レティシエルが馬車の上に乗ると、合計十二台の馬車はゾロゾロと走り出した。全校生徒と教員を含めているのでかなりの大所帯だ。

ちなみにレティシエルも一緒に乗らないかと聞かれたが、それは丁重にお断りしておいた。人ごみは苦手だし、何より馬車の中にいては満足に周辺警戒に当たれない。

帝国軍の過激さが増してきたことにより、ただ内地であれば安全というわけにもいかなくなっているため、今回ルクレツィア学園一行が疎開する先は、北の国境線から遠く離れた王都よりさらに南の地方。

この距離稼ぎがどこまで意味があるのかはわからないが、せめて危険の大本からは離れておこうという、ライオネルからの指示によるものだという。

(……今のところは異状なし、かな?)

索敵魔術を常時発動したままにしてあるが、動物や一般の通行人の気配は引っ掛かっても、こちらに敵意を持つ存在は検知していない。

ただ西の草原に鹿の集団がいるのを検知したので食料にすべく狩っておいた。急遽《きゅうきょ》決まった疎開で、身軽のまま移動するため食料は全て現地調達ということになっていた。

もちろんその役目はレティシエルに期待されたわけだが、何百人もいる学園関係者全員分の三食の材料を一人で確保しろとは、ずいぶんハードな期待である。おかげで常に警備と狩猟を同時進行で行わなければいけない。

(私も狩りばかりしているわけにもいかないのだけどな……)

口に出しても仕方ない文句を、心の中で呟《つぶや》いて自分で納得してみる。

生徒らを乗せた馬車は縦に十何台も並んで走っているが、案外街道の通行の邪魔にはなっていなかった。

恐らく開戦の影響で、街と街を移動する人間がほとんどいなくなったか、あるいは既に移動し終えているからだろう。普段はもっとにぎわっているというこの中央街道も、今は人通りがなくガランとしている。

「ねえ、今回の護衛って、あの人ですよね?」

馬車は幌馬車なので、話し声などを遮る厚い壁はない。

なので、下の車内に乗っている生徒たちの会話は、普通に風に乗ってレティシエルの耳まで届いてくる。

「あの、戦場で神がかってお強い魔道士様でしょう？　きっとかっこいい方に違いありませんわ」

「そうそう、その御方《おかた》！　確かシエル様とおっしゃるんですよね？」

「一度お目にかかってみたかったのよ。だってあんな華々しい戦果を挙げられる方なんて、紺碧の獅子様以来じゃありませんか！　憧れますわ……」

「そういえばお姿をまだ見ていませんわ。わたくし、会ったら絶対一筆書いていただこうと思っていましたのに」

「あら……言われてみればそうですわね。でもきっと近くにはいらっしゃいますよ！」

馬車の動く音にかき消されないとはよほど大きい声らしい。疎開の道中だというのにずいぶんと楽しそうだ。いや、明るい気持ちでいることは悪いことではないのだが。

「……」

その噂《うわさ》されている当事者が、自分たちと同じ馬車の幌の上にいることを彼女らはきっと知らないのだろう。

警備が任務だからこの場から離脱するわけにもいかないし、レティシエルは極力その話を聞かないよう努力する以外やれることがなかった。今ならルーカスの気持ちがわかる気がする。

（……早く目的地に着かないかしら）

馬車の中から聞こえてくる噂話に、レティシエルはむずがゆい気持ちをこらえながらどこか落ち着かなかった。

自分に好意的な噂話を自分で盗み聞くことは、思えば前世の頃からそんなに得意ではなかった。

＊＊＊

ルクレツィア学園の疎開先は、王国南部にある寂れた避暑地だった。かつては貴族の別荘が立ち並ぶ大きな街だったが、今は廃れて無人の街と化していた。

「ちょっと、ここ、どう見てもゴーストタウンじゃない」

「こんなところ通るの？　あり得ませんわ……」

幌馬車の中からそんな生徒たちの文句が聞こえる。文句を言う声は震えていたが、それでもこの廃墟《はいきょ》に物申すことは止められないらしい。

まぁ、こんな緊急事態の真っただ中では、文句の一つでも言わなければ不安や恐怖で押しつぶされてしまうのかもしれないが。

朽ちかけた別荘が並ぶひび割れた石レンガの街道を抜け、生徒たちを乗せた馬車団は避暑地の外れまでやってくる。寂れた元避暑地なので、周囲は既に緑豊かな木々に覆われて自然に還《かえ》りつつあった。

（目的地は……あれかしら？）

幌馬車の上からは、視線が高いおかげか前方の景色もよく見える。レティシエルが目を向けている先に、灰色のレンガ造りの屋敷が見えていた。

周りはうっそうとした森に包まれており、建物自体も蔦《つた》やコケが表面を覆い、お世辞にも状態が良いとは思えない。しかし広さは十分あるようで、四階建ての建物が横にずらりと五つも並んでいる。

今はもう放棄されているので推測でしかないが、これだけ大きな施設となると元は王家管轄の別荘だったりしたのかもしれない。

「うそ……目的地ってまさか、あそこですの？」

「うわー、あり得ないわ。こんなとこ人なんか住めるのかよ」

「もっといいとこあっただろ……」

馬車が木々をすり抜けていくにつれ建物が生徒たちにも見えるようになったようで、下の馬車内からさらに不満げな声が漏れる。

これればかりはどうしようもないが、普段絢爛《けんらん》豪華なお屋敷暮らしに慣れた貴族のボンボンたちには、この廃墟のような屋敷はさぞ貧乏そうに見えることだろう。

錆《さ》びて少し蝶番《ちょうつがい》が緩くなっている正門を通り抜ければ、そこかしこに雑草が生えた庭が出迎える。舗装されていただろう石畳の隙間からも雑草が生えてきているあたり、手入れがされなくなって結構な年月が経《た》っている様子。

「えー、みなさん、馬車を降りて広場に集合してください！　点呼をしますので、それが終わり次第屋敷内のホールで待機するように！」

屋敷の玄関前の広場に馬車は次々と止まり、引率の教師の指示が飛び始めた。

しばらくすると生徒たちがゾロゾロと馬車から降りてくる。その様子を、レティシエルは馬車の上に座ったままジッと見守る。

今回、生徒たちは護衛者がレティシエルであることを知らされていないため、フードはもちろん深くかぶって顔がよく見えないようにしてある。

「あ……見てくださいまし、怪しい方がいらっしゃいますわ」

「本当ですわね。どなたかしら？　あんなキッチリとローブを着こまれて暑くないのかしら……？」

「もしかしてあの方じゃありませんの？　シエル様」

「え！　あのお方が!?　何といいますか……予想外ですわ」

「でも、あれはあれでミステリアスな雰囲気で素敵……」

「なんか……いいよな。顔は見えないけど雰囲気が凛《りん》としてるからカッコイイわ」

「あの方が救世主と名高い魔道士シエル様かぁ……」

数人……いや、大半の生徒がこちらを見上げてはヒソヒソと囁《ささや》き合っている。

気持ちはわからなくもない。フードを深くかぶった怪しげな護衛が馬車の上に乗っているとなれば、気にならないほうがおかしい。

先ほどまで噂話に上っていた人物を前にして、怪訝《けげん》そうな顔をする者もいれば、小さく黄色い声を上げる者、尊敬の目を向けてくる者。実に多様な反応をされている。

出発ギリギリに合流したのでこの姿はほとんど生徒に見られることがなかったから、驚かれるのも無理はないだろう。やっぱり居心地が悪い……。

相手し始めると終わらないので、それらの視線をまとめて直視しないよう、スッとさりげなくレティシエルは彼らに背中を向ける。

「長旅、お疲れ様でした」

御者台に座っていた女性教師がこちらに声をかけてきた。女性が御者をするなんて少し珍しい。

「いえ、お気になさらず。これも任務のうちですから」

「そうおっしゃらず。馬車の上にずっと乗っていたのに疲れないはずはありません。大した設備もないと思いますが、今日くらいはゆっくり休んでくださいね」

「お気遣いありがとうございます」

女性教師の気持ちはたいへんありがたいが、レティシエルには彼らの護衛という昼夜問わない任務があるので、おちおち休んでもいられない。

「しかしここ、ずいぶん寂れているんですね」

「まぁ、疎開して身を隠す場所としてはもってこいなんじゃないですかね」

外壁に蔦や苔《こけ》をまとわせた目の前の古びた屋敷をレティシエルは見上げる。その視線を追って女性教師もまたそちらに目を向けた。

それなりに広い屋敷ではあるが、一部崩れていたり自然に覆い尽くされたりしているせいか遠目には意外と目立たない。実際レティシエルも探索魔術を使っていなければ気づくのがもう少し遅かったかもしれない。

また屋敷内で寝泊まりするのは生徒のみで、教員勢は庭先にテントを張って過ごす予定だという。無論レティシエルもあとでテントを張らなければならないだろう。

学園の生徒と教師が一堂に会することのリスクはあるが、分散させるとそれはそれでレティシエル一人では守りきれない。もちろん護衛がレティシエルだけというわけではないが、それでも一か所に集まってくれたほうが危険はあれど守りやすい。

「それに、ここはあのカランフォードの騒動に巻き込まれて衰退した街ですからね。寂れていて当然です」

「……？　あら、この街カランフォードに近かったのですか？」

「ええ、歩いていける距離だと思いますよ」

思わずレティシエルは目を見開いた。

カランフォードといえば、ヴェロニカが幼少期を過ごした街で、かつて謎の爆発事故により一転してゴーストタウンに変わってしまった都市である。

まさかそんなに近い場所に件《くだん》の街があるなんて……。何しろ任務を言い渡されてから出発までの時間が短く、滞在先の場所までは聞いていなかった。

そういえば事故以前のカランフォードは国内でも有数の避暑地で貴族や王家の別荘も数多く置かれていたと、前に本に書いてあったような……。

突発的な疎開に選ばれた場所がかつて事故で荒廃した街のすぐそばというのは、奇遇というべきなのか何なのか。

「では私はこの馬車たちをまとめて裏に停《と》めてきますので」

「はい。周囲の警戒はこちらで行います」

「助かります。いやぁ、さすが最前線で活躍されている方だけあって頼もしいです」

どうにも反応に困るので、とりあえず曖昧に微笑《ほほえ》んでおいた。馬に軽く鞭《むち》を入れ、女性教師は馬車とともに庭の奥へと吸い込まれていった。

それを横目に見送り、レティシエルは生徒たちの通行の邪魔にならないよう、正面玄関へ続く道の脇に移動する。

そのまま生徒が全員屋敷に入るまで待機する。このあとのレティシエルの予定は、入館後屋敷そのものに結界魔術をかけることだけである。

「……あ、あの」

周囲の警戒を始めて一時間ほど、半分くらいの生徒が入り終えたくらいのタイミングで、レティシエルに声をかけてくる者がいた。

「……？」

誰かしら？　しかし聞き覚えがあるような……なんて思いながら声の主を振り返り、レティシエルは思わず固まった。

「その、いきなりですし、勘違いだったらすみませんが……」

声の主はなんとミランダレットだった。聞き覚えがあって当然だ。

近頃はほとんど見ることがなくなった、人見知りでオドオド気味のミランダレットだった。一応レティシエルは現状他人ということになっているから、そういう反応にもなる。

「も、もしかして、ドロッセル様……だったり、しませんか？」

「……」

バレているじゃないか。しかも割とあっさり。

もしや自分は変装が下手なのだろうか……？　と自身の変装能力にわずかながら疑問を持ち始めるレティシエル。

確かに前世では、王女だったこともあって変装を必要とする隠密《おんみつ》任務に当たる機会がほとんどなかった。

やはり完全に化けるためには迷彩魔術も使って、全力で誤魔化さなければいけないかもしれない。これは良い教訓になった。

「おい、ルル。魔道士様、困ってるだろ」

「え、あ、すみません。いきなりこんなこと言われたらびっくりですよね……」

ミランダレットの後ろからたしなめるように彼女の肩を摑《つか》んだのは、これまたお久しぶりのヒルメスだった。

ただし、目に見えて全身に元気がない。目は焦点があまり定まっていないし、肩はずっしりと沈んで表情にも覇気がない。元気が取り柄のヒルメスが珍しい。

「ただ、その……凛とした雰囲気がどことなく知り合いに似ている気がして……」

「……わかるものなんですね、雰囲気なんて」

「い、いえ、私がそう思い込んでしまっただけで、魔道士様が気にすることでは……え？」

途中で声が途絶えた。思わず感心してポロッと口を滑らせてしまったが、その瞬間ミランダレットがフリーズした。

その後ろでぼんやりしているヒルメスは気づいていないらしい。不思議そうにミランダレットを見ている。

うーん……やっぱり空気感とか声とかで、親しい人にはわかってしまうものなのか。それともミランダレットが鋭いだけ？

「……ほかの人たちには内緒ですからね」

「……！　わ、わかりました」

勘付かれたときはこちらの判断で正体を明かしてもいいと言われているので、変に隠し立てはしなかった。それにミランダレットであればきっと秘密を守ってくれるだろう。

「あの、心配しました」

「ごめんなさいね。でもご覧の通り無事よ」

「本当ですよ、もう！　これで無事じゃなかったらどうしようかと……お勤め、大変じゃないですか？」

「そんなに、かしら。戦うのは特に苦労しないし、学園長やライオネル殿下のような頼もしい人も一緒にいますから」

「ジーク様も元気にしていますか？」

「ええ、元気していますよ。最近は仕事が増えて忙しそうだけど」

「睡眠は？　食事は？　きちんと休息、取れてますか？　無茶とかしていませんよね？」

「……平気よ。心配性ね」

「心配くらいさせてくださいよ！　戦争は激化していくし、情報は頑《かたく》なに封鎖されて現状を知ることもできないし……」

「それは……うん、ごめんなさい」

　いきなり学園から姿を消し、かと思えば戦場の最前線で武勲を立て、ずいぶんと心配をかけた自覚はあるが、いきなりの質問攻めにはちょっとたじろいだ。

　レティシエルには母親がいない。正確には母親の記憶がない。

　前世の母はレティシエルの幼少期に病死しているし、今世の母はそもそも感覚的に他人のようなものだったし、裁かれてもういない。

　前世でも今世でも母という存在を身近に感じることはなかったが、世話焼きの母を持つと、こういう感覚なのだろうか。

「ところで……」

「はい？」

「屋敷、入らないんですか？　集合時間が迫っているのでは？」

「え？　……あ！　いけない！」

ギョッと目を見開き、ミランダレットが顔を青くさせた。一応何時までに入館完了という指示はあるのだが、その最終時刻のことをすっかり忘れていたらしい。

「わ、忘れてました。あの、私行きますね！」

「ええ、急いだほうが良さそうよ」

「はい。あの……」

「？」

「……また、お会いできますか？」

「そうね。私も同じ屋敷内には寝泊まりするわけだし、会う機会くらいいくらでもあるんじゃないかしら？」

「そっかぁ……じゃあ、またあとでお会いしましょうね！」

そう言い残してミランダレットはすぐさま走り去っていった。過去最高のダッシュではなかろうか。オロオロしながらヒルメスも後をついていった。

なお、ヒルメスは最後まで『護衛シエル』の正体に気付かなかった模様。

ヒルメスは……なんというか少し単純なところがあるし、きっとミランダレットが話すか、あるいはレティシエルがフード外すまで気付かない気がする。

「あ、いたいた。ここにいらっしゃったんですね」

そこへ、レティシエルにも集合の指示がもたらされた。

「もうそろそろ始めたいので、すぐ大ホールに来ていただければ」

「わかりました、行きます」

疎開中の業務や当番、注意事項などを決定・確認するための会議への参加である。

レティシエルがその会議で何か発言するわけではないが、護衛する側としてはそのあたりの基礎情報は共有しておくべきだろう、という上からの指示だ。

会場に向かう途中、レティシエルはチラリと生徒たちがいるであろう灰色の屋敷を見上げる。

緑に覆われ、あちこち壁にひびが入った頼りないその姿に、一抹の不安のようなものを覚えたのは自分だけだろうか。

その日は結局、テントの設営や配置の確認などの基礎的な工程をこなすだけで夜になってしまった。

「では明日からもよろしくお願いします」

「はい」

明日の予定の打ち合わせを済ませ、引率者の教師は自分のテントへと戻っていった。

それを見送ってレティシエルは警備の仕事に戻る。ここは屋敷の前庭、その中心に焚《た》かれた焚火《たきび》の前だ。

初日の夜の警護はレティシエルを含めて五人体制で回すことになっている。担当区画である屋敷の正面を見回りながら、今は焚火の前でしばしの休息を取っている。

「こんばんは、あの、夕飯を届けに来ました」

そこへやってきた者がいた。ヴェロニカだった。予想外の来客に驚く。

「夕飯？　もう時間はとっくに過ぎていますよ？」

「そうなんですけど、魔道士様、食事の時にいらっしゃらなかったので……」

その手には小さな麻袋が握られている。恐らく中にパンか何かが入っているのだろう。

確かにみんなが食事をしていたときも、時間が惜しいのとそこまで空腹ではなかったので任務を続行していたが、どうやら気を遣われてしまったらしい。

「それは……わざわざありがとうございます。あとでいただきます」

「は、はい」

麻袋はありがたく受け取ることにする。見回り中の夜食にでもしよう。

食料の受け渡しは終わったはずなのだが、ヴェロニカはその場から動かない。遠慮がちにこちらを見ては目をそらし、何か言い出そうとして悩んでいるように見える。

「どうしました？　何か言いたいことでも？」

「……あの、勘違いだったら失礼なのですが……」

「……？」

「もしかして、ドロッセル様ですか？」

　この感覚、既視感がある。というより昼間に経験したばかりだ。しかもミランダレットと違ってなぜか確信されている。

「……」

「えっと、その……空気感が似てる気がすると言いますか、魔力が感じ取れなくて……」

「魔力……？」

「あ、いえ、やっぱりなんでもないです！」

　レティシエルが反応しないことで発言が間違っていると思ったのか、慌てた様子で頭を下げるヴェロニカ。謝罪されるようなことを彼女はしていない。レティシエルはすぐにヴェロニカの肩を押して顔を上げさせる。

「……今日はいろんな人にバレますね」

「……！」

「本当に不思議でなりません。一体何で判断しているのですか？」

「えっと……か、勘？」

「勘ですか」

　人間の直感というのは、例えばこのような出来事が起こり得るからバカにならない。

「しかし魔力を感じ取れるとは知りませんでした……いつの間にそんな能力を？」

「あの、魔道士様のおかげなんです。少し前にいただいた本を参考に、いろいろ自分なりに訓練した結果なので……」

すぐに錬金術の話だと気づいた。直近で彼女に渡した本はそれしかない。その後すぐレティシエルは戦場に駆り出されることになったが、独学で読み進めてくれているようだ。

そしてレティシエルに対するヴェロニカの呼称が元に戻っている。錬金術のこともかなりぼかして話してくれている。まだ何も言っていないが、公にすべきではないと判断してくれたらしい。察しの良さに驚く。

「魔力を取り出すなんて特殊な扱い方をする術だから、魔力の気配には敏感になるのかしら？」

「どうなんでしょう……。でも本には、魔力とは人の体に帯びた力の膜のようなものだと、書いてあるから、気配に敏感になるのはあり得るかもしれません」

「病のほうにはどうでしょう。効いていますか？」

「はい。最近は本当に全然苦しくないんです。魔力の取り出しがスムーズになってきたからかもしれません」

なんでも本に載っていた簡単な術であればそれなりに使えるようになっているという。この短時間でかなり力を伸ばしているようだ。ヴェロニカは錬金術に才があるらしい。

ほどほどのところでこの話題は一度切り上げることにした。魔術のような機密性は無いにしろ、ここで錬金術について長々と立ち話するわけにもいかない。詳しい話はまた後日聞くとしよう。

「夜もかなり更けてきましたし、そろそろ休んだらいかが？」

「あ……そうですね。もう戻らないと」

「送っていきますよ」

「え、そんな、お仕事の邪魔はできません」

「邪魔ではありませんよ、どのみち巡回の道中ですから」

ヴェロニカは少し申し訳なさそうにしていたが、最終的には了承してくれて二人で一緒に屋敷へ向かった。

今回の疎開では前庭に面している屋敷の表側の部屋しか使わないことになっているが、今現在明かりがついている窓は見当たらない。とっくにみんな寝静まっているようだ。

「では魔道士様、おやすみなさいませ」

「ええ、おやすみなさい」

挨拶を交わし、ヴェロニカは屋敷の中へ入っていった。正面玄関の扉が閉まるのを見届け、レティシエルも見回りに戻る。夜は長い。ここからが正念場だ。

夜警の交代が来るまで、レティシエルは敷地内の隅々まで丁寧に安全を確認して回る。初日の警護は特になんの問題もなく過ぎていった。

＊＊＊

ルクレツィア学園一行がこの屋敷に疎開してから、今日でまるまる一週間が経過した。

自分の身に危険が迫っているかもしれないという不安に生徒たちは当初暗い顔をしていたが、今では少しずつだがみんな顔に笑みが戻ってきていた。

戦地から遠ざかったことと、一週間何もなかったという事実のおかげだろう。そのせいで中には警戒心が薄れて、最近では近場に出かける生徒まで出始めている。

レティシエルのほうでも敷地全体に結界魔術を施したり、定期的な索敵魔術の行使などで防衛態勢を万全に整えているが、肝心の生徒が勝手に出歩き始めると途端に護衛の難易度が跳ね上がる。

何しろ一人一人を個々に守るとなると、さすがのレティシエルでも手と気力と神経が足りないのだから。

「……これ、ちゃんと疎開としての意味を成してるのかしら？」

屋敷の庭先で談笑している同級生たちを隅から眺め、レティシエルは思わず眉をひそめてしまう。

みんなの緊張がほぐれることはもちろん良いことに間違いないのだが、これではバカンスに来ているのとそう変わらないのではないか。不安には思っていても、やはり平和な世では戦争への認識は甘くなりがちである。

一週間何事もなく過ぎたと言っても、まだたったの一週間。気を抜くにはあまりに短すぎる期間なのだが……。

「まぁ、気持ちもわからなくないですよ。狙われるかもしれないっていう不安と一緒に、この屋敷にずっと閉じこもるのって、結構精神磨り減りますもの」

その隣にはひっそりとミランダレットが立っている。表立って『護衛シエル』と仲良くしていると変な勘繰りを生むかもしれないので、こんな端まで離れているのだ。

「ミラ様もそう思っているの？」

「そうですね……私はそうでもないのですが、リーフは大分しょんぼりしちゃってます」

「あぁ……」

リーフというのはヒルメスのミドルネームだ。確かにあの元気が取り柄のヒルメスには、この缶詰に近い状態は窮屈そうだ。妙に納得してしまった。

「そのヒルメス様は、今どちらに？」

「あぁ、それなら裏庭です。元気を取り戻すべく剣の素振りとトレーニングに行くそうです」

「素振り……」

木製の剣を片手に、掛け声を口にしながら勢いよくそれを振り回すヒルメスのヴィジョンが容易に脳内に浮かんだ。

こちらへ来て初めて顔を合わせたときはあまりの顔色の悪さに、どこか体を壊してしまっているのではと心配だったが、無事に立ち直ってそうで何よりである。

レティシエルたちが屋敷に着いた翌日、敷地を囲う塀の上を移動しながら周辺警戒を行っていたレティシエルのところに、ミランダレットがもう一度訪ねてきた。

そのときもヒルメスは一緒だったが、今度はこちらを見るたび盛大に男泣きしてレティシエルを困惑させた。

どうやらその前にミランダレットから、シエル＝ドロッセルであることを教えられたらしい。それで顔を見たら安心してしまったとか……。

こういう人騒がせなところも、ヒルメスらしいと言えば彼らしい。

「やっぱりヒルメスは、そういう鍛錬をしているときが一番楽しそうですものね」

「それに、最近は本当に見てるだけでも辛《つら》そうだったし、この際いい気分転換になってくれればいいかなって」

ヒルメスが最初どんよりと覇気がなかったのも、レティシエルとジークのことをグルグルと心配し続けたが故だという。

あまりに学園上層部から情報が下りないので、大丈夫だろうか、何かあったのではないだろうか、など心配するあまりいろいろな『最悪』を想定しては落ち込み、想定しては落ち着かなくなり、内心ちっとも休まらなかったらしい。

その結果夜もろくに寝れず、ストレスや寝不足など諸々《もろもろ》の不調が重なり合った結果、あの状態に陥ってしまった……とミランダレットから聞いた。

「ミラ様のほうはどうですか？」

「え？　私？」

「魔術の練習とか、していたのかなと」

「それはもう、もちろんしていましたよ！　むしろそれ以外私にやれることもなかったと言いますか……」

少し気まずそうに頬を掻《か》いてミランダレットは言った。

レティシエルの詳細が知れないのであれば、せめていつか助けを必要としたときにこちらが助けられるよう、日々訓練ばかりに励んでいたという。

「それに、何かしていないと不安でしょうがないですし……」

「そうね……でも、頼もしいわ。ありがとう」

「いえ。むしろドロ……シエル様なら、助けなんかなくたって全部どうにかできちゃいそうですけど」

本名を呼びそうになって慌てて言い直している。『シエル』という偽名にはまだ慣れていないようだ。

「そうでもないわよ？　私も完璧超人ではないもの」

「私からしたら完璧超人みたいなものですよ？」

ミランダレットがキョトンとした顔で答えた。なるほど、ミランダレットにとって自分は完璧超人なのか……。

「そう思ってくれるのは嬉《うれ》しいけど……でも、何かあったらきっと頼るわ」

「やった。はい！」

なぜか嬉しそうに小さくガッツポーズをして、ミランダレットは満面の笑みを浮かべて頷《うなず》いた。何がそこまで嬉しいのだろう。ちょっと、よくわからない。

「うぉぉーい！」

遠くから誰かが叫びながら走ってくる。ヒルメスだ。片手に木剣を持っている。あれは一体どこから持ち込んで来たのだろう。

「いたいた！　ドロ――……」

「ちょっとリーフ、声が大きい……！」

「あ、やべ」

ミランダレットに注意され、ヒルメスは慌てて口を閉じて立ち止まる。そしてウンと一つ頷き、今度はゆっくりとこちらに歩いてきた。

「ごきげんよう、ヒルメス様。鍛錬帰りですか？」

「そうっすよ。ここに来てから体ロクに動かしてないですからね、運動ついでですよ！」

汗をぬぐいながらヒルメスは歯を見せて笑う。そんな婚約者に、どこから取り出したのかタオルを手渡すミランダレット。

「ところで何の話してるんすか？」

「今ちょうど、シ……エル様と日ごろの鍛錬の話をしていたのよ」

「鍛錬の話⁉　それなら俺もいろいろ話したいっす！」

ミランダレットが答えると、そう言ってヒルメスは目を輝かせた。もし彼の頭に犬耳がついていたなら、きっとピコリと立っていただろう。

しばらくの間会えずじまいだったせいか、積もる話が山ほどある様子だ。一度口を開いたらヒルメスはずっと話し続けた。

彼もまたレティシエルが学園を去ったあと毎日のように訓練に励み、問題に突き当たってもどうにかして自分やミランダレットたちと一緒に解決してきたという。

「でもまさか術式に耐えきれず木剣が壊れるとは思ってもなかったんすよ。だから俺はそのときに思ったんす。もっと丈夫な木剣がいるって！」

「……でもまさか、リーフが俺一から剣作るんだー、って言い出すなんて思いませんでしたけどね」

「そうそう、それで丈夫な木剣ってなんだ⁉　ってまず材料から探し始めて……」

「……」

「ご、ごめんって、あのとき勝手に突っ走っちゃったのは」

その話題になった途端、ミランダレットが少し不機嫌になった。手をすり合わせてヒルメスが謝罪している。ひと悶着《もんちゃく》あったのだろうと推測する。

「でも俺、おかげで剣に魔術まとわせるの、結構うまくなったと思うんすよ！」

話題転換を図るように、持っていた木剣を前に突き出し、ヒルメスは左手で魔導術式を起動してそれを剣に当てる。

　術式が光り輝き、赤い炎が一瞬で木剣の刀身を包み込んだ。炎の魔術を剣にまとわせているが、剣が燃えていないのは燃焼を遮断する術も一緒に使っているからだろう。以前教えていた通りにできているらしい。

「どうっすか？」

　待ちきれないといった様子でヒルメスが聞いてくる。炎の勢いや規模はまだかなりムラがあるが、当初剣本体を燃やしてばかりだった頃より格段に上達している。

「確かにだいぶ上手に術をまとえるようになっていますね」

「やっぱり？　えへへへへ」

「リーフったらすぐ調子に乗るんだから……」

「でも、少し魔素の使い方の効率が悪いですね。これでは術を剣に定着させるだけで一苦労でしょう」

　屋敷の結界を気にしつつ、レティシエルは手短にヒルメスに魔術のコツを教える。

　勉強が苦手なヒルメスだが、魔術や武術に関しては物覚えが良く、レティシエルが説明を始めるとどこから出したのかメモ帳を出して真剣な顔で聞き入り始めた。

　最初はヒルメスだけだったのだが、気づけばミランダレットも一緒に交じっていた。これは……学園での普段の放課後とさほど変わらない。

「あ、そうだ！　シエル様、このあと時間あったら俺の剣の練習見てくれないっすか？」

「そうしたいのはやまやまだけど、私はここから離れられませんよ？」

「ハッ！　マジか！　そっかぁ……やっぱ迷惑になりますよね……」

シュンとわかりやすいくらいに肩を落とすヒルメス。なんだか……子犬か何かを見ているような気分になって、ちょっと申し訳ない気がしてくる。

「……ここから見える範囲内であれば、ときたま様子を見て助言するくらいならできますけど」

「マジっすか！　じゃあ俺ここで練習するっす！　……あ、でもこの辺だと邪魔っすよね？」

「あそこの日陰とかどうかしら？　そこそこ広いし、あまり人目にもつきませんよ」

「わかりました！　じゃあああとでそこ行ってきますから、見ててくださいね！」

一転して目を輝かせ、そんな約束を取り付けてくるヒルメス。だからずっとは見ていられないと言ったのに……。

任務は無論忘れていないが、その合間にレティシエルは二人の友人の話に耳を傾け続けた。二人の近況、最近の嫌な出来事、面白かったこと。

楽しそうに、それでいて表情をコロコロ変えながら話し続けるミランダレットとヒルメスを、レティシエルは微笑《ほほえ》みながら見守る。

それは長らく戦場に身を置いていたレティシエルにとって、久々に心が休まる穏やかな時間だった。

＊＊＊

さらに五日が経過していった。

その間、やはり疎開先の屋敷には何の異変も起こらなかった。

「……本当にこのまま何も起きないような気がしてくる」

「そうですね……」

こういう気の緩みこそ要注意なのだが、今この一瞬だけはレティシエルもミランダレットと一緒に脱力した。

「でもこういう時こそ気を引き締めないと……」

「なんか……申し訳ないですね」

「……？　なぜ？」

「私たちの護衛をしてくれてるの、シ……エル様一人だけですよね？　守られてばかりなのが申し訳ないなって」

「あなたたちが気にすることないのに」

相変わらず『シエル様』が言いにくそうなのは、もう今となっては気にせず聞き流すことにしている。

別に嫌で任務に当たっているわけではないし、自分にしかできないことなら全力を尽くすのが当たり前だ。ミランダレットが申し訳なさを感じる必要なんてどこにもない。

「シエル様って、任務以外だと何してるんですか？」

「特に何もしていないかしら……？　眠ってるとき以外はだいたい見回りばかりしているから、時間の流れもあまり気にならないわ」

「そう、なんですね」

「ミラ様はずいぶんと楽しそうに見えるわ。退屈ではないの？」

「退屈ですよ？　退屈だからこうしてシエル様のところにおしゃべりに来てるんです」

「あぁ、そうね」

言われてみれば確かにその通りだ。それ以外にやれることがないから、用はないが何となく足が向いてしまう。わかる気持ちだ。

「むしろこの状況で退屈じゃない人のほうが珍しいですよ。ヴェロニカ様も、なんだか手持ち無沙汰な感じでしたし」

「あら、そうなの？」

「だってここにはピアノも、園芸ができる道具もないじゃないですか」

「あぁ……それは確かに暇かもしれないわ」

ピアノと園芸……特に後者はヴェロニカの一番の趣味だ。この屋敷には蔵書らしい蔵書もないし、何もやることがないと確かに大変だ。

「あ、あの」

そこへおずおずと、ちょうど話題に上っていたヴェロニカが顔を出しに来た。

到着初日に、夜の間こっそり挨拶に来てくれて以来久々だ。言いにくいことでもあるのか、目が少し泳いでいる。

「……ヴェロ様？　何かしら？」

「その、ドロ……じゃなくて、シエル様にお願いがありまして……」

ヴェロニカもまた言い間違えそうになっていた。どうもレティシエルの友人たちは、ドロッセルと呼び慣れすぎて偽名に馴染《なじ》めないらしい。

「実は備品の在庫が減って来まして、それで、近くの村まで買い出しに、行こうと思うのですけど……」

「なるほど、外出の護衛をしてほしいということですか？」

「は、はい……」

コクコクと頷くヴェロニカ。レティシエルはあごに手を当てて考え込む。

道中に狩っておいた食材はまだまだ余裕があるが、それ以外の日用品の在庫となると話はまた別だ。それらを補給するために買い出しという方法を取るのは当然だろう。

だが今回の護衛に派遣されているのはレティシエル一人だ。エーデルハルトが私的に出している護衛はいるが、なぜ他の者がいないのかはわからない。ライオネルがつけさせなかったのだと聞いた。

レティシエルもライオネルに直接尋ねたが、頑《かたく》なにレティシエル以外の護衛を派遣しようとしなかったたし、理由も『知らなくてもいいことです』なんて言って誤魔化された。

そこまでして、レティシエル一人による護衛にこだわる理由はなんなのか。あるいはこの体制にすることで彼にとって何か大きな意味があるのか……。

「その村まではどのくらいの距離?」

「そう、ですね……片道十分くらい、でしょうか」

「十分……」

つまり買い出し時間などを含めると、三十分は屋敷を留守にする必要がありそうだ。

しかし買い出しの重要性も重々承知している。基本的な備品が確保できなければ、どのみち生徒たちは別の意味で危険にさらされることになる。

「……わかりました。一緒に行きましょう」

考えた結果、レティシエルはヴェロニカの要望に頷いた。

一度買い出しが済めばしばらくは外出する用事もなくなるし、そうなれば屋敷の警備のみに集中できるだろう。

「あ、ありがとうございます! じゃあ、準備してきます」

ホッとしたように息を吐き、ヴェロニカはそう言い残すといそいそと来た道を小走りで帰っていった。

「そういうわけで、少し出かけてくるわ」

それを見送り、ミランダレットを振り返ってレティシエルは言う。多分会話は聞こえていたと思うが、一応報告はする。

「はい。買い出しのことは私のほうから先生に伝えておきますね」

「ありがとう、ミラ様」

礼を言ってレティシエルは屋敷の外に出る。外はまだ日も高く明るい。これなら日暮れ前には戻ってこられそうだ。

留守にするので、念のため屋敷の敷地に張っていた結界を二重にしておいた。ついでに強度も補完しておく。これでよほどのことがない限り、恐らく敷地内に侵入されることはないだろう。

「お待たせ、しました」

少し待つとすぐにヴェロニカがやってきた。手には大きな麻袋を数枚持っている。

「あの、もう一つお願いが、あるんです……」

「……？」

「買い出しが終わったあと、荷物を収納していただけますか？　私一人だと、きっと持てないと思うので……」

「あら、そのくらい構いませんよ」

そんなことを話しながら二人は疎開屋敷を出発した。目的地である村は、ここから西に丘を下ったところにあるらしい。

「ヴェロ様はこの頃どうですか？」

「どう、といいますと？」

「近況ですよ。どうされていたのかなと」

「あ……そういえば、先生たちのお手伝いばかりで、シエル様とはほとんど、お話しできてませんでしたね」

　アッと思い出したようにヴェロニカは目を見開いた。すっかり失念していたらしい。

　それからヴェロニカは、レティシエルが離れていた間の学園での出来事をいろいろ話してくれた。

　戦争が始まったことで学園の授業はほぼ休講となったが、家にこもると余計不安が増すからか、それでも大多数の生徒が授業の無い学園に通い続けた。

　そうすると丸一日が自由時間のようなものとなるので、ヴェロニカもミランダレットたちと一緒に魔法訓練場に入り浸ってはブースにこもり、あるいは大図書室に行っては調べ物をする日々を過ごしていたという。

「ただやっぱりシエル様のようにうまくはいかないです。一日にたくさん読もうと思っても無理ですし、もっと力をつけるためにも多くの知識を得たいのですけど……」

「そこは無理して見習わなくても良いところだと思いますよ」

　真剣な表情で言うヴェロニカに、レティシエルは思わず頬を緩めた。

「趣味のほうも変わらず？」

「はい！　去年、花壇に新しく植えた花が、咲いてくれたんです。いろいろ、不安が多い状況ですけど、じっとしてると余計気が滅入《めい》りそうで、ミュージアムのお手伝いも、日数増やしています」

「大変、ではありませんか？」

「それはもちろん、忙しいです。その……あの事件以来、ずっとミュージアムは人手不足でしたし……」

　あの事件……ギルムが亡くなったあのミュージアム襲撃事件のことだろうか。

　ギルム以外にも怪我人《けがにん》が多数出たことで、さらに恐怖心をあおられてか辞職する職員が増えたと聞いたことがある。

「でも、生徒たちはよく来てくれるようになったんです。だからか、職員のみなさんも嬉《うれ》しそうにはするんです」

「それは良かったですね……でも、どうして生徒たちが？」

「ミュージアムを、盛り上げようとしてくれていたみたいです。今、職員の方が減ったり人手が足りなかったりと、ミュージアムはいろいろと大変で……だから自分たちが力になれるなら、と」

「なるほど。慈善活動のようなものかしら？」

「そうかもしれません。あ、もちろん趣味で来てくれる人もいるんですよ」

　相槌《あいづち》を打ちながら坂道を下り続ける。やはり気心が知れた相手と話すのは気が楽でいい。

「……あ、シエル様、見えてきましたよ」

ヴェロニカが言っていた通り、目的の村が見えてきたのは、二人が屋敷を出てから十分程度経《た》った時だった。

「買うべきもの、だいたいそろえられましたね」

それからさらにしばらく。現在レティシエルたちの前には、パンパンに詰まった大きな麻袋が五つほど転がっている。

言うまでもなく、村で買い込んだ物資たちである。どうやら前日のうちに教師らが事前に村人たちと取引は成立させていたようで、村に到着した頃には購入予定の商品は全て用意されていた。

「どうですか？　ヴェロ様。ほかに買い忘れたものなどは？」

「えっと……うん、多分、大丈夫です」

確認も済んだので早速レティシエルは亜空間魔術を起動し、麻袋を次々と収納していく。

亜空間魔術の魔素消費量は収納している者の質量によって変わるが、今回は重い物ばかりだからかなり消耗が大きいが仕方がない。

村人たちにお礼を言い、レティシエルはヴェロニカと一緒に村を後にする。かなりスムーズに事が進んでいるので、これなら三十分かからずに戻れそうだ。

「それにしてもすごい量でしたね。これ、私がいなかったらどう運ぶつもりだったんですか？」

「それは……先生方に手伝ってもらって、何回かに分けて運びます」

「地道ですね」

他愛のない雑談をしながら、屋敷に続く坂道を上る。

雑談が花咲いた行きと違い、帰り道は静かだった。穏やかな沈黙。行きにいろいろと話し尽くしてしまったのかもしれない。

「……そういえば、シエル様はご存じですか？　ここ、カランフォードに近いって」

しばらく進んでから、ふとヴェロニカがそんなことを言って来た。

「ええ、到着した日にそう聞きました。確か、徒歩で行けるのだったかしら？」

「そうです。ほら、あの林の奥の開けた場所、あそこを下ればもう、カランフォードの市街地だった場所です」

そう言ってヴェロニカが指差したのは、道の両側に広がる森の片側だった。

見てみると木々の向こう側から白い光が溢《あふ》れている。恐らくあの場所から森が途絶えているためだろう。

「……あそこがもうカランフォードなの？」

「はい。近いでしょう？」

「ええ、思った以上に……」

この道からきっと五分も必要ない距離だ。まさかここまでご近所だったとは。

「故郷、なんでしたよね」

「はい。といっても、育った教会はあの事故のときになくなって……あ」

話している途中に、ヴェロニカが小さく声を上げて立ち止まった。

その視線は、ある一角に釘付《くぎづ》けになっていた。レティシエルも足を止め、ヴェロニカの見つめる先に目を向ける。

木々の隙間を縫うように、遠くにかつての事故の爆心地と思《おぼ》しき穴がぼんやりと見えていた。

その周辺には金属製の高い柵が打ち込まれているのが見える。恐らく誰だろうと中に侵入できないようにするための対策だろう。

(思ったよりも街の外れだったのね……)

来るときは全然気が付かなかった。木々に隠れてうまく誤魔化されていのだろう。

街が丸ごと一個放棄されるほどの爆発だから、てっきり市街地中心で起きたのだとばかり思っていたが予想外だった。

郊外が爆心地となる事件で、中心部まで巻き込んだ大規模な被害を及ぼす例は少ないのだが……。

「ヴェロ様」

「は、はい……」

「少し、あのクレーターを見てきてもいいかしら?」

「え？　あ、はい、いいですよ」

「……ここで待っていても良いんですよ？」

思わずレティシエルはそう提案した。

この場所は、かつてこの街で暮らしていたヴェロニカにとって、自分の人生を狂わされたきっかけになった場所だ。

そんな場所にホイホイ近づきたいと思う人は、そうはいないのではないか。ヴェロニカもまた、この大穴に苦い思い出があるのではないか、そう心配しての言葉だった。

「あ、だ、大丈夫です、そこまで気を遣っていただかなくても。正直、その……あの事故の跡さんざん見てましたし、慣れてますから」

しかし、フルフルとヴェロニカは勢いよく首を横に振った。

その顔に浮かんでいる笑みは少しぎこちない気がしたが、メガネのガラス越しにこちらを見つめる瞳にはしっかりとした意思がこもっている。

「そうですか……でも、無理はしないでくださいね」

「はい」

ヴェロニカがコクリと頷《うなず》く。彼女のことを気にしながら、レティシエルは草むらを進んでクレーターへと近づいていく。

近づくにつれ、大穴の全貌が見えてきた。大きく円形にえぐられた大地。その穴の周辺だけは草も生えておらず、枯れた巨大なクレーターがそこに横たわっている。

やがて柵のすぐそこまで来た。柵はレティシエルよりもさらに頭二つ分ほど高かったが、格子状になっているので顔を入れられるくらいの隙間はある。

「……！」

中を覗《のぞ》き込んだレティシエルは目を見開いた。

高く打ち込まれた柵越しに見えるクレーターは、内部が全て真っ黒な水のようなもので満ちていた。

しかもよく目を凝らしてみれば、それは水ではなく濃度の高い霧に似たものだとわかった。それが密集して波打ち、水のように見えたのだ。

「これは……？」

「前は、こうじゃなかった、みたいなんですけど」

横に並んできたヴェロニカがそう言った。その口調に、驚いている様子はない。どうやら彼女はもうこのことを知っていたらしい。

「そうなの？」

「はい……私も詳しくはわからないのですけど、半月くらい前からこうなったとか。夜中に山崩れといいますか、山火事といいますか……それ以降だそうです」

「ずいぶん最近の話ね。以前はどんなだったの？」

「普通のクレーター、だったと思います。昔の記憶なのでおぼろげですけど、大きな穴が開いてて、確か……石碑？　みたいなものがあったような……」

「石碑？　この辺りに元々あったものが崩れたのかしら」

「ど、どうでしょう……私も、カランフォードの郊外には全然来なかったですし……」

クレーターの底部分を見ようと思っても、霧が濃すぎて全く見通せない。その石碑とやらは、あったとしても今はもう霧の底か。

「でも、下の街の人から聞いたのですけど、この池、ただ黒いだけなんです」

「黒いだけ？」

「その、不思議なことに、実害はないらしいんです。例の山崩れ？　のあと、柵の隙間からこの霧の中に手を入れてみた住人がいたけど、スカッと手が通り抜けただけで……」

「それだけ？　そのあと何か心身に影響があったりは……」

「手を入れたの、この話をしてくれた人の奥様だったのですけど、元気そうでしたよ？」

その奥様はずいぶん危機感がないなと思ってしまった。何もなかったからよかったものの、何かあったらどうするつもりだったのか。

不思議そうに話すヴェロニカの言葉に相槌を打ちつつ、レティシエルも内心不思議に思っていた。

この黒い霧に満たされたクレーターを見たとき、反射的に思い浮かべたのはサラ……あの仮面の少年の姿と白の結社の面々だった。

これまでに、レティシエルは黒い霧の影響で心を壊した人たちと何度も対峙《たいじ》してきた。ロシュフォード、フリード、呪術兵たち、ディオルグ。

クレーターの中で漂っているのも、黒い霧と似た形状の何かだ。レティシエルが戦ってきた黒い霧は人の精神にあれだけ強力な悪影響を及ぼしたのに、こちらでは霧状の何かに人が触れても何も起こらない。

この黒い霧状のものはレティシエルがこれまで見てきた黒い霧と同じものなのだろうか。別のものである可能性もある。それなら黒い霧と同じ効果を発揮しない理由もわからなくもない。

このクレーターに満ちる霧は、恐らくこれまでのどの霧よりもずっと濃いが……これ以上は考えても今は答えが出そうもない。

「それにしても大きなクレーターね……何がどうしたらこんな巨大なものができるのかしら?」

「さぁ……私も、そこまでは……」

ヴェロニカの話を聞く限り、かなり大きな騒ぎだったにもかかわらず、肝心の爆発の瞬間を目撃した者は一人もいなかったのだという。

事故当日の明け方、突然火山が噴火するような轟音《ごうおん》が大地を揺らし、次いで凄《すさ》まじい横揺れがカランフォードの街を襲った。そして何事かと人々が外に飛び出した頃には、空を覆い尽くさんばかりの濃黒の霧が辺りを包み込んでいたとか。

「倒れた家とかも多かったけど、倒れなかった家もたくさんあって、でも街を包んだ霧がよくなくて、人がたくさん倒れて……」

自分の二の腕をギュッと摑《つか》みながら、ヴェロニカはうつむいたまま片言気味に話す。

そっと背中をさすってあげると、彼女の手がかすかに震えていることが伝わってきた。

やっぱりトラウマなのだろう。

「そういう事の顚末《てんまつ》だったのですね……」

歴史書などでは、この事故は単にカランフォードで起きた原因不明の爆発事故、としか書かれない。実際に当事者に聞いてみれば、知らなかったことだらけだ。

「ごめんなさいね。辛《つら》い記憶、思い出させてしまって」

「いえ……これは、私が話したくて話したんです。ドロッセル様は、何も悪くないです」

こちらに心配をかけまいと笑顔を作ってみせるヴェロニカだったが、直後名前を呼び間違えたと気づいてハッと口を押さえた。

その様子に、レティシエルは思わず小さく笑みをこぼした。つられるようにヴェロニカも微笑《ほほえ》む。震えは、もう止まっているようだった。

「……」

今一度クレーターに視線を戻す。ただの爆発事故ではないことはずっと前から察していたが、いよいよこれはどういうことだろう。

（……あの子は結局何がしたいのかしら）

これがサラの仕業であるのなら、この黒いクレーターをここに作る意味はどこにあるのか。このクレーターの底が黒い霧で隠されているのはなぜなのか。

ここ以外にも、十三年ほど前に空に赤い星が上って以来、似たような爆発事故が各地で何件か起きていると本で読んだ。それもまたサラが起こしているものなのか。

「……そろそろ、戻りましょうか」

「そ、そうですね」

気になることは山ほどあるが、ずっとここにいるわけにもいかない。ヴェロニカに声をかけ、レティシエルはまた元の小道に戻って屋敷に向かう。

今度は任務じゃないときにもう一度来よう。そのときにはこの謎の霧状の物質のことも研究してみよう。そう思った。

「シエル殿！　シエル殿！」

そのときだった。切羽詰まったような声で名前を呼ばれたのは。

何事かと見ると、進行方向の先から一人の教師が息も絶え絶えの様子で走ってきた。ミランダレットが事情を伝えていたから、それをたどってここまできたのだろう。

「落ち着いてください、どうしました？」

「そ、それが……」

疲労困憊《こんぱい》の教師は青ざめた顔をしていた。嫌な予感が、した。

「生徒たちが、屋敷が、敵に……！」

「!?」

目を見開いたのはわずか一瞬だった。次の瞬間、レティシエルは既に地面を蹴って走り出していた。

「なんでよりによって……！」

自分が屋敷を離れているときに限って、という言葉は飲み込んだ。そんな言い訳めいたことを言っている暇があれば、少しでも早く帰還できるよう走ったほうがマシだ。

チラリと振り返る。ヴェロニカが肩で激しく息をしながら、それでも懸命に後を追ってきていた。彼女の速さに合わせつつ、レティシエルは屋敷へ急ぐ。

カランフォードの街から疎開先の屋敷までそれほどの距離はない。しばらく走れば屋敷の正門が見えてきた。

レンガ塀の内側から悲鳴と叫び声が聞こえてくる。半開きになったままの正門から、レティシエルは一直線に敷地内に飛び込む。

そこで彼女が目にしたのは、逃げ惑う生徒たちとそれを襲う帝国兵の姿だった。

四章　不可解な奇襲

帝国の部隊からの襲撃。

唐突に訪れたその悪夢に、生徒たちはパニック状態に陥りながら疎開地の敷地内を逃げ惑っていた。

レティシエルの目の前に広がっているのは、そんな混沌《こんとん》を極めた光景。前世の悲惨な記憶たちと、一緒くたになってレティシエルの心を襲う。

こんな風に壊滅していく村をいくつも見た。こんな風に逃げ惑った先に皆殺しにされた住民たちを何人も見た。

「……しっかり」

脳裏をよぎる記憶を無理やり振り払う。救えた命も救えなかった命も、今は全て過去の出来事でしかない。どうすれば今この状況を打開できるか、それを考えることが最優先だ。

そもそも、結界が張られていたこの屋敷の敷地内に、敵はどうやって侵入したのだろうか。結界が破られた気配はない。すり抜けたとでもいうのか。

「先生、大丈夫ですか？」

混戦に陥る屋敷の庭を横切り、レティシエルは近くに倒れていた教師を助け起こす。軽い打撲はあるが、幸い大きな怪我《けが》はなさそうだ。

「あ、あぁ……シエル様……」

「何がありました？　この状況は一体？」

「わかりません……突然、あの兵たちがどこからともなく現れて……」

教師は混乱しているようで、話している最中にも何度も言葉を詰まらせ、そのたびレティシエルは背中をさすってなだめる。

「生徒たちは？」

「それが……はぐれてしまった者も多く……」

「はぐれなかった生徒たちはどこに？」

「ち、地下室です。大階段の裏にある絵画の後ろから行ける……」

しばらく話していて、ようやく教師は落ち着きを取り戻す。入り口が絵で隠された地下室……。どうやらこの屋敷には秘密の部屋もあるらしい。

「わかりました、ではほかの生徒を保護し次第そこに連れて行きます。他の生徒たちが行きそうな場所など、思い当たるところはありませんか？」

「隠れそうな場所……そういえば、襲撃される前に裏の離れで気晴らしに茶会をすると言っていたご令嬢たちが……」

「なるほど、ありがとうございます」

まずはそこを当たってみることにした。疎開中に茶会をするというのも妙な話だが、ともかくまだ全員がその場にいることを願おう。

件《くだん》の離れは、本館から少し離れた林の中に建っている。本館の二階から離れ自体は目視できるのだが、何せこの巨大な屋敷である。裏庭の広さはかなりのもので、身体強化魔術を使っていても移動に少し時間を有する。

「……？」

林の入り口までやってきたが、思いのほか周囲は静かだった。

すぐさま罠《わな》の存在を警戒したが、どのみち生徒たちがいるかどうかだけでも確認しなければ、ここまで来た意味がない。

(罠があるのなら突破するだけだものね)

念のため自身に結界魔術を付与し、レティシエルはそのまま林の中へ突入する。

離れはレンガと木材を組み合わせて作られたこぢんまりとした建物で、周りが木々に囲まれているせいかどこか優しげな外観をしていた。正面からだけでは判断しかねるが、大きめのコテージくらいの広さはありそう。

相変わらず辺りには誰もいない。生徒たちの姿も、敵兵の姿も見当たらない。正面玄関の扉に手をかけると、鍵はかかっていないようで容易に開いた。

不気味なくらい静まり返った離れの中を警戒しながら進む。道中で窓越しに見かけた中庭には、木製の簡素な食器類が乱雑に置かれた木のテーブルがあった。茶会なのかはさておき、ここで誰かが集まっていたのは事実のようだ。

二階への階段はイスやテーブルなどが雑多に積み上げられていて上れそうもなかったの

で、一階の部屋を中心に調査を進める。しかし依然手掛かりはなく、相変わらず人一人見かけない。

「……」

大部分の部屋を調べ終え、最後に残された部屋の扉をレティシエルはジッと見据える。

こげ茶色の木材で作られた大きな両開きの門。エントランスに残されていた離れの地図によれば、この先はダンスホールだという。

「……無難な場所を選んだこと」

ここまで状況が不自然であれば、レティシエルももはや罠がないとは思っていない。彼女が捜している人たちは、きっとこのドアの先で今か今かと待っているのだろう。

レティシエルにはダンスホールが平均的にどれくらい広いのかはわからないが、大勢でダンスをする部屋なのだからそれなりにゆとりがある空間ではあるはずだ。そこに人質を取って立てこもれば、誰か踏み込んできても優位に立ち向かえる可能性が高くなる。

とはいえそんなことレティシエルにはさほど関係がない。場所がどうだろうと勝てばいい。扉に手をかけ、一気にそれを押し開けた。

壁紙や絨毯《じゅうたん》が剥がれ、石がむき出しになった武骨な空間が目の前に広がった。高い天井にぶら下がる朽ちかけのシャンデリアがギィギィと危なげな音をたてて揺れている。

「……来たか」

かつての豪奢《ごうしゃ》さの名残を残しつつある元ダンスホールの隅に、帝国軍の鎧《よろい》を着た集団が立っていた。既に全員が武器を構え、一部は優越の笑みさえ浮かべてこちらをじっと睨《にら》みつけている。

その後ろには五人か六人ほどの女子生徒の姿も見える。どうやら全員後ろ手に縛られているらしいが、今のところ危害を加えられた様子はなさそうだ。

「……？　貴様、魔道士シエルか？」

「ええ、そうよ」

「……ふん、嘘《うそ》を吐《つ》くならもう少しマシな嘘を吐いたらどうだ？」

事実を述べたつもりが、向こうはなぜかそうは思わないらしい。質問をしてきた兵に鼻で笑われてそう返された。

「あら、どうして私が嘘を吐いているとお思いに？」

「髪の色が違うからだ。あの悪魔はお前のようなくすんだ髪色はしていない」

自信があるのか、その兵士はかなり得意げな表情だった。どうやらこの兵は前線で『魔道士シエル』を見たことがあるようだ。

しかし間近で顔を見たことまではないらしい。迷彩魔術を使っていても顔立ちは変えていないレティシエルだ。もし見た目を知る者であるなら、よく見れば同一人物だとわかるはずなのだから。

「その程度で違うと断言するなんて、ずいぶんな自信ね」

「話術で崩そうとしても無駄だ。お前のような偽者、俺たちの相手ですらない」

「あら､言ってくれるわね。それはあなたの見解？　それとも裏で誰かに吹き込まれた？」

「それを俺が言うとでも？」

「そうね、そんなことは期待できないわね」

レティシエルに付き合わされるまま、敵兵は会話に乗ってくる。それがレティシエルの策であると気づかずに。

腹を探るように見せかけて、その間にレティシエルはひそかに結界魔術の用意をしていた。目的は帝国兵の後ろに捕まっている学園の生徒たちだ。

このあと遅かれ早かれ帝国兵との戦いは始まる。そうなれば彼女らが人質として盾にされる可能性は十分ある。だから戦闘開始前に裏でコッソリ保護の態勢を整えておこうと考えた。厳重さを重視して、結界は念のため二重に重ねておいた。

「だったら無理やりにでも聞き出すまでよ」

「……止まれ。それ以上近づけば命の保証はできんぞ」

話を続けながらレティシエルは一歩一歩、帝国兵たちの側へと歩を進める。警戒心をあらわにして彼らはその進行を止めようとする。

「そんなに深刻な話ではないでしょ。私の相手にならないのはそちらでは？」

「……虚勢を張っていられるのも今のうちだ。嵩にかかれば俺たちがたじろぐとでも思ったか？」

「へぇ、そこまでの自信がおありなら、どうぞかかってきてください。あなた方に私の息の根、止めることはできるかしら?」

「……なら望み通り息の根を止めてやる!」

まさに売り言葉に買い言葉。レティシエルの挑発に敵が一気に臨戦態勢に入る。四人ほどの兵士がまとめてレティシエルに襲い掛かる。

「悪魔の名を騙《かた》った、取るに足らない偽者だ! ひるむな!」

迷いのない剣戟《けんげき》が同時に複数本、レティシエルの肩や首を狙って振り下ろされる。

それを右へ左へと受け流して避ける。このくらいの速さの剣であれば、特に補助魔術を使わずとも目視で回避可能だ。

こちらが避けることは計算済みだったのか、相手もすぐさま追撃に来る。自分には結界魔術を張っておいたので、そのまま素手で刀身を受け止めた。

「な!?」

案の定、剣を受け止められた帝国兵は目を見開いていた。

さらに身体強化魔術を重ねて使用すれば、握りしめたままの剣は力を込めるとあっさり刀身半ばからパキンと折れた。

「ど、どういうことだ……!」

うろたえる敵勢。その動揺に隙が生まれ、それをレティシエルは見逃さない。

天に掲げた右手を起点に、九つの雷の矢が円を描くように空中に召喚される。氷魔術による産物だ。

それはちょうど、レティシエルに現在向かってきている敵兵の数と同じ。彼らの持つ金属製の剣目掛けて、レティシエルは矢を次々と投擲《とうてき》する。

「いってぇ！」

「なんだこれ!?」

矢を剣にまともに食らった男たちは、痛みのあまり剣を取り落として腕を押さえた。

金属は雷を伝播《でんぱ》する。地味ではあるが、室内などの限られた空間内で戦う場合は有効的な手である。

レティシエルが『魔道士シエル』と同じような力を使ったことに、帝国側の困惑はさらに助長されたようだ。

「あの女はここにいないという話ではなかったのか!?」

「これではまるであの悪魔そのものじゃないか！」

魔術で髪と目の色を変えているとはいえ、レティシエルが『魔道士シエル』その者なのだから当たり前だが、そこまで教えてやる義理はないので攻撃を続行する。

「……こうなったら！」

悪態をつきながらも敵は徐々に後退していき、敵の一人が持ち替えた小剣で背後の人質たちを切りつけようとした。

キィイン！

しかし振り下ろした小剣は見えない結界に弾《はじ》き返され、辺りに乾いた金属音がこだました。レティシエルが先ほど張っておいた結界魔術だ。

「何!? 貴様、何をした!」

そこは鈍くないらしく、即座にそれがレティシエルの仕業だと直感した敵兵がこちらを睨んでくる。レティシエルは返答をしない。その反応がさらに彼らを苛立《いらだ》たせていた。

「この……!」

このままでは勝ち目がないと悟ったのか何なのか、なぜか帝国兵はそれぞれ武器を持ち替え始めた。

柄《つか》の部分がやけに太い鈍色《にびいろ》の小剣だった。そういえば先ほど敵が結界を切り付けたときもこの小剣を使っていた。なぜこのタイミングで持ち替えるのかよくわからない。

どちらにしても同じ剣武器だし、小さい武器では小回りは利いても攻撃力には期待できないのでは?

だがチャンスであることは変わらない。レティシエルは自身の回りに火球を同時に四つ生成し、それを一斉に敵兵めがけて放つ。

「……!」

その攻撃は敵まで届かなかった。

目前まで迫ってきた火球を、男たちは小剣で両断したのだ。真っ二つに切られた火球は空中で一瞬ぐらりと揺らぎ、そのまま解けるように消滅する。

魔術による生成物は、通常では切られた程度では完全消滅したりしない。切られても同じ進路を進んでどこかに着地する。

それが切られただけで消えてしまったとなると……。

「……へぇ、面白いものを使っているのね」

思わず感想が口からこぼれた。つまり魔術を打ち消す効果が、あの小剣にはあるということ。そんな武器は初めて見た。帝国軍の新兵器だろうか。

「き、効くぞ、これ……！」

ふと先ほど敵が結界に切りかかった時のことを思い出した。剣に、あのとき結界は打ち消されていたのだろう。

しかしレティシエルが結界を二重にしていたことで外側の層だけ消滅し、内側のものは残されていたため、生徒たちの安全は守られたのだと気づく。

（もう一回切りかかられたら大変ね……）

結界が今度こそ破られてしまう。敵に気付かれないよう、速やかに結界を重ね掛けする。しのげる可能性を増やすため、今度は三重にした。維持するための精神力は削られるが、人の命を守るためだから仕方がない。

「これで手も足も出まい！　もうお前に勝ち目はない！」

「……それはどうかしら？」

敵のほうはと言えば、魔術を打ち消せるのがわかったことですっかり優位に立ったつもりでいるらしかった。

意気揚々と突進してきて、構えた剣を振り下ろしてきた帝国兵の男は、ボソリと呟《つぶや》かれたレティシエルのその一言を聞き損じた。

勢いよく迫ってくる刃の軌跡を見極め、レティシエルはさっとそれをかわす。そしてそのまま男の手首に一撃を叩《たた》き込み、その手から剣の柄を剝がすと拾い直される前に剣を奪い取る。

「小癪《こしゃく》な……！」

武器を取られた男は、すぐさまそれを取り返そうと摑《つか》みかかってくる。その腕を避け、レティシエルは振り抜いた剣で男の腕を斬って落とした。

「ぐわぁぁ！」

「な、何!?」

レティシエルが反撃したことがよほど予想外だったのか、敵兵たちはそろいもそろって目を見開いていた。

確かに魔術を封じられたのは痛いが、それで完全にこちらの攻撃の手が消滅するわけではない。魔術が効かないのは敵に対してのみで、レティシエル自身には機能するので体術で応戦するという手が残されている。

とはいうものの、レティシエルも現状完全に優位に立てているとも思っていない。何しろレティシエルの会得している武術と言ったら最低限の護身術だけなのだ。

しかもこの世界に転生してきてからこのかた、戦闘の際には魔術を使って戦うことがほとんどで、体術で敵に挑む機会も少なかった。

だからこの護身術程度の貧弱な体術がどこまで敵に通用するのかという不安はあるが、今はこれ以外方法が残されていないから難しく考えても仕方ないだろう。

「……」

構えた剣の柄を握り直し、レティシエルは勢いよく床を蹴る。

身体強化魔術によって強化されたレティシエルの脚力は凄《すさ》まじく、壁際まで後退していた敵兵の前に一瞬で躍り出る。そして突き出した剣は敵の脇腹に突き刺さる。

「ぐぉ」

腹を押さえて相手は頽《くずお》れる。元の攻撃の威力は低いかもしれないが、スピードでカバーすればまだ通用しそうだ。

すぐに次の敵へと向かう。室内という限られた空間の中では、敵兵も思うように動けていないらしい。

「ど、どこだ!?」

「うわぁ！　う、腕が……！」

高速で移動し、時には壁を走るレティシエルの動きに敵はついてこられていなかった。おかげで奇襲も背後を取ることも比較的容易だった。

腕を切り、足を払い、レティシエルは駆ける。やみくもに剣を振り回している兵もいるが、全てまとめて無力化していく。

「……これで全員かしら」

そして敵兵が軒並み石の床に倒れ込むのに、そう長い時間は必要としなかった。

もう立っている敵が一人もいない広間の中をサッと見渡し、安全を確認してからレティシエルは身体強化魔術を解いた。

部屋の隅に押しやられた廃材の中からロープの束を探し出し、それで敵兵たちを中央の石柱に縛り付ける。

逃げられる可能性はあるが、レティシエルや生徒たちが見張りをするわけにもいかない。今はひとまずこちらの避難が完了するまでの時間稼ぎになればいいだろう。

「大丈夫でしたか？」

「は、はい……」

生徒たちの拘束を順々に解いていく。全員大した怪我《けが》は負っていないようで安心した。

「すぐにここから離れましょう。立てますか？」

「だ、大丈夫です」

またいつ敵の増援が来るかわからない。女子生徒たちを連れ、レティシエルは歩き出す。戦闘に少し時間をかけてしまった。急いで屋敷のほうに戻らなくては。

室内でも外から聞こえる叫びや金属音がよく響いていた。裏口から女子生徒たちを本館内に避難させ、レティシエルはすぐさま正面玄関から出る。

「……！」

そこでレティシエルが見たのは、帝国兵を相手に奮闘する大勢の仲間たちの姿だった。

「リーフ、そっちはお願い！」

「おう、任せろ！」

「怪我人、怪我人はこちらに！」

教師たちだけではない、ミランダレットやヒルメス、ヴェロニカの姿も見える。さらには革鎧《レザーアーマー》を着た男性たちもいる。

ミランダレットとヒルメスが攻撃に加わり、ヴェロニカは後方で負傷者の手当てに従事しているようだ。

「ごきげんよう、まさか戦ってくれているとは思わなかったわ」

「あ、シエル様。はい、私たちにだって力はありますし、ただ守られてばかりなのも申し訳なくて」

後衛から魔法攻撃に徹しているミランダレットに声をかけたところ、そんな答えが返ってきた。

レティシエルとしては、友人らが戦闘に参加するのは危険が多すぎて素直に賛成はできないのだが、教員だけでは戦力も足りないし、何より既に戦いは始まっているので今さらどうしようもない。

「私も参戦するわ」

「あ、待ってください！　その前に一つお願いできますか？」

「……？　何かしら？」

「実は……先ほど何人か敵の侵入を許してしまったのです。すぐにでも捜しに行きたいんですが、こっちは全然手が放せないので……」

どうやら本館に敵が入り込んでいるようだ。本館の屋敷と言えば、大半の生徒たちが避難している秘密の地下室もある。あの場所を嗅ぎつけられたら面倒そうだ。

「わかったわ。そちらは私に任せて」

「ありがとうございます！」

すぐにレティシエルは屋敷の中に向かい、索敵魔術で敵の現在位置を確認する。

確認できたのは十二人。全員が一階の大広間に集結していた。生徒たちの避難先がそこではないかと予測したのかもしれない。

とはいえ一か所に集まってくれているのなら好都合だ。早期決着のため、レティシエルは大広間にまっすぐ突入する。

「……!?　もう来たのか……！」

レティシエルの姿を見た帝国兵は開口一番そう言った。まだ離れで戦闘していると思っていたようだ。

名乗りもそこそこに、レティシエルはいきなり敵に向かって圧縮した水の弾丸を撃ち出す。彼らも魔術無効武器を持っているかもしれないし、先手必勝である。

「うわっ！　な、なんとかして防げ！」

案の定、強襲を受けた敵兵は一瞬の動揺を見せた。その隙を逃さず、さらに大量の弾丸を生成しては雨のように降らせる。

たとえ無効武器があったとしても、これだけの量の魔術を消しきるのは不可能だろう。

十分もしないうちに帝国兵は軒並み床に倒れ、屋敷内に侵入した敵は全滅した。

（よし、ではこの人たちを運び出して……）

身体強化魔術を発動させ、レティシエルは気絶した敵兵らを一人残らず屋敷の外に出し、これ以上敵が入り込まないよう屋敷を結界魔術で包んだ。

外に出てくると、タイミングが悪いことにちょうどヴェロニカのいる治療拠点が襲撃を受けていた。

「あの！　私が防いでいるうちに、敵を……！」

どうやらヴェロニカが守りの態勢を取り、その間に警備兵の人たちが敵を退けている様子だ。

ヴェロニカの手元には四角い紙が見える。何が書かれているのかまではわからないが、それがほんのり光り輝き、周辺に淡黄色の結界を展開させていた。

魔力飽和症のヴェロニカには、魔法も魔術も使うことはできない。ということはこの力は錬金術によるものということか。

「ヴェロニカ様」

「ひゃっ！　あ、シエル様……」

「防衛は私が引き受けます。あなたは引き続き怪我人の手当てを」

「は、はい！　ありがとうございます」

ヴェロニカの結界のすぐ外に沿うように結界魔術を追加する。

同時にヴェロニカの手元にあった紙が燃えて灰になった。あの紙は結界の発生源だと思うので、彼女の結界が持たなくなる前になんとか引き継げたようだ。

結界用の紙が燃えたあと、ヴェロニカはすぐにポケットから別の紙を取り出す。

四つの魔法陣が結合したような、複雑な形の陣が描かれた紙だった。それを地面に置き、その上に手を乗せてヴェロニカが目を閉じる。

その口がかすかに動いている。何か呪文を唱えているらしい。地面に置かれていただけの紙の魔法陣が徐々に光り出し、比例してヴェロニカの手にも光が集まる。

（あれが魔力を抽出する過程かしら？）

魔法陣の放つ光と、集まった光は色が異なっていた。前者は青色、後者は黄色。ヴェロニカの手から黄色の光がにじむように魔法陣のほうへ流れ始める。

二つの光は混ざり合いながら色を変え、最後に美しい翡翠色《ひすいいろ》に変化すると大地に無数の光の線が走った。

中心には例の術式の紙がある。そこに描かれているものと同じ魔法陣が地面に描かれ、陣内にいる人の怪我が光を受けてゆっくりと回復していく。

最後は先ほどの結界と同じだった。地面の魔法陣がひときわ大きく輝き、小さな火柱を

立てて術式の紙が燃えると地面もまた元に戻った。

話を聞いたり本で読んだりして知っていたが、実際に錬金術を見たのはこれが初めてかもしれない。

抽出する魔力の量で威力が変化するから魔力量が多い人には使いやすそうだが、発動するまでにそれなりに時間はかかりそうだ。

(これが錬金術……って、感心してる場合じゃないわ)

敵は追い出して後方の安全は確保できたが、まだまだ気が抜けない状況なのだ。

屋敷全体を包む結界を強化し、さらに治療拠点を守る結界も三重に重ね掛ける。負担は決して軽くないが、このくらいであればまだ余裕がある。

魔術を無効化する例の謎の武器の存在はあるが、思えば消されるのと同じスピードで重ね掛けを続ければ問題ないと気づいたのでその方法で今は対策している。

「三時の方向から敵が三名!」

「おい、誰かこっち手伝ってくれ！　突破されちまう!」

「今行きます!」

そうしている間にも敵の攻撃は繰り出されている。まだしばらくは攻防が続きそうだ。

敵を完全に退けられたのは、それから数時間後のことだった。

そこまで敵の数は多くなかったにしろ、こちらの戦力が限られていたこともあって少し手こずってしまった。

「助太刀に来ていただきありがとうございました」

もう帝国軍がいないことを入念に確認し、レティシエルは共に戦ってくれた仲間たちに礼を言う。

「それにしてもよく、ここで戦闘が起きているとご存じでしたね」

「お宅の先生の一人が街まで駆けこんで来たんですよ。ここの別荘で帝国兵の襲撃を受けていると。最初に聞いたときは驚きましたよ」

まさかこんな内陸に帝国の軍が来てるなんて普通考えませんよ、と言って警備隊員の男性は苦笑いを浮かべた。

「それでも先生方があまりに必死なもので、だから警備隊を丸々引き連れて様子を見に来たんです。いやぁ、でも来てよかったです。こうして必要以上に犠牲を出さずに済みましたから」

「そうですね。……ところで、街の防衛のほうは大丈夫なのですか？」

警備隊がここまで総出動してしまったら、肝心の街を守る者がいなくなるのではないだろうか。

「あぁ、心配いりませんよ。王都から最新の精鋭部隊が派遣されているので、彼らに任せております」

どうやらそれは杞憂《きゆう》だったらしいが、最新の精鋭部隊か……噂《うわさ》には聞いたことがある。

これから前線にも遣わされる予定があるのやらないのやら。

エーデルハルトが新たな訓練法を取り入れて組織された部隊だとも聞いている。彼がつけてくれていた護衛といい精鋭部隊といい、今回は彼にいろいろと助けられた。

前線には来られずに留守の王都を預かっている彼だが、そこでも彼なりに王国のために様々な策を模索している様子だ。

しかしなぜそれが疎開の警備に回されなかったのだろう。そもそも学園の生徒を丸ごと守るのにレティシエル以外を起用していないのも不思議だし、何かわけでもあるのか。

（あるいはこの疎開自体があまり重視されていない……？）

そんなことがあるのだろうか。疎開を手配したのはライオネルだが、彼の中でこの疎開はどういう意味を持っていたのだろう。

「あ、いたいた。ドロ……いえ、シエル様！」

そこへミランダレットがヒルメスを連れて駆け寄ってきた。じゃあ自分はこれで、とそれを見た警備隊員は会釈して去っていった。

「あの、ありがとうございました！　敵、撃退できましたね！」

「そうね。私一人ではもう少し手こずっていたわ」

「珍しいっすね、そんなことを言うのって」

「まぁ、そんなこともあるのよ」

気づけば先ほどまで一緒に戦っていた人たちが、レティシエルの周辺に集まってきていた。みんな口々にありがとうと言っている。感謝したいのはこちらのほうなのに。

「皆さま、共に戦ってくださりありがとうございます。おかげでこれ以上被害を拡大することなく襲撃をしのぎ切ることができました」

力を貸してくれた味方たちに、レティシエルは深々と頭を下げた。一瞬周囲にざわめきような空気が広がった気がする。

「い、いえ、そんな！　私たちは何も……お手伝いしただけですって」

「そうっすよ！　シエル様がいたからこそ、俺たちも自分を信じて頑張れたんですよ」

そう言って謙遜するミランダレットとヒルメス。他の人たちは同調するように頷《うなず》く。そんなに否定したくなるほどおかしなことを言っただろうか……。

本人たちには、恐らく謙遜しているつもりもないのだろうが、彼らが思っている以上にレティシエルはここにいる全員に感謝していた。

魔術以外では軽い護身術しか戦闘術を持ち合わせていないレティシエルにとって、今回の敵は想定外の存在だった。

剣で魔術を物理的に切って消す。そんなことができるのかと驚いた。そこへ魔法による援護がなければ、きっとこんな短時間で決着はつけられなかっただろう。

（いい加減、魔術頼りの戦い方を改めろということかしら？）

確かに攻撃手段が一つしかないのでは、こういった不測の事態に対応できない可能性がある。今後は武術の鍛錬にももう少し力を入れなければ。

「被害の状況は？」

「えっと、怪我《けが》をしてしまった方々はいますが全員なんとか無事です」

「そう……それならまずは一安心ね。しかしずいぶん派手に壊してしまったわね。あの壁、修復しないと……」

「え、あれはさすがに俺らには無理っすよ？」

「わかっているわよ。修復は私が済ませておくから、ヒルメス様は鎮火活動を手伝ってもらえる？　先生方が恐らくもう作業を始めていると思うから」

「お、おう！　任せろ！」

力強く頷いてヒルメスが走り出す。戦いが終結したばかりなのだが、相も変わらず彼は元気だ。

「あ、そうだ、シエル様！」

それを見送ったところで、ふと隣から叫び声が聞こえてきた。声の主はミランダレットだ。たった今何かを思い出したようなポカンとした表情を浮かべている。

「何かしら？」

「そういえばさっき、敵の荷物の中からこんなものが出てきてたの、渡し忘れてました」

そう言ってミランダレットはポケットから一枚の木片を取り出し、それをレティシエルに渡してきた。

手と同じくらいの大きさの古ぼけた四角い木片だった。なんでも帝国兵の剣の柄《つか》の中に埋め込まれていたという。あの剣の柄が妙に太かったのは、中にこれが入っていたからだったらしい。木の質の問題なのか、手触りは少ししめっていて気持ち悪い。

「……？　これは？」

「さぁ……？　私にもさっぱりで……シエル様なら何かご存じかと思ったのだけど……」

「ごめんなさい、心当たりがないわ」

「そうですか……」

ミランダレットも何が何だかという様子で頭をかしげてみせた。頼ってきてくれた彼女には少し申し訳ないが、レティシエルは首を横に振った。

軽く肩を落とすミランダレットにもう一度謝り、レティシエルはもう一度木片をよく観察する。色が暗い板ではあるが、よく見るとうっすら文字のような、模様のような書き込みがされている。

（これは……何かの術式かしら？）

書き込みの線をつなげていくと、円形の魔法陣のようなものが浮かび上がってくる。

もう少し細かい所まで見ようと思ったが、いかんせん字が薄いし、その薄い字も板そのものの色に呑《の》まれて大変見づらい。

その辺の紙に転写できれば見やすくなるかな、と思いレティシエルは木片に転写魔術を施そうとした。

「！」

しかしできなかった。術が失敗したわけではない。術が木片を認識しなかったのだ。発動した転写魔術はまるで透明な何かを通り抜けるように、スルリと木片の真ん中から素通りしていった。

「……どういうこと？」

レティシエルは首をかしげた。この世界に転生してきてしばらく経《た》つが、今までこのような状況に陥ったことはなかった。

そういえばと、つい先ほど刃を交えた帝国兵の剣のことを思い出す。あの剣はレティシエルの魔術を受け止めても傷一つつかず、さらに魔術を斬ってみせた。

あのときは原因不明だったが、剣にもこれ同様の物が取り付けられているとしたら説明がつく。剣ではなくこちらの木片に原因があったというなら、結界を無理やり破らずとも敷地内に侵入できたのも、これを使って結界を斬って消したからだろう。

「ミラ様、何か適当なサイズの紙はないかしら？　ちょうどこれと同じくらいの大きさの」

「え？　どうでしょう……？　ちょっと待ってください」

いったんこの場を離れ、ミランダレットは屋敷の中へと走っていく。しばらく待っていると再び戻ってきた。手に数枚の紙を持っている。

「ひとっ走り倉庫部屋まで行ってきました！　とりあえず何枚か持ってきましたけど、このくらいのサイズでいいですか？」

「ええ、ちょうどいいわ。ありがとう」

受け取った紙束から二枚ほど抜き取り、その間に例の木片を挟み込む。そして間に挟んだ木片ではなく、それを包む紙二枚を対象に魔術を発動する。

木片自体に魔術が効かないなら、そこに直接魔術を使わなければいい。二枚の紙にかけた術式は圧縮魔術。レティシエルの手の中で、二枚の紙は挟まれた木片に左右から容赦なく圧力を加えていく。

一分ほどその状態を維持し、レティシエルは術を解除する。圧力のせいだろう、外側の紙には無数のシワがよっていた。

「……問題なさそうね」

その片方の紙を裏返すと、そこには魔法陣がはっきりと写し取られていた。印鑑と同じ要領で、圧縮を使って文字を紙に押し付けた。

輪郭線など一部のインクは少々色が霞《かす》んでいるが、元の陣の線がそもそも薄かったので仕方がないだろう。

改めて写し取った魔法陣を眺めてみるが、魔法や魔術の術式とは違う書式で刻まれたもののようで、一見するのみではレティシエルでもこの図形や文字がどんな意味を持つのか判断がつかない。

辛うじて魔法陣の内側に書かれている文字の一部が魔導術式のものであるのは解読できるが……これは近いうちに本腰を据えて研究する必要がありそうだ。

　ちなみに敵が使っていたほかの武器も、調べると同じような木片が出てきた。研究の素材に使うため、原形をとどめてまだ利用できそうなものは遠慮なく拝借させてもらった。

（……やっぱりあの子、かしら）

　脳裏をよぎったのはサラの姿。この世界で魔術への対抗手段を編み出せるほどの知恵をたくわえているのは、あの子以外にあり得ない。ただそうするとあの子が率いる白の結社は帝国とも背後でつながっていることになる。

「また面倒なことになってきたわね……」

「うん？　何か言いました？」

「いいえ、なんでもないわ」

　いよいよもって情勢図が混乱してきた。ラピス國《こく》を本拠とする白の結社が、イーリス帝国と裏で関係を持ち、さらにプラティナ王国内でも暗躍している……事実を並べてみると状況のややこしさがよくわかる。

　結社との対決は既に王国という枠内に納まらないことは理解していたが、これではこの大陸そのものが結社を中心に回っているようなものだ。

「おーい、シエル殿！　ちょっと手を貸してもらえませんか？」

　遠くでレティシエルを呼ぶ声がする。こちらに向かって手招きしている者がいる。

　考えるのはあとにしよう。今は目の前の事態を収束させることが第一だ。不安を胸にしまい、レティシエルは呼ばれたほうに足を向けた。

＊＊＊

襲撃から一日が経ち、あれだけ大混乱に陥っていた疎開屋敷も、経過時間とともに少しずつ落ち着きを取り戻しつつあった。

「あの、ただいま戻りました」

「シエル様！　包帯、補給してきました」

「ありがとう、二人とも。そこのテーブルの上に置いてくださる？」

木箱を抱えて戻ってきたミランダレットとヴェロニカに、レティシエルは入り口すぐ横にあるテーブルを指し示す。

ここは疎開屋敷一階にある大広間。普段は何もないガランとした空間だが、今は他の部屋から運び込まれたベッドがずらっと等間隔に並べられている。

ベッドの上には、先の襲撃で怪我を負った生徒や教師が寝かされている。レティシエルは目下、彼らの手当てに奔走している最中である。

一か所に集めたのは、他にも二度目の襲撃を警戒するにあたって護衛対象は近くにいてくれたほうが守りやすい、というのもある。実際、他の者たちも全員居を一階に移して暮らしてもらっている。

本当は治癒魔術で治したいところなのだが、どうやら敵が襲撃の際に使っていた武器にも、例の木片の力が宿っていたらしい。

その武器で負わされた怪我には、魔術による治療ができなかった。術が傷を素通りしてしまうのだ。

力の源となった木片は、証拠用に残したもの以外は全て処分したので、時間を置けば効果も抜けて魔術による治療ができるようになると思うが、それまでは通常の治療行為でつながなくてはいけない。

魔法にも治癒魔法があるので、光属性の魔力を持つ教師たちにはそれも併用してもらっているが、何せ光属性は珍しいし魔法の術式は燃費が大変悪い。

一応改良した治癒魔法の術式を渡してはあるが、それでも治療の大部分は薬品による治療が占めることになる。

「でも医療品、なんとか足りそうでよかったですね」

「そうね。このタイミングでは備品の補充もやりにくいもの。ミラ様、そこの棚から薬草を取ってくださる?」

「あ、はい。どうぞ!」

「ありがとう。時間があるなら傷薬を作るの、手伝ってもらえる? そろそろ底を尽きそうになっているの」

「本当だ、あと数回分ですね……わかりました、この鉢を使えばいいですか?」

「ええ、お願いするわね」

そのために、こうして地道に看病を続けている。ミランダレットたちだけでなく、医療に心得がある教師も手伝ってくれている。

思えばこういった物理的な治療行為は、レティシエルにとってあまり馴染《なじ》みのないものかもしれない。

致命傷や状態異常回復など魔術による治療ができないとき以外、千年前では戦争による傷は大抵魔術を使って治されていた。

（でもあの謎の板……どう対処しようかしら）

傷薬の材料を練りながら、レティシエルはそのことばかり考え込んでいた。

これまで、魔術があれば大抵のことはどうにかなると思っていたが、そういうわけでもないと今回のことで判明した。

あの木片は、恐らくレティシエル対策のために生み出されたものだろう。念のため木片にミランダレットに火の魔法を当ててもらったところ、木片はその攻撃を弾《はじ》かず普通に燃えて灰になった。

つまりそれは魔術の力のみを無効化させるものなのだ。帝国の技術力の高さはわかっているつもりだったが、魔法などの術に対して極めて強い嫌悪を示している帝国が、このようなものを作るとは想定外だ。

（魔術をスルーするということは、魔素を無視しているのかしら……）

体内の魔力のみを使う魔法と、空気中の魔素を体内に取り込んで使う魔術。

　魔素は魔力と相性が悪い物質で、魔力が高い人は魔術を使うとリバウンドと呼ばれる危険な反動を起こすが、それは魔素を無視しているわけではない。

　では例の木片にかけられていた陣はどういう仕組みで働いていたのか。どこか引っかかる話だが、実際にそういう物があるのは事実。こちらも対策を講じないわけにはいかない。

　魔素というものは、まだまだ謎の多い物質だ。空気中に漂う無形のものではあるが、魔術の燃料であるという以上の情報はない。思えば千年前もレティシエルは魔術の研究こそすれど、魔素の研究というのはしていなかった。

　それは数多《あまた》の国々も同じだったが、まずはそこから始めなければ……ただ魔素の可視化というのは今までに方法はない。となれば無形の物を研究するには……。

「……ル様」

「……」

「シエル様！」

「！」

　ミランダレットの大声にハッと我に返る。考え事に熱中しすぎて周りが見えていなかったらしい。

「ごめんなさい、ミラ様。考え事をしていたわ」

「いえ、全然反応しないから驚いちゃって……それより、このガーゼの大きさなんですけど……」

そう言ってミランダレットは持っていたガーゼを広げる。気づけばミランダレットに任せた分の薬は既に完成していた。

「どのくらいで切るべきですか？　大きすぎても小さすぎてもいけませんよね？」

「そうですね、それは手のひらサイズくらいでそろえてもらえれば――……」

今はまず怪我人《けがにん》の治療を終わらせなければ。思考はいったん切り上げ、レティシエルはまた薬作りの作業を開始した。

「……よし、こんなものかしら」

ようやく全員分の手当てを終えたのが日暮れ頃。ちょうど厨房《ちゆうぼう》からもかすかに香ばしい匂いが漂ってきている。夕飯時のようだ。

「じゃあこれ、洗ってきますね」

「ええ」

治療で取り替えられた使用済みの包帯が放り入れられていた籠を抱き上げ、ミランダレットは早足でホールを出て行く。それを見送り、レティシエルも立ちあがる。

「あれ？　シエル様、どちらに？」

「少し所用がありまして。皆さんで先に食事にしてください」

皆と別方向に歩き出すレティシエルを、ミランダレットは不思議に思ったようだ。彼女たちに一言断り、レティシエルは本館の外へ出る。目的は本館の裏にある離れ。人質にされていた女子生徒たちを助け出した、あの林の中の離れである。

　道中倉庫部屋に寄り道して、ある物を持って離れに向かう。入り口の前では、今度は警備隊の男性たちが見張りを務めていた。

「……あ、シエル殿。お疲れ様です」

「お勤めご苦労様です。それで、彼らの様子は？」

「なかなかに口が堅いですね。俺たち警備隊程度では恐れもしないようで、逆に挑発じみたことを言ってくるくらいだ」

「……往生際が悪いこと」

　今レティシエルたちが話しているのは、先の戦いで生け捕りにした襲撃者たちのことである。彼らはこの離れの中で厳重に監視されて拘禁しているが、尋問がなかなかうまくいっていない様子。

「なら私が行きましょう」

「え？　いや、そんな、英雄様の手を煩わせるのは……」

「英雄様というのは勘弁してください……」

　前世でもそんな呼び方はされたことがない。こそばゆいし、そこまで讃《たた》えられるほどのことをしていないと思うので、できれば普通に呼んでいただきたい。

「とにかく、私が行って情報を聞き出します。元はといえば私が持ち込んでしまった事件ですから」

「しかし……あの者たち、かなり気が立ってる様子でした。危険なのでは？」

「かもしれません。ですが、きっと私が尋問をするほうが彼らもスムーズに情報を吐いてくれるのではないでしょうか」

決して憶測で言っているわけでも、自意識過剰で言っているわけでもない。

尋問において重要なのは、いかに相手の恐怖心を刺激して臆病にさせるか。機密を握る軍上層の人間はまた少し話が違うが、下級の兵たちは自身の命の危機を感じると、我が身惜しさに比較的簡単に情報を明け渡す傾向にある。前世において培われた経験だ。

そして帝国兵らは『魔道士シエル』を恐れている。しかも前線で実物を遠目にも見たことがあり、その戦いぶりや戦績を重々理解している。

一度新兵器で対抗できたような場面もあったが、最終的にはその武器をもってしても『魔道士シエル』に敗北している。その絶望からは容易には抜け出せないだろう。

「気になるのであれば外に兵を待機させてはどうでしょう？　何かあれば呼びますので」

「うーん、まぁ、そこまでおっしゃるなら……わかりました」

まだ少し心配そうだったが、警備隊の男性は頷《うなず》いてレティシエルを離れの中に入れてくれた。なお付き添いの兵はやはり同行された。

捕まえた兵たちは地下にある部屋に閉じ込めているという。元は地下倉庫だったのを整理して空けたとか。地下に続く階段の脇に見張りがいて、さらに下った先でも門番が二名ほど待機している。

付き添いの兵を入り口前で待たせ、レティシエルはドアを開けて部屋に入る。窓もない地下室は昼間でもかなり薄暗く、壁にかけられた松明《たいまつ》だけが周囲をぼんやりと橙色《だいだいいろ》に染めている。

「ごきげんよう、帝国兵の皆さん」

「!?」

帝国の面々は部屋の奥の壁につながれていた。元々壁掛け用だったと思われるフックに縄を引っかけ、全員が縄でぐるぐる巻きにされている。

ドアを開ける音に入り口のほうを鋭く睨《にら》んできたが、入ってきたのが『魔道士シエル』と認識した途端に目が泳ぐ。やはりレティシエルの読みは間違っていなかったようだ。

「……これはこれは、こんなところまでわざわざ来るとはご苦労なことだな」

それでも中央にいるリーダー格の男はまだ毅然《きぜん》としていた。警戒するようにこちらの様子をうかがっている。

今回、レティシエルは迷彩魔術を使用していないため、彼らの目にレティシエルは正真正銘『魔道士シエル』として映っているだろう。まだ自分たちが戦った相手が目の前にいる人物と同一とは気づいていない。

もっとも、気づかせたところでこちらに何かメリットがあるわけではないので、ネタ明かしをしてやるつもりはないが。

「そう思われるのなら持っている情報、さっさと吐いてほしいものだけど」

「ふん、それに俺たちが応じるとでも?」

「きっと今のままでは無理でしょうね。でもあなたたちはきっと話すわ。そのために私が来たのだもの」

そう言ってレティシエルが意味ありげに微笑《ほほえ》むと、少し男たちの表情はこわばった。揺さぶりをかけてみたのだが、彼らも思ったより余裕があるわけではなさそうだ。

「……ほう。やれるものならやってみろよ。お前の力など、今さら帝国軍は臆したりしない……！」

恐らく、例の小剣で魔術を切れたことが彼らにとって大きな自信につながっているのだろう。

「あら、その自信の根拠はここからかしら？」

尋問をする上で、まずはその自信を削ぎ落さないといけない。レティシエルは持ってきていた袋の結び目をほどく。

軽い金属音とともに石の床に転がったのは、大量の小剣。先日の戦いで彼らが装備していたものを、事前に倉庫部屋から持ち出しておいた。

「この剣についての話は、もう私の知人から聞いているわ」

「なら、お前の優位はもうないとわかるだろ。俺たちだけではない、既に帝国軍にはこの武器が――……」

「配布されている？　それは初耳ね。でも、回収した敵の武器をわざわざここまで持ってきたのは何のためか、考えなかったのかしら？」

「はぁ……？」

話を途中で遮られた男は怪訝《けげん》そうに首をかしげる。どうやら木片が取り除かれていることには気づいていないらしいので、その勘違いをそのまま利用する。

床にばらまいた小剣にレティシエルは手をかざす。その手のひらがぼんやりと光を帯び、ゆっくりと魔法陣の形を形成していく。

松明の光がなくてもはっきりとわかる緋色《ひいろ》の光だ。それが陽炎《かげろう》を放ちながら徐々に色を変え、オレンジ色、黄色、そして青色に変化する。その頃には彼らにも、これが炎の術式であることが理解できる様子だった。

レティシエルの手から生み出された青い炎は、火柱を作るように床に落とされた剣に落ち、一瞬で燃え広がる。高温の炎に包まれた小剣たちは、魔術除《よ》けの木片がないためすぐに原型を留《とど》めなくなる。

「あら、話に聞いていたのと違うわね。あっさり壊れてしまったわ」

みるみる焼けていく小剣たちを帝国兵たちは食い入るように見ていた。もはやレティシエルの声が聞こえているのかもわからない。

「残念でしたね、帝国兵の皆さん。もうこの剣では、私の力は防げないみたいよ？」

この薄暗い部屋の中でもわかるくらい、顔色を悪くしている男たちは少々かわいそうな気がしてくる。悪役っぽく振る舞うのは得意ではないが、これも敵の情報を得るためだ。

「それでもまだ、自分たちに分があるとお思いに？」

クスリと笑みを浮かべてみせる。松明以外の光源がないこの閉鎖的な空間内で、それはさぞかし影のかかった不気味な笑みに見えただろう。

「た、頼む！　殺さないでくれ……！」

「殺さないわよ？　質問に答えてくれたらね」

先ほどまでの強気と打って変わって、男たちは真っ青な顔で命乞いを始めた。人は拠《よ》り所《どころ》にしている自信を折られると途端に弱気になりがちだが、小剣破壊は予想通り効果抜群だったらしい。

「あの小剣、帝国軍に既に配布し終えたのかしらね。それは本当？」

「……いや、それは……」

「嘘《うそ》のようね」

レティシエルの質問に男たちは口ごもる。先ほどの発言はハッタリを利かせただけだったようだ。

とはいえ、武器のひな形が既に完成していると考えれば、そう遠くないうちに帝国軍全体に行き渡る可能性は十分にある。今日からでも研究を開始したほうが良さそうだ。

「ではもう一つ答えてもらいましょうか。今回この場所を襲撃した理由は何？」

「……」

「答える気、ない？」

「……ま、待て！　わかった話す。話すから！」

一瞬沈黙した敵兵たちだが、レティシエルが手先で火球をちらつかせるとすぐに口を割った。閉鎖空間の中で炎に囲まれることの恐怖は並々ならぬものだろう。

「せ、戦力だ……今回の襲撃は、王国軍の戦力をそ、殺《そ》ぐためにやったんだ！」

唇を震わせながら、男性は青ざめた顔のまま言い放つ。その情報に、今度はレティシエルが眉間にシワを寄せた。

「戦力を殺ぐ？　どうして王国軍の戦力を殺ぐために、こんな寂れた土地の廃墟《はいきょ》まで来る必要があったの？」

「お、俺たちはただ、上から指示されたから、その通り動いただけなんだ！」

レティシエルがジッと睨みつけると、もはやパニックに陥りそうなほど慌てて男性は堰《せき》を切ったようにしゃべり続けた。

曰《いわ》く、今回の戦争でこちらの戦力を削り切れないと向こうは判断したようで、遠くない未来にもう一度王国と戦をする際に優位に立てるよう、将来の芽を早いうちに摘み取るためこの襲撃隊は組まれたのだという。

（ライオネルが以前予想していた通りになったということね……）

しかし一体帝国軍はどこでその情報を入手したのか。疎開の話はライオネルから直接回ってきた命令で、レティシエル以外の軍関係者には知らされていないはずなのに……。

「その情報は誰から？」

「お、俺たちにわかるはずがないだろ！　こっちは上に言われた通りやってるだけなんだ

「……」

一応聞いてみるが、やはり答えらしい答えが得られるはずもない。

これ以上聞き出したい情報もないので、このあたりで尋問は切り上げてレティシエルは地下室から出る。あとのことは警備隊のほうに任せよう。

外で変わらず待っていた付き添いの警備隊員に問題ない旨を伝え、レティシエルは本館に戻った。外見はまた迷彩魔術で黒髪紫目に戻しておいた。

「……あ、シエル様」

見回りに行く前になんとなく大広間を覗《のぞ》いてみたら、なんと友人たちがまだ全員残っていた。こちらの姿に気づいてまずミランダレットが立ちあがった。

「皆さん……？　食事の時間はもう終わっているのでは？」

「そうですけど、シエル様を待ちたいなと思いまして……用事、済んだんですか？」

「ええ、終わりましたよ」

「そうですか……お疲れ様でした」

ホッとしたようにミランダレットが微笑む。何をしていたのか、までは誰も聞いてこなかった。大広間に沈黙が下りる。

「……あの、結局私たちはどうして狙われたのでしょうか」

その沈黙を破ったのもまたミランダレットだった。レティシエルはフルフルと首を横に振る。

「詳しいことはわからないわ。戦力を殺ぐためだと敵は言っていたけど、どこまで信用できるものか……」

「せ、戦力？　私たちを狙ったところで得することは何もないと思いますけど……」

「未来の芽を摘もうとしたのだと思うわ。それだけ帝国はこちらの力が増すのを警戒している」

「未来の芽って……」

「それに、こんな戦地から離れた南の地方まで敵が入ってくるなんて……」

そこで大変な可能性に気づいてしまった。もしかして前線で王国軍が苦戦を強いられているからこそ、国境警備に割ける兵力が少なく侵入を許したのではないだろうか。

「……シエル様？」

急に黙りこくったレティシエルの顔を、友人たちは不思議そうな表情で覗き込む。しかしレティシエルは考え事に夢中だ。

それに捕虜の発言はハッタリだったが、例の武器を敵の本陣が一つも所持していないとは限らない。あの木片が魔術を弾《はじ》く物であれば、魔導術式を原動力にしている滅魔銃の攻撃も打ち消されてしまうのでは……？

ただこの状況の疎開屋敷を離れるのも踏ん切りがつかない。自国軍の安否は気になるが、生徒や教師たちも同じく残していくには不安が強いし、何よりそれは任務を放棄することになってしまう。

　レティシエルに与えられた任務は、ルクレツィア学園の生徒たちの疎開の護衛。それを投げ出して前線に戻ることは果たして許されるのか。

「大丈夫ですよ、シエル様」

「……？」

「心配事があるなら、行ったほうがいいです。ここは私たちに任せてください！」

　眉間にシワを寄せていたのがミランダレットにバレた。まだ何も話していないのに、まるで心を読んだようにそう言って来た。

「任せるって……」

「だって警備隊の人たちももう来てくれてますし、あとは前に捕まえた人たちを引き渡すだけですよね？」

「それは、そうだけど……」

「シエル様、私たち、こう見えてシエル様直伝の弟子なんですよ？　それに警備も強化してもらえましたし、これくらいは弟子を信じてみてくれませんか？」

「弟子……ふふ、確かに言われてみればそうかもしれないわね」

　ミランダレットたちに魔術や錬金術を伝授したのは、他ならぬレティシエル自身だ。難は去ったし、ここはみんなに任せてもいいのかもしれない。

「ではここ、お願いできるかしら？　あの人たちを引き渡すだけでいいので」

「はい、お安い御用です！」

力強くガッツポーズを作ってミランダレットは笑ってみせた。隣ではヒルメスやヴェロニカも頷《うなず》いてくれている。

その姿にレティシエルも微笑みを返し、そのまま前線を目指して夜闇の中へ飛び出した。

五章　王国軍の裏切り者

　レティシエルが国境の王国軍本陣に帰り着いたのは、南の疎開屋敷を旅立った翌日の夕刻だった。転移魔術は長すぎる距離には対応できないので、数回に分けて転移をした。

「……」

　自国軍に何かあったのではないか、と心配に思って戻ってきたのだが、目の前に広がる光景にレティシエルはそれが無用だと気づいた。

　本陣は平和そのものだった。戦争による疲労だろう、兵たちの顔色は幾分悪かったりもするが、総じて敵襲に遭った様子も大敗を喫したような気配もない。

（……心配、し過ぎだったのかしら）

　安心したような腑《ふ》に落ちないような、そんな感情を抱きながらも、帰還したのだからひとまず総大将のところへ行こうとレティシエルは歩き出す。

「……あれ？　シエル？」

　テントの前まで来たとき、ばったりとルーカスと鉢合わせた。レティシエルを見て驚いている様子だ。

「こんにちは、ルーカス様。ご無沙汰しています」

「ご無沙汰って、まだ何日も経《た》ってないだろ……いや、んなことどうでもいいんだ。お前いつの間に帰ってたんだ？」

「ついさっきです」

「そ、そうか……向こうで何かあったか？」

声を潜めてルーカスはそう訊《たず》ねてきた。辺りに人がいないことを確認し、レティシエルは疎開先での出来事を簡潔に話して聞かせた。

「はぁ？　襲撃!?」

「ルーカス様、声が大きいです」

「す、すまん」

驚きのあまり動揺したが、ゴホンと小さく咳払《せきばら》いをしてルーカスは再び声量を落とす。

「しかし襲撃って一体何があったんだ？」

「言葉通りですよ。帝国の隊によるものでしたが、どうもいろいろと裏がありそうで」

「なるほど、そんなことが……とにかく殿下に報告しよう」

そう言ってルーカスは垂れ幕をまくるとテントの中へ入っていった。レティシエルもあとに続く。

「……おや、どうしてシエル殿がここに？」

机で書類と向き合っていたライオネルは足音に顔を上げ、レティシエルを見つけると意外そうに目を瞬かせた。

「任務の最中にもかかわらず、独断で帰還してしまったことをお詫《わ》び申し上げます」

「まぁ、それは構いませんけど、そう判断した理由を伺っても？　あぁ、ルーカス殿、申し訳ないが人払いをお願いできますか？　今は誰一人このテントに近づけさせないでください」

「……？　はい、わかりました」

ライオネルからの指示を受け、少し不思議そうにルーカスは頷いて外へ出ていった。

なぜそこまで厳重に人払いするのか、レティシエルにもよくわからなかったが、ひとまずはここへ来た目的を果たさなければ。

そこからレティシエルは、カランフォード郊外の疎開屋敷で起きた出来事を事細かくライオネルに報告した。

帝国の兵隊が疎開屋敷を急襲したこと、襲撃の目的が戦力を殺ぐためだったこと、帝国兵が使っていた魔術を打ち消す妙な木片のこと。手元に保管していた木片の実物も、二つあるうちの一つを証拠品として提出する。

なお疎開先がかつての爆発事故の現場のすぐ近くだったことは、今回の事件とは関係ないだろうし話さないでおいた。

「内陸のほうではそんなことが起きていましたか……」

話を聞き終えたライオネルは眉間にシワを寄せてそう呟《つぶや》いた。しかしそれだけで、彼の態度にはそこまで焦りの色は感じられなかった。

帝国の兵が内地に侵入してきたことへの追及も対策もない。敵の二度目の侵入を防ぐためにも、何か行動を起こすのが一般的ではないのだろうか。

（……結局のところ、殿下はこの疎開をどう思っていたのかしら？）

　今のタイミングでは聞けないが、レティシエルの中で疑問が一つ増えた。

「事情はわかりました。よく襲撃を防いでくれました。しかしこれだけでは前線に戻ってきた理由にはならないのでは？」

「疎開先の街は王国のかなり南側に位置しています。そんな国の内部まで敵が侵入しているのなら、もしや前線で何かあったのではないかと案ずるあまり独断で戻ってきてしまいました」

「あぁ、なるほど。確かにそれは心配にもなりますね」

　追加でレティシエルが説明すると、納得したようにライオネルが相槌《あいづち》を打った。打った本人があまり心配そうじゃないのがやはり気になるが、今は最後まで報告を終えるのが先決だろう。

「ですがご覧の通り、我が軍は今のところ敵からの襲撃もなく何も問題ありません。そこは心配しないでください」

「そうですね。それはどうやら私の杞憂《きゆう》だったようで」

「それよりも気になるのはシエル殿の言っていた、魔術を無効化するという木片ですね。敵の本陣にも少し探りを入れてみましょう」

「敵本陣に？」

「ええ、敵の本隊でも配布されている可能性がありますからね」

「……その場合は早急に対策を考えなければいけませんね」

「期待していますよ」

それからライオネルは、レティシエルが留守にしていた間の王国軍の状況や戦況について話してくれた。

予想に反して大きな被害は何もなかった王国軍だが、なんと敵軍に大打撃を与えることにも成功していたらしい。こちらに夜襲をかける予定の敵陣の行動を読み、逆に奇襲して撃退したというのだ。

「それはまた……素晴らしい戦果ですね」

「エーデルハルトからの援軍も良い仕事をしてくれましたよ。あの弟、伊達《だて》に各地を旅ばかりしていたわけではないみたいですね」

確か……新しい訓練法を取り入れて組まれた特殊小隊だったか。疎開屋敷での戦闘にも援軍として駆けつけてくれていた。

「……疎開屋敷にもその隊がいてくださったらよかったのですが」

「すみません。なにぶん隊の数も少なく、前線と各地の重要な軍事拠点に回すだけで手一杯でしたから」

「そうですか……」

「とはいえ帰ってきてくれてありがとうございます。良い情報でした」

「いえ」

「ところで帰還の途中、軍の者に姿を見られましたか？」

「……？　いえ、多分見られていないと思いますが」

「それならよかった。引き続き他者に見つからないようにしていただけると幸いです」

「？」

「今日はもうお戻りください。あとでルーカス殿に食事などを頼んでおきますので、あまり出歩かないでくださいね」

「は、はぁ……」

理由を聞き出す間もなくレティシエルはテントから退出する羽目になった。外ではルーカスが人払いのため入り口前に立っていた。

「…………どういうことでしょうか？」

「俺に聞くな。さっぱりわからん」

ライオネルの意図がわからなすぎて思わずルーカスにそんな質問をしてしまった。ルーカスにわかるわけもないか。

とりあえず言われた通りにまず自分のテントに帰ることにしたが、結局ライオネルから何も指示がないまま朝がやってきた。

「……本当に大人しくしてるだけでいいのでしょうか」

「殿下が何も言ってこないうちはそれでいいんじゃないか？」

昨日言われた通り朝食を持ってきてくれたルーカスは、そう言って肩をすくませた。それはそうなのだが、原因がわからないからモヤモヤする。

「でもまぁ、今日が正念場だって殿下は言っていたし、今日中に何か指示は来るんじゃないか？」

「……？　そうなんですか？」

「あぁ。何があるのかは俺も知らされてないがな。俺も今日は休養を命じられてるし」

「え、ルーカス様が？」

王国軍内でルーカスの存在はかなり大きい。主戦力は『魔道士シエル』だとしても、統率力にもカリスマ性にも富んで軍を引っ張るリーダーは間違いなくルーカスだ。

そのルーカスにも内緒で何かが進行しているというのはどういう状況なのか。ライオネルの言動がますます謎で仕方がない。

「そうだ。他の将軍たちは一部知ってる人もいるらしいが……まぁ、休養をくれるんだというならありがたく頂戴するがな。武器防具や兵糧の在庫や兵士の様子も見て回っておきたいからさ」

「ルーカス様らしいですね。私も一緒に行けたらいいのですが……」

「気持ちはわかるんだがな……よし、じゃああとで見回った状況を共有しよう。それならいいだろう？」

「いいんですか？　ではお願いします」

「おう、任せろ」

その後しばらく雑談を交わし、ルーカスはテントを後にしていった。テント内のテーブルまで戻り、レティシエルは椅子に腰を下ろす。

魔術で姿を見えなくすれば出歩いても問題はないだろうが、今はライオネルが成し遂げようとしている『何か』が終わるまで迂闊《うかつ》な言動は控えたほうが良さそうだ。

とはいえただ座っているだけというのも暇なので、遠視魔術を使って陣内の様子を観察することにした。

「……ん？」

観察を始めたはいいが、ある区画が妙に騒がしいことに気づいた。

兵器開発部のテントが置かれている一角だ。大勢の兵士が将軍と思《おぼ》しき老人に率いられて移動している。

どこへ向かうのだろうと思って追っていると、彼らは兵器開発部の前で立ち止まった。声は聞こえないけれど、中に向かって何か言っているようだ。

中から誰かが出てくる。開発部長であるドラコだ。彼が出てくるのを見ると、将軍らはあろうことかドラコを拘束し始めた。

「!?」

この展開にはレティシエルも目を丸くした。一体何がどうしてドラコが捕縛されているのか。周囲も突然の事態にざわついているのが見て取れた。

次いでジークも外に飛び出してきたが、その頃にはドラコは既に縄につかされて連行されていった。

「一体……」

唐突に始まった捕縛劇は唐突に終わった。かなり手際が良かった。まるで最初から全て予定調和だったかのような。

（……これが、殿下がやろうとしていたことなの？）

その日の夕方、レティシエルのもとにライオネルからの招集がかけられた。

＊＊＊

「ドラコ殿の捕縛？　あぁ、シエル殿の耳にも早速届きましたか」

呼び出されて開口一番、先ほどの捕縛の件について問うてみたら、ライオネルからはそんなサラッと事もなげな返事がきた。

「説明していただけませんか？　兵器開発部の長を捕縛するなんて、一体何があったというのです」

「シエル殿は以前、我が軍に敵と内通している者がいると言った、私の話を覚えておりますか？」

こちらに目を向けないままライオネルは突然そんなことを言い始めた。一瞬レティシエルは首をかしげてしまう。

「……？　えぇ、覚えていますが……」

「その裏切り者というのが、実はドラコ殿だったのですよ」

「……え？」

思わず呆《ほう》けたような返事を口にしてしまった。

「なぜ……あの人が裏切りを？」

「詳しく聞いていませんが、嫉妬だったそうですよ。自分より一回り以上年若い天才が、自分がどれだけ時を積み重ねても実現できなかったことを次々と実現し、その劣等感が彼を売国に走らせたとか」

それはジークのことだとすぐにわかった。

確かに以前聞いたジークのこれまでの功績は、天才と評されるにふさわしいものばかりだった。今回の戦での兵器開発も、彼でなくては完成しなかっただろう。

才ある者が妬みからは逃れられないとはわかっていたが、こうも身近にいたというのは衝撃的だった。それもルーカスと同じくスフィリア戦争を潜《くぐ》り抜けてきた者が……。

「……殿下は、いつ頃から彼を疑っていたのですか？」

「そうですね……割と早い段階から目はつけていました。確信したのは我が軍の奇襲作戦が開始以前に敵に漏れていた時でしょうか」

思えばライオネルがドラコを呼び出して何か話している場面を、この頃何度か目にしてきた。あれはドラコを監視し、牽制《けんせい》するための行動だったのだろうか。

「奇襲作戦の情報を流したのも、シエル殿の不在を狙って帝国軍が襲撃してきたことも、疎開先を嗅ぎつけて帝国兵が来たことも、情報を流したのは全てドラコ殿ですよ。彼自身がそうだと自白しましたから」

「そうですか……」

「まぁ、そう仕向けたのは私ではありますが、彼は実によく動いてくれました。おかげで彼を筆頭に我が軍内の不穏分子は一掃できましたし、良い結果となりました」

何気なく今とんでもない告白がされたような気がする。ドラコの内通行為は、全てライオネルが仕組んだことだった、と……？

「殿下、それはどういう……」

「おや、私としたことがつい口を滑らせてしまいましたね」

その一言でレティシエルの脳内を様々な場面が駆け巡った。重要性を説きながらもレティシエル一名しか護衛を置かなかったルクレツィア学園の疎開、ライオネル以外知り得なかったはずの疎開の計画、レティシエルの不在を狙った帝国軍の襲撃。

「……殿下、まさかあなたは……」

「私が裏で手を引いていたと？　残念ながら、私は直接手を下したことなど一度もありませんよ。全てはドラコが流した情報を信じた帝国軍が起こした動きではありませんか」

そのドラコに偽の情報を流し、彼が敵と通じるようお膳立てしていたのはライオネルではないか。

「なぜ、そんな危険なことを……」

「ある危機的な状況を打破するためには多少の冒険は必要です。殻にこもって安全策ばかり踏んだところで事態は何も変わりません。悪化するだけでしょう」

「それでももっと慎重になるべきだったのではありませんか？　その危険な作戦に失敗したとき、被害を被るのは何の非もない民たちです。彼らの身の安全についても考える必要があったのではないですか」

「私は国のため、いつも最善を尽くしていますよ。そのために捜査にも疎開にもシエル殿、あなたを行かせたのですから」

レティシエルが詰め寄っても、ライオネルの表情も態度も一つも揺らがない。

「あなたであれば一人で帝国兵の相手をするなどたやすいでしょう。こちらでは主戦力の魔道士不在という隙を作れ、そちらでも護衛が少数という、一見崩しやすい状況を作れたからこそ、このたびの捕縛につながったのです」

穏やかな口調で語るライオネルがまるで別の生物のように見えた。こちらの心情を知って知らずか、レティシエルと目を合わせたライオネルは美しい笑みを浮かべた。

「全ては我が国の未来のため、ちょうどよかったではありませんか」

その一言にゾッとした。不信感と同時に言いようのない寒気を覚える。

潜入捜査時の襲撃も、疎開屋敷での戦闘も、下手をすれば王国側にも甚大な被害が及び

かねなかった。

最終的にはうまく好機に転じることができたが、それを『ちょうどいい』のフレーズで片づける彼の思考にいっそ狂気を感じる。

ライオネルの言い分は理解できる。理解はできるが共感はできない。結果良ければ全て良しとは言うが、その過程で、守るべき民に被害が出ても構わないというのか。

「さて、こちらから説明すべきことはあらかたしましたし、本題に入ってもよろしいですか？」

レティシエルが黙ったタイミングで、ライオネルはそう言ってこの話題を打ち切った。

「……どうぞ。本題って何ですか？」

「実はまたあなたに潜入捜査をお願いしたいのです」

ニコニコと笑みを浮かべ、さも当たり前のようにライオネルは言った。

「また……ですか？」

「ええ、またです」

「私より適任の者は多いのではありませんか？」

「いいえ、シエル殿こそ適任だと思うからこうして呼んだのですよ」

一度潜入捜査はこなしたが、今でも言われているほど適任だとはレティシエル自身でも思えない。今度もレティシエルの不在を使って何か画策している気さえしてしまう。

「……また、何か企《たくら》みでもあるのですか？」

「信用がありませんね。これも全て我が王国のためですよ」

　そうは言うものの、ライオネルの真意は全く見えない。嘘《うそ》を言っている様子はないが、どこまでが本気なのか測り切れない。

　ただ王国にとって総合的に不利になるような結末を望んでいないのだけは確かだろう。彼の考えを探るためにも命令には従ったほうがいい。それに証拠の無い話だ。むやみに事を荒立てて士気に響かせることはあってはならない。

「……詳細について伺いましょう」

「ありがとうございます」

　そう判断し、先ほど心の内で確信した不信とともに、レティシエルは潜入捜査の命令を受諾して全てを呑《の》み込んだ。

＊＊＊

　潜入捜査の詳細を伝え終え、魔道士シエル……ドロッセルがテントから去る。

　一人になるとライオネルは椅子に腰を下ろし、先ほどドロッセルが見せた表情を思い返していた。

　割と早い段階から、ドロッセルが自分に不信を抱いているのは察していた。勘の良い人間は嫌いだが、彼女はライオネルが今まで接してきた中で特別勘が良い者だった。

だから妙に隠し立てするのはやめた。それに、たとえ一連の捕縛や作戦にライオネルが嚙《か》んでいたと知っても、彼女はそれを人にバラさない確信もしていた。

魔道士シエルとしての彼女は味方への情が非常に厚く、人を殺すことに対して抵抗と嫌悪を抱いている。一方で戦術や戦法など、そういった軍事的な知識は将軍たちの中でも群を抜き、ある意味戦争を一番熟知していると言っても過言ではない。

ルーカスやジークといった気心の知れた相手への信頼と依存は強く、そうでない人間には容易に心を開かず気を許すこともない。

今回ライオネルが彼女にある程度情報をほのめかしたのもそのためだ。既にドロッセルはライオネルを警戒している。そんな彼女を情に訴えて懐柔することは無理だろう。

ならば共通の秘密を握らせることが、ドロッセルを囲い込むのに一番効率がいい。たとえ裏切りから何から何までライオネルが背後で糸を引いていたと確信しても、無根拠のそれを軍内部で吹聴《ふいちょう》したりはしない。

戦をどこまでもよく理解している彼女になら、それがいたずらに軍の統率を乱して戦果に響く行為だとわかっているはずだと踏んで、実際その通りの決断を彼女はした。

「……面白いな」

かつて王都のフィリアレギス家の屋敷で再会したとき、まさか彼女がこれほど興味深い存在だとは思ってもいなかった。

味方に引きずり込めれば無二の戦力となるだろう。しかし同時に全てを察知される危険とも隣り合わせになる。

「……本当に、あなたは実に素晴らしくて、面倒な御方《おかた》ですね、ドロッセル嬢」

それでもドロッセルを手元に欲しいのは、リスクを差し置いて余りある彼女の優秀さと万能さ。

出自の低さという、覆しようのない絶対的なハンデを補うためには、限られた時間の中でそれを覆すほどの莫大《ばくだい》な功績が必要だ。結果的に王国の利になればそれでいい。

このプラティナ王国のため、そして王位という母と自身の悲願のため、たとえそれがどれほど茨の道でも、歩みを止めるわけにはいかないのだ。

閑章　炎と誓い

ディオルグが死んだ。それもあの子に殺された。

期待してはいなかった。あの男はせいぜい時間稼ぎ程度にしか役に立たないだろうと、はなから割り切って近づいた。

それでもやっぱりあの男はただの役立たずだったらしい。もう少し王国を滅ぼすための戦績を残してくれると思っていたのに。

あの男が死んだ以上、もうこの場所にとどまり続けることはできない。今すぐどこか安全な場所に移動しなければ。そして新しいマリオネットを探さなければ。まだ目的は果たされていない。

だけど使い勝手がいい駒はなかなか見つからなかった。帝国の劣勢が強まる一方の今、王国の内部情報一つで踊ってくれる者はいなくなっていた。

あまつさえ疑念を向けてくる者もいた。国にこの身を売ろうとする者までいた。忘れていた。人間は平気で嘘を吐《つ》く生き物だと、自分が一番よくわかっていたはずなのに。

それに気づいてしまえば、もはや誰も信用できない。近づいた男たちはみな裏切った。だから一人残らず燃やしてやった。

そこから一つ隣の領地まで移動した。その町には旅人として受け入れてもらえた。

しかしここはちっとも安全ではない。外に出れば皆がこちらをジロジロと見て、部屋にこもっていても窓から子供が覗《のぞ》き込んでくる。

監視だ。町全体でぐるになってこちらを監視しているに違いない。町に受け入れたのもきっとこのためだ。いずれ警備隊に突き出すつもりだ。

そんなことはごめんである。そちらがそういうつもりなら、こちらもそれ相応の対処をするまで。幸いこちらにはアレがある。アレを使えばこんな町一つ簡単に消してしまえる。

宿泊先の厨房《ちゆうぼう》にあった鍋に火をつけた。あとのことは一瞬だった。家々が燃え、人々が逃げ惑う間に町を抜け出す。

早く次の場所に移動して身を隠さなければ。けど同じ地方内の街は信用ならない。この町から情報が回るかもしれないし、ここの地方の総督の耳にも入るかもしれない。

さらに隣の地方まで逃げることにした。今度はもっと小さく貧しい村にした。追ってこないだろうと思った。

だけどやはりダメだった。ここでも監視の目がある。

また燃やさなくては。そして逃げなければ。もっともっと遠くに、もっともっと安全なところに。

この嘘を抱えて、どこまでも逃げてやる。

＊＊＊

目の前で、村が一つ燃えている。赤々と燃え盛る炎を、ミルグレインは少し離れた丘の上からジッと見つめていた。

日は完全に沈みきっており、村やこの丘を包む景色は暗い。月もない夜には、空にかかる星のわずかな光以外辺りを照らすものは何もない。

「いやぁ、派手に燃えてるね～」

ミルグレインの横には、同じく燃える村を眺めているジャクドーが立っていた。

「しかし良い火の色だねぇ。揺らぐ姿もまたキレイでさ」

「……趣味の悪い男だな」

「んー、ミルくんは相変わらず手厳しいね～」

軽蔑の眼差《まなざ》しで睨《にら》みつけてもジャクドーはどこ吹く風だ。

「でもさ、火が燃えてるとこを見るのってさ、結構楽しいと思わない？」

「思わない」

「え、ウソ。ミルくん、この楽しさわからない？　はぁ～、もったいないねぇ」

「黙れ」

苛立《いらだ》ちを込めて吐き捨てると、ヘラヘラと笑いながらもジャクドーはそれ以上何も言ってはこなくなった。

炎は嫌いだ。蛇のようにうごめいて全てを呑み込んでいく様には嫌悪感すら覚える。あれを綺麗《きれい》だと言えるジャクドーの神経が理解できない。

轟々《ごうごう》と燃え盛る炎の音と逃げ惑う人々の悲鳴が聞こえる。あの炎はこの村の全てを焼き尽くすまで収まらないだろう。

ミルグレインらもこの一連の不審火事件を追っているわけではないが、事件の原因となったであろう物には心当たりがある。

通称キューブと呼ばれる白い立方体だ。あらゆる物体に火をつけられる以外特にめぼしい効果もなく、せいぜい本来燃えないはずの不燃物も発火させられること、一度火がつくと半径十メートル以内から全ての物が消滅するまで消えることがない程度だ。

元はマスター……サラ様が呪術を完成させる以前に開発したもので、緊急時に敵の気をそらすためだったと聞いている。燃費の悪い不良品だとも。

「しっかし派手に騒いでくれるのはありがたいねぇ、この騒動に紛れて事が進みやすいのなんの」

楽し気にジャクドーは言う。マスターの計画の最終段階に必要な魂柱《たまばしら》の起動のために訪れたこの村だが、偶然にも例の女が騒ぎを起こしてくれていた。

「……それを推奨して焚《た》きつけたのは他ならぬお前だろ」

「おっと、そんな睨まないでくれよ。俺はダンナのためを思ってそうしたんだからさ～」

「だったら今すぐに柱を起動してきたらどうだ」

「ええ、もうちょっと眺めててもいいじゃん。大丈夫大丈夫、どうせ柱本体は逃げないいんだからさ」

またもジャクドーを睨んだ。この短期間に一体何回この男を睨めばいいのか。もはやわざとやっているような気さえするのがまた腹立たしい。

マスターの悲願のため、スフィリアの戦以降少しずつ各地に置いてきた魂柱《たまばしら》の楔《くさび》だというのに、この男の怠慢のせいで計画に支障が出たらどうしてやろうか。

「それにしてもミルくんの炎嫌いは変わらないねぇ。昔は同じようなことを自分の村にもしてたのに〜」

「……その話題を口にするな。殺されたいか」

「フフフ〜、口が滑っちゃったな〜」

こちらの気も知らないで呑気《のんき》に口笛など吹いている。苛々《いらいら》ばかりが募っていく。

かつてミルグレインが生まれ育った村も、同じように業火《ごうか》の中で焼け落ちた。キューブによる発火事件だった。

炎は丸一日燃え続け、家は残らず灰となり、村の者は誰一人生き残らなかった。火事の元凶であるミルグレインただ一人を除いて。

親も村も最低だった。ミルグレインがどちらの親とも似なかっただけで暴力をふるい、奴隷のようにこき使うことしか能のない連中だった。

村の者たちも同じだ。小さくて閉鎖的な村ではストレスの発散に皆飢えていた。ミルグレインは格好の的だった。

地獄のような日々が続き、いっそ死んでしまいたいほど思い詰めた時期もあったが、結局その気が起きずにズルズルと生き続けた。

そんなとき、旅人として村にやってきたサラ様と出会った。あの方は何も言わずに一つの白い箱状の物を渡してきた。ミルグレインが初めてキューブを手にした瞬間だった。

お前の思うように行動すればいい、あの方はそう言った。だからあの方がくれたキューブを使い、両親共々故郷の村を焼いた。一人残らず炎に巻かれて焼け死んでいく連中を見て、これでようやく解放されるのかと清々した。

そのことをミルグレインは今も後悔していない。むしろその機会をくれたマスターには感謝の念しかない。

「……相変わらずダンナのこと大好きだね、ミルくんは」

「お前のマスターへの忠誠心が低すぎるだけだ」

「えぇ……」

どこか引いた顔のジャクドーだが、ミルグレインからすればそう思わないジャクドーのほうこそ信じられない。

ミルグレインがここに拾われたときには既にこの男はマスターのそばにいたが、この男がマスターへ忠誠を示すのなど見たことがない。

マスターがいなければ、今の自分はここに存在しない。出会わなければミルグレインはただ野垂れ死んだだけだろう。だからマスターの命令とあらばどんなことも叶《かな》えて差し上げたい。それが救われた者の絶対の使命であり、誇りである。

柱の設置と起動作業にも赴いたし、ルクレツィア学園の学芸員としても侵入したし、元公爵領にも教主として潜り込んだ。

あの方の願いはミルグレインの願いでもあるのだ。それを成し遂げるためなら、自分の命すら惜しくはない。

「でもダンナ、なんか隠し事あると思うけどねぇ。ほら、時々壁に向かって話してたり、変な独り言言ってたりするだろ？　あれ、気にならない？」

「ならない。あれはマスターがあの謎の怪物と対話するために必要な工程に過ぎない」

「あれ？　知ってたんだ」

マスターから直接聞いた話ではない。何度かそういう場面を見かけるうちにカラクリがわかっただけだ。

どういうつながりなのかは知らないが、マスターには謎の怪物が陰の協力者としているようだった。ミルグレインたちが操る黒い霧の根源で、実体を持たないことはわかっているが、それ以外は全て謎に包まれている。

しかしそれはミルグレインには関係のない話だ。マスターの背後にどんな存在がいたとしても、自分がマスターの役に立つことさえできればそれでいい。

「当然だ。そんなことでマスターへの忠誠は揺らがない」

「ふぅん」

つまんないなぁ。そうジャクドーが呟《つぶや》くのをミルグレインは聞いた。

その言葉にミルグレインはまたムッとする。昔からジャクドーは結社にとってあまり忠誠の見える言動をしてこなかったが、この頃それがさらに顕著な気がする。

任務中に勝手にいなくなることはもはや当たり前で、周囲をあおって疑心暗鬼にさせたりなど目に余る。それでもマスターが何も言わないせいで罰することもできないし、かえってこの男が調子に乗るのを助長させてしまうばかりだ。

ジャクドーは結社結成以来の古株だという。マスターはなぜこんな男をそばにずっと置き続けているのか。

「ま、そういうとこがミルくんらしいもんね。じゃあ、俺は野暮用があるから」

「待て、どこに行こうというんだ」

「ん？　ん～、まぁ、墓参り的な？　安心しなって、仕事はちゃんとやるからさ」

そう言ってジャクドーは浮立ってどこかへと去っていった。こんな時刻に何の用があるというのか。やはりこの男の言動はイチイチ信用ならない。

ジャクドーの背中を見送り、ミルグレインはフードを外して一人紅蓮《ぐれん》の炎を眺める。その首筋に痛みが走る。

首全体を覆う高い詰襟の隙間から、黒い茨のような模様がじわじわと顔に向かって枝を伸ばしていた。この頃忙しさの余り浄化を怠っていたのがまずかったらしい。

「……〝アレクシア〟」

コードネームを呼べばすぐに暗がりから一人の少女が現れる。頭と全身を覆う白いローブの隙からわずかに赤い毛先が見えている。

ミルグレインはアレクシアと呼んだ少女の手を摑《つか》む。二人の手を包むように黒々とした光が灯《とも》る。それは少女の腕を伝って移動し、彼女の胸元にある赤いスクエアカットの宝石に吸い込まれていく。

黒い光……呪術を扱うため体内に埋め込んだ呪石の発する黒い霧の瘴気《しょうき》を吸い、赤い宝石は輝きを増していく。間もなく摑んだ手から瘴気が消え、ミルグレインは手を離す。

今にもミルグレインの顔まで伸びてこようとしていた黒い茨の紋様は、その枝を服の下まで引っ込めていた。これでまたしばらくは持つだろう。

〝アレクシア〟は物言わぬままその身に淡い光をまとわせていた。瘴気を大量に浄化したことでクールタイムが発生しているようだ。

かつて聖女としてフィリアレギス領で反乱をあおったときよりは、半日も昏睡《こんすい》しなくなっただけマシになったが、今でも浄化効率は良くない。マスターの命令で、あれ以降も各地を移動して能力を使わせ続けたが、この様子では今後も大して期待できないだろう。

（やはり代替品ではこの程度が限界か……）

十数年前のスフィリア戦争時、予定外に目的の人材を確保できず急遽《きゅうきょ》用意し、今日まで使い続けたこの娘もどこまで持つか。計画も終盤だから壊れても別に構わないのだが。

旧公爵領での火事で本物のアレクシアを手に入れていたら、こうも面倒な話にはならなかっただろうに……プラティナ王国の幻の王女は今どこにいるのやら。

浄化を終え、ミルグレインは燃える村に背を向けて振り返る。そこにはうっそうとした木々に隠れるように広がる巨大なクレーターがあった。

むき出しの岩肌の底には、漆黒の楔……モノリスが一つポツンと中心に立っていた。黒い霧をまとい、周囲に瘴気を振りまいている。

懐から一本の短杖《たんじょう》を取り出す。世間では『聖ルクレツィアの法杖』と称して崇《あが》められている聖遺物である。

その封印を解き、あらかじめ渡された術式の断片を刻んでクレーターに投げ入れる。岩肌を転がり落ちた杖《つえ》がモノリスにぶつかる。次の瞬間、天に届かんばかりの巨大な火柱が上がった。

杖を呑《の》み込んでモノリスが液体のように崩れ、まるで地下水が湧くかのようにどんどんと地上へせり上がり、クレーターの縁からこぼれそうになる一歩手前で止まる。

「……これでいい」

あっという間に、目の前に黒い霧の池ができあがる。魂柱《たまばしら》の起動を見届け、ミルグレインは満足げな笑みを浮かべた。

六章　潜入捜査再び

イーリス帝国。アストレア大陸に現存する最大の国であり、直近までプラティナ王国にとって同盟国でもあった国。

魔法や魔術に対して異常な敵愾心《てきがい》を剝《む》き出す一方、アルマ・リアクタを用いた独自の技術と文明により発展し、この上ない繁栄を享受する国。

「……話には聞いていましたけど、実物を見るとやっぱりすごいですね」

「……そうね」

イーリス帝国の帝都メルド、その中央大通りに立ってレティシエルはジークと一緒に帝都の街並みを見回していた。

ラピス國《こく》のような完全な鎖国ではないとはいえ、イーリス帝国もなかなか保守的な国ではある。かつての同盟国と言いつつ、王国内では帝国の内部の様子などは詳細には伝わっていなかった。

あるのは案内本の特集や旅の者の描いた風景画など、そこから派生した噂話《うわさばなし》程度。おかげでレティシエルは初めて目にする街の様子に目を白黒させるほかない。

「あの塔などどういう仕組みで建っているのかしら……」

「それを言いますと、あちらの建造物も見たことがない形です。あれはどういう建築様式なのでしょう……？」

「本当に王都ニルヴァーンとは全然違うのね……。任務のことも忘れるんじゃないぞ」

「おい、お前ら。驚くのはわかるが、任務のことも忘れるんじゃないぞ」

そんなレティシエルたちの様子に、ルーカスはやれやれとどこか呆《あき》れ気味だった。

今回の任務では、なんとルーカスまで同行していた。度重なる戦とドラコの裏切りによる心理的負担を考慮して戦地から外されたとか何とか。

前線の主力が全員諜《ちょう》報《ほう》に回ってきたのでは防衛に支障が出るような気がしたが、ライオネルは頑《かたく》なに大丈夫だと言い張っていた。

帝国軍は既に半瓦解状態にある上、王都から送られてきた最新の精鋭部隊の戦果も著しく、今であれば帝国相手だろうとこの兵力で対処できると。

(それにしたって油断しすぎな気がするのだけど……)

何かあればすぐに連絡できるよう、向こうには伝達魔術で形作ったハトを置いてきたし、転移でいつでも戻れるようにはしているが、それでも油断は油断だ。ライオネルの考えはわかるようでわからない。

「大丈夫ですよ、忘れてませんから。帝国の国内捜査ですよね？」

「そうだ。わかってるんならいい」

そうして前線の戦力を割いてまでライオネルがレティシエルたちに調べてきてほしかったのは、ここ最近の帝国内の実情だった。

どうやら近頃イーリス帝国内では妙な事件が多発している、とはライオネルからの情報である。なんでもあちこちで火事が頻発しているらしい。それも火元不明の不審火。一度燃えると手が付けられず、結果建物が全焼するまで火が消えることはない。

『また帝国が何か企《たくら》んでいるかもしれませんからね。調べてきてくれませんか？』

裏切り者のドラコが処刑され内通者がいなくなったことで、活性化していた帝国の動きが再び鈍り、王国軍によって手痛い追撃を喰《く》らうこととなった。

この謎の発火事件が原因で国内から前線への支援が行き届いていないのだ。皇帝の死から立ち直った矢先に、今度は国内で火事。

しかもそれは帝国軍の施設にも及んでいるようで、一週間ほど前に帝国屈指の軍事都市であるキャメロンの保管庫が置かれている近隣の村がまるまる一つ焼け、決して小さくない被害を受けたばかりである。

これだけタイミング良く帝国にとって不都合なことが起こるということは、帝国内で何者かが暗躍している可能性があると、そうライオネルは言っていた。

（と言っても、これまたどうしてわざわざ私たちにお願いするのかしら……）

その言い分には納得できるのだが、この人事には未《いま》だに納得できていない。

ここ最近……正確には敵陣潜入任務以来、ライオネルはなぜかレティシエルをやたら諜報任務に回したがるようになっていた。

命令だから従いはするが、自分はそんなに隠密《おんみつ》に向いていないと何度も進言しているのに、一向に改める気配もない。

そこまでこだわるというのなら、ライオネルにとってレティシエルを指名することで任務上何か都合のいいことがあるはずだが……残念ながら全く覚えがない。

「……ねえ、ジーク」

「はい、なんでしょう？」

「殿下はどうして私に諜報任務をやらせようとするのかしら？」

隣に立っているジークに何となく質問してみる。

いきなりの問いにジークはキョトンとしていた。自分でも急に妙なことを聞いている自覚はある。

「それは、私にも……やっぱり魔術の存在が大きいのではないでしょうか」

驚きながらも、ジークはレティシエルの質問にきちんと答えてくれた。

「そんな理由？」

「きっと殿下にとっては重要なのでは？　その力はこの世界に二つとないという意味ではやっぱり尊ぶべきものでしょうし」

「……そういうものかしら」

魔術の行使自体はレティシエルの専売特許ではなくなっているし、例の木片の登場で必ずしも魔術が最高の手段でもなくなっているが、それでもそういうものなのだろうか。

「しっかし広いな、地図とかないか見てくるからお前らここでちょっと待ってろ」

「あ、はい」

そう言ってルーカスは城門脇の窓口のような場所へと消えていった。そばにかかってる看板から、そこが案内所であることが読み取れた。

「……私たち、通りすがりの旅人という設定で良かったのよね？」

今一度ジークに設定を確認する。前回のように一人ではなく複数人での潜入なので、あらかじめ任務でのお互いの役割をジークたちと相談して決めておいたのだ。

「ええ、家族で旅をしている旅人の集団です。元は王国との国境付近の村に住んでいましたが、戦火で焼き出されたという設定ですね」

「その際に家を失い、今は定住先を探して旅をしている……見た感じ旅人は多いみたいね」

先ほどから背嚢《はいのう》を背負った旅装束の人々が頻繁に城門をくぐってきている。帝国内では今旅が流行でもしているのだろうか。

「よう、戻ったぞ」

しばらくして窓口からルーカスが戻ってきた。

「おかえりなさい。地図はもらえました？」

「おう。他地方からの旅人だって言ったらすんなりくれたぞ。ほら、お前らの分」

三つ折りに畳まれた二枚の羊皮紙を、ルーカスはレティシエルとジークにそれぞれ手渡す。年季が入っているのか、紙は黄ばんで少しよれている。

「それからエルにはこれも渡しておく」

「……？　財布？」

「いるだろ。必要に応じて使ってくれて構わない」

「ありがとうございます、お父さん」

今回、レティシエルたち三人はただの旅人ではなく、親子の旅人ということにしている。普通に旅人というだけでは、人によっては怪しく感じることもあるだろうから、その疑惑の可能性をつぶすための親子設定だが、帝都に旅人が多いのなら紛れやすそうだ。

ちなみにレティシエルとジークは、ジークのほうが身長が高いので兄ということになっており、レティシエルの名前については敵名として認知されている『魔道士シエル』を少し変え、『エル』と呼ぶことになっている。

「そうなると、ジークのことも呼び方を改めたほうがいいかしら」

「え、呼び方ですか？」

「ええ。お父さんと兄さんでしょう？」

「！」

そう言った瞬間、タイミング良く水を飲んでいたジークが咳《せ》き込んだ。どうやらむせてしまったらしい。

「どうしたの？　大丈夫？」

「だ、大丈夫です。呼ばれ慣れていなくて……」

軽く咳《せき》をして呼吸を整え、水筒をしまいつつジークはそう言って困ったように眉を下げて微笑《ほほえ》んだ。

「唐突だったかしら？」

「ええ……そこまで無理して呼ぶ必要はないんじゃないでしょうか。兄、妹と呼び合わない兄妹もいると聞きますし」

「なるほど……」

「それに慣れない呼び方は、呼ぶ方も呼ばれる方も適応するのに時間が必要でしょうし、これまで通りでも違和感はないのではないでしょうか」

それを言われるとレティシエルも、ジークを兄呼びすることに慣れているわけはない。むしろ違和感はある。

兄と呼んでも呼ばなくても不自然ではないのなら、自然体が一番いいかもしれない。変に慣れない演技をして、ふとした瞬間にぼろが出てしまうのも困るだろう。

つい最近も、疎開屋敷でミランダレットたちが呼び慣れない『シエル』という名前に苦戦していたのを見たばかりだ。

「ではこのままジークと呼ぶことにするわ」

「名前呼びはできるだけ避けたいが……ありふれた名前だから、下手に誤魔化すよりいいかもしれないな」

レティシエルの結論に、横からルーカスが追加でそう言ってきた。ジークがどこかホッとしてように見えるのは気のせいだろうか。

「……ところで、ジーク」

「はい？」

「その敬語くらいは、ひとまずやめない？」

それでももう一つ気になることがあった。藪《やぶ》から棒《ぼう》にそんなことを言い出したレティシエルに、ジークは少々戸惑っている様子。

「え……それはまた、なぜ？」

「今回、私たちは兄妹という体でしょう？　年下の弟妹に敬語を使うのは、それこそ少し不自然じゃないかしら？」

「それは……そう、かもしれません」

レティシエルも前世では兄弟はいなかったが、それでも周りに兄弟持ちの人はいた。みんな下の兄弟に対してはラフな口調で話していた。

こちらの時代では上の兄弟と会話したことあるし、そのときは確かに敬語だったが、サリーニャとフリードとの半他人のような兄弟関係を、一般的な常識として考えてはいけないような気がする。

「……」

しかしジークはどこか悩んでいる様子。よくよく考えてみれば、これまでもジークは同級生も教師も関係なしに、全ての人に一律敬語を使ってきた。そういう癖なのであれば、今ここで修正するのも難しいか。

「えっと、親が違う兄妹だから敬語を使っているというのは……」

「……設定がややこしくなるだけだわ」

「ですよね……」

「いいわ、今の話は忘れて。そこまで無理してもらわないといけないことでもないし、万が一のときは『兄はこういう性格なんです』とでも言っておけばいいわ」

「ハハ、なんか……すみません」

「……ん？　何だお前ら、何コソコソ話してるんだ？」

「なんでもありません、お父さん」

申し訳なさそうにジークは頭を掻《か》く。見ていた地図から顔を上げたルーカスが怪訝《けげん》そうな顔をしたので、大丈夫だと一言言っておいた。

「……そうだ、お前ら」

「？」

「帝都の街、見て回ってきたらどうだ？　二人で」

「……遊びに来たわけではないのですけど」

「そんなことは知ってる。ただ右も左もわかんないところじゃあ、むやみに動いてもから回りするだけだろう」

「それは確かにそうですね」

「情報は焦ったところで入ってこないときは入ってこないんだ。初日くらい自分たちのために使ったらいい。それに俺たちは今旅人だろ？　観光ついでに街を歩き回っても何も違和感はないだろ？」

「……」

そう言われるとそうかもしれない。観光のくだりについてはさておき、初めての街で情報収集のために動くのはむしろ必要なことだ。

それにこのまま宿にこもったところで情報は入ってこない。新聞からだけではなく、実際目にする情報も重要だろう。

「そういうことでしたら……お言葉に甘えさせていただきますね」

「おう。じゃあとっとと宿取りに行くぞ。早めに部屋確保しておかないと、夕方以降に苦労するからな」

カバンを背負い直してルーカスが歩き出す。その後ろをレティシエルとジークもついて行った。

帝都の宿屋となるととんでもない数があるのではないかと思ったが、ルーカスは既に泊まる宿屋のあてがあるらしい。迷う様子もなくスタスタ進んでいく。

たどり着いたのは、大通りから数本内側に入った通りに面したこぢんまりとした宿だった。人通りもそこそこ多く、かと言ってうるさすぎもしない絶妙な場所だ。

「またいい場所を選びましたね」

「だろ？」

宿のカウンターに向かえば、まだ空室状況にはかなり余裕があった。三人分の部屋を取り、鍵を受け取って階段を上る。

目的の部屋は宿の三階の角部屋とその手前の二部屋。軽く相談した結果、角部屋はルーカスが使い、残りの二部屋をレティシエルとジークが使うことになった。

「では学園長……いえ、父さん、行ってまいります」

「おお、行って来い行って来い」

いったん部屋に荷物を置き、ルーカスの部屋まで出発の合図をしにいく。ドアを開け、中を覗《のぞ》いてジークがそう言った。

こちらに手を振り返すルーカスは、もう早速テーブルの上に書類とペンを用意していた。ライオネル宛の報告書でも書くつもりなのかもしれない。

「お待たせしました。行きましょう」

挨拶を終えてジークは部屋のドアを閉じ、レティシエルのほうを向き直った。そしてカウンターにカギを預け、再び通りに出る。

「まずどこに行きましょう」

「案内所なんてどうです？　あそこが帝都で一番人の出入りがある場所でしょうし、何か面白い話が聞けるかもしれません」

「そうね、じゃあそうしましょうか」

案内所というと、先ほどルーカスが地図をもらいに行ったところだろうか。広げた帝都地図を片手に、レティシエルたちはそこへ向かう。

帝都の南門付近に位置する観光案内所は三階建ての巨大な建物だった。入り口の脇には多くの馬車が止まり、人がひっきりなしに出入りしている。人の流れに乗ってレティシエルたちも中に入る。

利用者の半数は服装から推察するに旅の者のようだ。屋内は広いホールになっており、木目調の床と壁がこちらを温かく出迎える。

「観光案内所へようこそ。どういったご用件でしょうか？」

入り口をくぐるなり声をかけられた。声の主は白いブラウスに紺色のスカート姿の女性だった。ここの従業員らしい。

「地方から旅してきた者ですが、最近の帝都の状況を知りたくて。ここは新聞などは読めるのですか？」

「それならあちらのコーナーがそうですよ。直近二年分の新聞を取り置きしております」

「ありがとうございます」

従業員の女性が案内してくれたのは、ホールの窓際にある、テーブルと椅子が並べられた空間だった。その奥の壁際には本や新聞が詰められた棚が並んでいる。

「二年分の取り置きって、かなりの量よね？」

「そうですね……それだけ帝都では新聞は重要な情報源ということでしょう」

本棚に近い位置で空いている席を確保し、レティシエルは新聞を取りに行く。棚の上の壁には最新の一面記事が大きく貼り出されている。

『帝都メルド郊外の倉庫群で謎の爆発　連続不審火事件と関係が？　長引く調査に不安の声も』

日付は三日前。ざっと文字を追ってみると、無人倉庫の地下が中心地だったらしく、怪《け》我人《がにん》はいなかったが原因不明のため今も調査が膠着《こうちゃく》しているという。

気になる記事ではあるが、ひとまずは新聞を一年分ほどかき集めた。貸し出しは不可のようなので、新聞から読み取った情報を紙にメモして後ほど整理するとしよう。

しばらく黙々とひたすらメモを量産し続ける。意外と同じことをしている人は多いので不自然ではないと思うが、丸一日居座るのはさすがに怪しいと思うから、ほどほどのところでいったん切り上げる。明日以降にこまめに通えば大丈夫だろう。

案内所を出てからは地図を片手に帝都の中心部を歩く。どのくらいここに滞在するかわからないが、スムーズな情報収集のために地理を把握しておくのは重要なことだ。

先日帝都で起きた火事の現場にも足を延ばしてみたが、ここはどうやら不審火ではなく、ただ暖炉の炎が飛び火しただけだったらしい。国内で火事や爆発などの事故が起きている中では、みな神経質になっているのだろう。

「……一通りざっくりは回れたかしら」

歩き回っているとあっという間に日は暮れる。オレンジ色に染まり始めた空をレティシエルは振り仰ぐ。

あと行けていないのは謎の爆発が起きたという倉庫群くらいだが、街からかなり外れて距離もあるので、時刻的に今から行くのは厳しそうだ。

「ほかの細かい場所はありますが、重要な場所はだいたい行けたのではないでしょうか。例の郊外はどうします？」

「そうね……また後日にしましょう。事故からまだ日が浅いみたいだから現場はまだ封鎖されていると思うし、先に他を当たったほうが良さそうだわ」

「ですね。それに長旅でエルも疲れているでしょうし、今日は早めに休んだほうがいいかもしれません」

「……！」

一瞬フリーズした。半テンポ遅れてジークがこちらの名を呼び捨てしたことに気づく。

言っては何だが、偽名でもレティシエルは同年代の人から名を呼び捨てにされることはあまり多くない。

前世ではレティシエルを愛称で呼んでいたのもナオだけだったし、こちらの世界に来てからも友人にはずっと様付けで呼ばれていた。

「……そんなに驚きます？」

「ごめんなさい、何せ帝都に来てからそう呼ばれたのは初めてだもの」

「……いい加減、面白がっておかしな名前で呼ぶのはやめようと思いまして」

周囲に声が聞こえることを考慮し、遠回しに本当の理由をぼかしてジークが言った。

レティシエルも話を合わせせる。同世代の人に呼び捨てにされたことが少し新鮮でもあった。

「良いと思う。こっちのほうが自然だわ」

そう言ってレティシエルが頷《うなず》いて微笑《ほほえ》むと、ジークもホッとしたように頬を緩めた。言い出すタイミングをずっとうかがっていたらしい。

「とはいえ宿はもうすぐそこだから、今日はもう呼ぶ機会はなさそうだけど」

「自分でも遅いと気づいていますからそこは追及しないでください……」

イーリス帝国帝都に潜入して一日目、任務の片手間にレティシエルはつかの間肩の力をほんの少し抜けたような気がした。

＊＊＊

帝国内での怪しい動きを調査するための潜入ではあるが、一言で『怪しい動き』と言ってもどこから探るべきか、手掛かりがわからない。

そんな中、イーリス帝国の各地では原因不明の不審発火事件が頻発している。これを調べることで何かしらの糸口が摑《つか》めないかと思い調べ始めたのだが、その情報はレティシエルでもさほど苦労することなく簡単に集まった。

「まだ潜入して三日目なのに……」

取っている宿屋の部屋で、レティシエルはジークとテーブルに向かい合わせで座りながら目の前の資料を広げていた。

そこには大量の資料や新聞の切り抜きが並べられていた。全て連日街を駆けまわって入手したものだ。

「まぁ、これだけ連日帝都の新聞をにぎわせているのなら、これだけあっさり情報が集まるも頷けますね」

そうなのだ。王国同様帝国でも新聞は庶民の読み物として広く普及しているが、その紙面には連日のように発火事件の報道ばかりが並んでいた。

帝国入りしてから実際に発火事件が起きたというニュースは聞いていないが、起きていなくても事件のことは既に全国民が気になってやまないものとなっているのだろう。

「戦争の話か、この事件の話か……ここ数日の新聞は追ってみたけど、一面の記事を飾っているのはいつも同じ事件ばかりだわ」

「そうですね、あとは調査が続く倉庫群爆発事故のことくらい……ただ案外緊急時の新聞はこんなものではないですか？　ミュージアム襲撃のときも、数日の間は新聞で連日持ちきりでしたし」

「あら、そうだったの」

屋敷でルヴィクは新聞を定期購読しているが、レティシエルには馴染《なじ》みがないものだから毎日はチェックしていなかった。なるほど、新聞も毎日読んでいなければあっさり情報を逃がしてしまうのか。

「情報が多いのはありがたいけど、これだと何がなんだかね……」

「はは、そうですね……」

爆発事故のあった倉庫群の現場は、今も全面封鎖されていて立ち入れない。ただ情報自体は入ってきている。かなり大規模な爆発だったようで、事故発生の夜には天まで届くほどの巨大な火柱が目撃されたという。

爆心地は大きく円形に陥没し、その上にあった倉庫は全て飲み込まれて倒壊したが、どうもこの場所では昔にも別の爆発事故が起きていたらしい。

プラティナ王国と同盟を結ぶ以前のことで、当時は住宅街だったので死傷者は計り知れなかった。その後は陥没地を埋め立て、人の居住に向かなくなったので倉庫地区として転用されて今に至る。

「ひとまず、学園長が帰ってくるまでにはどうにか整理できれば……」

「頑張りましょう。でなければ殿下への報告もままならないもの」

レティシエルが本陣に置いてきた伝書魔術のハトは、昨夜早速ライオネルから進捗を訪ねる文が来た。

就寝前にハトを飛ばしたところ、今朝にはライオネルからの返答と追加情報が書かれた手紙とともに戻ってきた。

ちなみにルーカスは現在街に買い出しに行っている。レティシエルたち十代が若い旅人を装うより、ルーカスほどの年齢の男が壮年旅人を装うほうが不自然ではないという理由による人選だ。

王国内では有名人であるルーカスの顔バレが気がかりだったが、ルーカスが活躍したスフィリア戦争に帝国は絡んできていない。

ここにいない帝国軍の上層部ならいざ知らず、市井の民はルーカスの存在は知っていても顔までは知らないらしい。かつて帝国に留学していたライオネルが言っていたのだから間違いない。これはライオネルからの文に書かれていた情報である。

レティシエルの姿などなおさらだ。戦場ではないこの場所なら、帝国本陣へと赴いたときのような変装も必要ない。実際怪しまれることもなく、時々この目と髪の色に珍しげな視線を向けられるだけで済んでいる。

「ジーク、紙袋か何かないかしら？」

「それならここに。あ、エル、そこのインク瓶を取ってくれますか？　羽ペンも一緒に」

「これ？　はい、どうぞ」

瓶とペンをまとめてジークに渡す。宿の部屋など他人の目がない場所でも、ジークにはレティシエルのことを偽名で呼んでもらっている。

結界魔術や防音魔術、索敵魔術など、防衛用の魔術をこの部屋には余すことなく使ってあるが、魔術を無効化する木片の存在を知ってしまったので万一に備えての対策だ。

先ほどジークが渡してくれた紙袋の中に、レティシエルは新聞の切り抜きを集めては入れていく。その間、ジークはこれまでに知り得た発火事件に関する情報を、改めて紙にまとめ直していた。

この一連の発火事件に対してわかっていることがいくつかある。一つは規則性がないこと。同じような事件は連続しているが、それは一定の周期を踏んでいるわけではなくランダムだ。

二つ目は発生地が被《かぶ》らないこと。一度発火事故が起こった村や街では二度目の事故は起こっていないし、その近所の街でも火事は起きていない。

そして三つ目は、発火した原因となったものは全て不燃物であること。例えば一番初めに新聞に掲載された事故では、民家にある鉄鍋が燃えて事故に至り、二番目の事件では農具用の鍬《くわ》が燃えた。

こんな具合で、一連の事故はどれも妙に不自然なことばかりが目立っている。特に不燃物を燃やすなんて、一体どうやったら実行できるのだろう。

それに、意外と大都市では事件は起きていないというのも重要だろう。中小の街や村のみ狙われているのは、何か理由があるのかただの偶然なのか……。

「こんなところですかね……」

ちょうど山のような切り抜きの整理が終わったタイミングで、ジークのほうも作業が一段落したようだ。

「まとめてみて、どうだったかしら？」

「そうですね……それはこれから考察します」

そう言ってジークは、いましがたまとめ終えたばかりの資料をレティシエルの前に置いた。読んでいいということらしい。ありがたく読ませていただく。

新聞や雑誌でもこの一連の事故は一大トピックのようで、普通に事故のことを書いている記事もあれば、表題であおって犯人やトリックを推察している記事もある。

どれも証拠不十分なのでどこまであてになるかはわからないが、こういう記事の中にヒントが転がっていることもある。それも含めて全ての文章に注意深く目を通していく。

「……あ」

そのときちょうど、隣へやってきたジークが小さく声を上げた。彼は目の前のテーブルに広げた地図をジッと見つめていた。

「どうしました？」

「あの、今気づいたのですが、事件の現場の移動に、ある程度規則性があるように見えませんか？」

「……規則性？」

「はい。これ、見てください」

そう言ってジークが指差したのは、事故の発生現場に印をつけていた帝国の国内地図だった。現場となった場所にバツ印が書かれ、発生した日時も残っている。

「このあたりの事故現場と日付なんですけど、かなり発生のスパンが短くありませんか?」

「あら、本当だわ。この二つの間隔は一か月……こっちは一週間?」

これまでに起きた不審発火事故は全部で十二件ある。それらはほとんど一か月間隔で発生しており、短いものでは三日程度しか空きがない日もあった。

そうした発生期間が短い事故の現場を見ると、どれもそこまで距離的には離れていない場所ばかりだ。

「一か月以上空いている日付はありませんね……」

「つまり一か月に一回は必ず事故が起きていたということね」

しかし、なんのために……?

期間一か月はともかく、三日なんて街から街に移動する時間くらいしかないだろう。犯人は街に到着するなり事故を起こしたとでもいうのか。

それこそ理由がわからない。怨恨からの事件という可能性もあるが、ここまで帝国各地の様々な場所で事件が起きているとなると、無差別すぎて個人的な動機も期待できない。

「それに見て」

「?」

「事故が起きた地方よ。同じ地方内で二度事件が起こったことが一度もないわ」

「……!　本当ですね……」

これは今さっき地図を眺めて気づいたことだ。総督たちが個々に統治する領地によって構成されるこのイーリス帝国には両手で数えても足りないくらい多くの地方がある。

しかし実際に現場と地図を照らし合わせてみると、不思議なことに同じ地方で例の発火事故が二件以上起きているケースは一つもない。一つの事件が起こるたび、犯人はわざわざ地方を一つまたいで移動しているということだ。

おまけに事故の間隔が短い時は、隣接する地方同士が小さい時に限られている。なぜこうも領地を変えることにこだわっているのか。

「やっぱり単独犯によるものかしら」

「どうでしょうか？　これだけ大々的な事件ともなれば、模倣犯による犯行もありそうですが」

「可能性はあるけど、低いのではないかしら。事故が起きた地方が被らないことは、これまでの記事でも誰も気づけていない。こうして地図に全ての情報を並べでもしない限り」

「あぁ……それなら同じ地方に火事が複数件起きていても不思議ではないですよね。なのにそれがない……」

「それに発火理由は全て不燃物からよ。たとえ模倣犯だとしても、不燃物を燃やす方法をそう何人も知っている人がいるとは思えないわ」

ジークと会話を交わしつつ、まだ事故が起きたことがない地方を探す。これまでのパターンから考えれば、それらの地方が次の現場になる可能性は高い。

さらに直近の事故現場の推移から火事が起こりそうな地方を絞り込む。一度も事故がない上に、前回の事故があった地方と隣接する場所……。

その条件を全て満たしている地方が、一つだけあった。帝都の南西にある小さな領地だ。

「次に事件が起こるとしたらこの地方ということかしら？」

「同じ原理で犯人が動いているのであれば、そうではないかと……」

もちろん犯人が今回のみ例外的な動きをする可能性もあるので、事故が起こる条件を一つでも満たしている地方の名前は一応全て書き取っておく。

（そういえば最初に事故が起きた地方の隣って……）

一番初めの火事現場である村から地図に沿ってたどっていくと、その村はある領地と隣接する境界沿いにあった。

ディオルグ総督領。先の戦争でレティシエルが一騎打ちの果てに討ち取った、帝国軍の要人であり戦争賛成派の筆頭であった男の領地だ。この地方でも未《いま》だ発火事故が起きたことはない。

もちろん他にも隣接する地方はあるし、その中にも事故が未発生の地方はあるが、何となく予感めいたものを感じた。問題の村まではディオルグ領が一番近く、もしかしたら犯人はそこから来た可能性もあるかもしれない。

（……？　この村……）

ふとレティシエルの目に一つの村の名前がとまった。先ほどレティシエルが絞り込んだ総督領の中に含まれている村だ。

帝国内でも相当狭い地方なのか、村を示すマークは領地内にいくつか見当たるものの、村の名前まで示されているのはここだけだった。

「リンドガルム……」

それがその村の名前だった。もしかしたら領都だから名前があるのかもしれない。

「しかもここ以外に事故が起きていない隣接地方がない……」

「どうしますか？　前回の事件からもうすぐ一か月経《た》つと思いますが……」

「行きましょう。ここで時間をつぶしていても仕方ないもの」

前線の戦況に余裕があるとはいえ、帝国の調査で何十日もかけてはいられない。情報がある可能性があるなら早めに取りに行くべきだろう。

その後、買い出しから戻ってきたルーカスにまとめた情報と、リンドガルムに行きたい旨を伝えた。するとすぐさま同意が下りた。

「お前らが推理して導き出したのなら、当たりに行く価値くらいはあるだろ」

ということらしい。少し理屈がわからないが、信用してくれているのは嬉《うれ》しいことだ。

荷物をまとめて部屋を引き払い、レティシエルたちは早朝のうちに帝都メルドを出発した。ここからリンドガルムに着く頃には、恐らく昼になっているだろう。

＊＊＊

レティシエルが予測していた通り、太陽がちょうど真南の空を通過した頃に、レティシエルたち一行はリンドガルムの北門にたどり着いた。

「思ったよりも大きいですね……」

太い丸太や木材で組まれた立派な門を見上げ、ジークがボソッとそう呟《つぶや》いた。同じことをまさに今、レティシエルも思っていた。

地図で見た限りでは小さい村のはずだったのだが、予想していたよりも村の規模は大きかった。イーリス帝国の『小さい村』というのはどこもこんな感じなのだろうか。

門の両脇には番人が控えている。格好を見るに恐らく正規の兵ではなく、村の男性が立っているのだろう。革の鎧《よろい》と木の槍《やり》がとても手作り感あふれている。

「まぁ、ここは領の中心らしいしな。ある程度の規模があるのは当たり前だろ」

「そうですね、お父さん」

村に入るための手続きはそこまで時間がかからなかった。旅人が来ること自体少ない村だからだろうか。

「俺はひとまず役場に行くが、お前らはどうする？」

「では私は物資の補給をしてきます。この旅がいつ終わるかまだわかりませんし、道中かなりいろいろ消費しましたし」

ルーカスの質問にジークがそう答える。旅路自体はそこまで長くなかったが、帝都の物価が高く必要最低限の物資しか購入していないので減りも早い。

「私はお父さんと一緒に行きます。何か情報、得られるかもしれませんし」

「そうか。わかった、じゃあそういうことで行くか」

最終的な待合場所を村の入り口前の広場に定め、一行は二手に分かれて移動を開始する。

ルーカスとレティシエルの向かう先は、この村の中心にある役場だ。どうやらこの村では入村後証明証を出してもらわないといけないようで、それを入手するためである。

役場はレンガ調の壁に草ぶきの屋根の簡素な二階建てだった。あとから増築しているのか、中央の建物の左右と後方には建築様式がイマイチそろっていない建物が複数個、いびつな形で接続されている。

「どうする、エル。お前も一緒に来るか？」

「いえ、少しここの広場で聞き込みをしてようと思います。お父さんが戻るまで、何か発見があればいいのですが」

「なら広場から離れるなよ。終わったらすぐ帰ってくるから」

「はい」

そう言い残してルーカスは役場の中へと入っていった。レティシエルは役場前の広場をぐるりと見渡す。

それなりに広い場所だった。中央には立派な巨木がそびえ、その枝からは無数のランタンがぶら下がって地面をほんのり照らしている。出店の姿も見えるし、村の中心だけあって人の出入りも頻繁のようだ。

巨木のすぐそばに掲示板が立ててあるのを見つけた。近寄ってみるとそこには村の地図が貼られており、余白には住民向けのお知らせや新聞の切り抜きなどがあった。

「……おや、旅人さんかい」

しばらく掲示板を眺め続けていると、知らない中年の女性に声をかけられた。両手で荷車を押しており、そこには大量の野菜が積まれている。村の人らしい。

「こんにちは。はい、父と兄と三人旅です」

とりあえずそういうことにして話を合わせておく。それを聞いた女性は感心したように破顔して頷《うなず》いた。

「そうかい、若いのにしっかりしてるねぇ。こんなとこまで来るの、大変だったでしょ？」

「そう、ですね……そこそこ大変でした」

「最近の女の子はたくましくていいわねぇ。うちの坊主にも見習ってもらいたいわ」

やれやれと呆《あき》れるように女性は言った。その言葉に愛想笑いを浮かべながら、レティシエルは周囲の様子をそっとうかがう。

先ほどから、道行く人々がやたらこちらをチラチラと見てくるのだ。迷彩魔術はきちんと機能しているし、特別奇妙な格好をしているわけでもないのだが……。

「嬢ちゃん、もしかして視線が気になるのかい？」

「ええ、まぁ……とても注目を浴びているみたいなので」

「若い旅人って珍しいからねぇ。しかもこう短期間に二人も来たともなりゃあ、みんな気になってしょうがないのよ」

「……？」

しみじみそう言って述懐する女性に、レティシエルは小さな疑問を覚えた。短期間で二人……？

「他にも旅人、いるんですか？」

「いるよいるよ、一週間くらい前に来たばっかりの人がね」

「よく覚えていますね」

「そりゃあ滅多に来ない旅人さんだもの。若い女の人だったのよ。多分それもあってよく覚えてるんだわ」

予想以上に期間が空いていなくて驚いた。この村は旅人があまり来ないのではなかったのか。しかも女性の旅人ときた。

「……女性が一人旅なんて珍しいですね」

「珍しいさ。嬢ちゃんよりは年上だったと思うなぁ」

その女性旅人は、一人でこんな辺鄙《へんぴ》な場所にある街に一体何の目的があって来たのだろう。

「でも、ちょっと変わった人だったねぇ」

「変わった人、ですか？」

「そうそう。こんな暑い中マントは着込んでるわ、顔は布で隠してるわで、正直パッと見は相当怪しげな感じよ」

「……よくそんな人を村に入れましたね」

「いやね、総督様の紹介状を持ってたのよあの人。だから大丈夫だろうって」

「総督様が出している紹介状なんて、よほどのことがないともらえないのでは？」

「そうなのよ。それで無下にもできなくってね」

「誰からの紹介状だったのですか？」

「誰だったかしらねぇ……うちの人から聞いたはずなんだけど……」

女性はそう言って首をかしげた。微妙に思い出せないらしい。彼女の旦那さんがちょうど例の旅人の手続きをした人らしいのだが……。

「……あぁ、そうだわ思い出した！　ディオルグ様よ！」

眉間にシワを寄せること数分、ようやく女性はカッと目を見開いて大きな声をあげた。しかしその口から出た名前は予想外の者だった。

「ディオルグ……」

「あそこの領地、意外と保守的で閉鎖的だから紹介状なんて珍しいって、うちの人が不思議がってたわ」

その後レティシエルは黙ったので、しばらく女性による村自慢と村紹介が続き、用事を思い出した女性は慌ただしく去っていった。

残されたレティシエルの脳裏には、ディオルグの名前がずっと張り付いていた。ディオルグからの紹介状を持ってやってきた、謎の女性旅人。ますます何か裏があるような気がしてならない。

「戻ったぞ……って、エル？　どうした？」

役場に行っていたルーカスが建物から出てきたのはちょうどそのときだった。難しい表情で考え込んでいるレティシエルを見て怪訝《けげん》な表情を浮かべている。

「いいえ、先ほど妙なことを住人の方から聞きまして」

「妙なこと？」

「なんでも、私たち以外にも先日この街に入った旅人がいるようで」

先ほどの中年女性から聞いた話を、レティシエルは手短にルーカスに話して聞かせた。

「ほう？　それが？」

「女性の旅人だったようなのですが、総督からの紹介状を持参していたそうです」

「紹介状か……どこぞのお偉いさんの関係者が来たか何かか？」

「それがそうとも言い切れません。その総督というのが、どうもディオルグのようなんです」

「は？　ディオルグ？」

その名前にはさすがにルーカスも予想外だったらしい。目を白黒させていた。

「とはいえこれ以上の情報がないので、細かいことはわかりませんけど」

「うーん……なんだってこんなところでも顔を出すんだ？　あの男は……」

ルーカスが腕を組んでうなる。ディオルグの関係者がここに来る理由はレティシエルにもよくわからない。

「これも調査したほうが良いのでしょうか？」

「そうだな。その女旅人ってやつが何か重要なカギを握ってる可能性もあるしな」

この戦争の中心的存在であるディオルグの関係者、それもディオルグが紹介状を渡すほどの人物なら、帝国内で怪しげな動きをしていてもさほど違和感はない。

レティシエルの問いにはルーカスも即座に首を縦に振った。この村は次の発火事件現場になる可能性を危惧して来たが、この旅人の調査も並行して行うこととなった。

「……あれ？　エルも父さんもどうかしたんですか？」

資源調達から帰ってきたばかりのジークは、自身がいないうちに方針が固まったことを知らずに首をかしげていた。

＊＊＊

リンドガルムの村に来た翌日、レティシエルは観光を装って村人から例の旅人の話を聞いていた。

もちろん当の本人もまだ旅立ったという話は聞いていないので、妙な勘繰りをされないようなるべく自然を装って情報を集めている。

「あの旅人さんねぇ、昨日から全然食事に手を付けてないいんだよ。あんた旅人だろ？　旅人が好きそうな料理とか知らない？」

　とはいえ一人旅の女性が相当珍しいのか、その旅人の噂《うわさ》はかなり村全体に広く拡散していたのでさほど苦労もしなかった。

「そういえば知ってるか、嬢ちゃん。ノクテット山の山頂に古代遺跡があるって話。あれ最近帝都のほうから流れてきてさ、ほら、あの国境上にある山あるだろ？　あれのてっぺんにお宝があるとか何とか」

「でもあの山って結構険しいって聞いたわよ。あんなとこのてっぺんなんて本当に登れた人なんているの？　偽情報じゃない？」

「いや、もしかしたら踏破できた強者《つわもの》がいたのかもしんないだろ！　嬢ちゃんもそう思うだろ？」

「そ、そうかもしれませんね……」

　予想外に村人たちがおしゃべりだったというのもある。聞いていない世間話にまで無駄に詳しくなってしまった。

　しかし国境上の山か……国境沿いに山脈はあれど山単体となると、あの三国の国境が交わる場所にある山のことだろうか。ノクテット山という名称は初めて知った。

　それはさておき女旅人の情報だ。昨日の今日だからレティシエルも本人を見たことはないが、どうにも村に来て以降一度も外に出てきたことがないという。

さらにその女性は今、村はずれにある農家にお金を渡し、その家の離れに泊めさせてもらっているらしい。小さいとはいえ村にも一応一軒だけ宿があるのだが、わざわざ宿ではなくそんな場所を所望するとは、何か事情があるように思える。

（宿を使うと足がつくと考えているのかしら……？）

千年前などの経験上、公的な金銭のやり取りが発生する施設を敬遠する理由はこれが一番多かったが、この女性の場合はどうなのか。

まだしばらく続きそうな村人の雑談を程々のところで切り上げ、レティシエルは購入した食料の入った紙袋を抱えて宿に戻る。朝食の買い出しの道中なのだ。

「……おぉ、エル。帰ったか」

宿の部屋に戻ると、ルーカスが読みかけの新聞から顔を上げた。その奥ではジークがコップを片手に何か資料を見ている。

家族で旅をしているという設定が原因ではあるだろうが、宿では三人部屋に通されたので二人とは同室だった。

どうせ気心の知れた相手だしレティシエルは別になんとも思わないのだが、昨夜はジークが少し気まずそうだった。しかしあの様子だともう大丈夫そうだ。

「ただいま帰りました、お父さん」

「いきなり買い出し頼んで悪かったな。店は見つかったか？」

「ええ、書いてもらった地図があったので」

「しかし朝食が自己負担というのもなかなか面倒だ」

「手配してくれるところでしか泊まったことありませんでしたしね。エル、お疲れ様です」

「ただいま、ジーク」

ジークに挨拶を返しつつレティシエルは部屋のドアを閉め、すぐに結界と防音魔術を部屋全体に施した。

「……それで？　何か聞けたか？」

それが済んだことを頷き一つでルーカスに伝えると早速本題に入ってきた。

「基本的なことはいくつか。ただ勘繰られたらいけないのであまり突っ込んで聞くことはできませんでしたけど」

「構わん。どうせこっちも来てまだ一日だ。大当たりを引けるとは思ってないさ」

村人たちから聞き出した例の女旅人の情報を手短に伝える。話を聞きながらルーカスは相槌《あいづち》を打ち、ジークはどこからか取り出したメモに情報を書きつけている。

「なるほど……そりゃずいぶんとわけありそうな御仁だな」

報告が終わるや否やルーカスはそう言った。これにはレティシエルも同感だった。

「しかも銀髪か……帝国の人間じゃないな」

これも先ほど買い出しついでに聞いた情報だ。その女旅人は目深いフードのせいで顔はわからないものの、フードからはみ出た髪の色は覚えられていたのだ。

「そうなんですか？」

「あぁ。どうもあれは南のほうでしか見られない髪色らしい。奇跡というレベルではないが、それなりに珍しい」

　言われてみれば千年前のリジェネローゼ王国でも銀髪の国民は見かけなかった。今でいうラピス國《こく》内に国土があったので当然か。

「つまり例の旅人は王国人だと？」

「あくまで可能性の話だがな。王国人と帝国人のハーフという可能性もあるし、まだ何とも言えん」

　今はひたすら情報を集めるほかなさそうだ。とりあえず朝食を摂《と》り、また分かれて聞き込みをしに行くことになった。

（……でも、やっぱり遠回しでは得られる情報も限られてしまうわね）

しかし朝以上に良い成果は出ない。休憩がてらベンチに座ってレティシエルは考える。

例の旅人は宿泊先に引きこもっているというし、散歩を装って近くまで行くぐらいなら平気だろうか。

　本人にお目にかかれずとも、もしかしたら泊めている農家さんとの話で何か参考になる情報が聞けるかもしれない。

（ここ……かしら？）

　そう思ってレティシエルはふらりと村はずれに向かってみた。わかりやすいことに、畑に囲まれた一軒家がポツンと建っている。前庭ではバンダナを巻いたお婆《ばあ》さんが鍬《くわ》を片手に畑を耕していた。

「おやおや、旅人さんじゃあないか」

お婆さんのほうが先にこちらに気づいた。鍬を置いてトコトコと近寄ってくる。

「こんにちは。散歩で近くを通ったのですけど、この辺りってお婆さんの家だけなんですか？」

「そうだよ。昔はもうちょっと村の面積も広かったんだけど、人口が減ってるからね。今は村の収益になる畑にされちゃったんだよ」

「そうでしたか……」

「でも旅人さんみたいな若い人たちが来てくれるんなら、まだこの村もすたれ切ってるわけではないってものよ」

そう言うお婆さんはどこか嬉《うれ》しそうだった。純粋な観光目的ではない訪問なので少し申し訳ない気分になる。

ふと視界の奥の方で何か動いたような気がした。なんだと思ってそちらを見てみると、そこには木のコテージが一つ建っていた。

こちら側に面した窓の内側でかすかにカーテンが揺れるのが見えた。さっきまであそこに誰かいたらしい。

「あぁ、あれが気になる？　あれはうちの離れよ」

「かわいくて素敵な建物ですね」

「あら、嬉しいこと言ってくれるわね」

ということは例の女旅人はあそこに住んでいるということか。見たところ窓は全てカーテンまで閉め切っていて、完全に外部を拒絶している。あそこまで頑《かたく》なに外に出ないのはなぜなのだろう。

気にはなるが無理やり聞き出すわけにもいかないので、この話題には触れず程々に雑談だけ交わしてレティシエルは戻ることにした。

事件が起きたのは、翌日未明の頃だった。


「大変だ！　火事だ！　火事が起きた！」

まだ夜も明けていない薄闇の中、窓の外から聞こえてくる騒ぎにレティシエルは跳ね起きた。外を見ると大勢の村人が松明《たいまつ》や桶《おけ》を持って走り回っている。

「なんだ？　何が起きてる？」

「火事だそうです。外、見てきます」

ルーカスたちも起きてきた。一言断ってからレティシエルは宿の外へ飛び出す。

「あの、一体どうしたんですか？」

そして近くにいた村人を捕まえて質問をぶつける。

「む、村はずれ……」

「え？」

「村はずれの家が燃えてるんです！」

この村のはずれにある家って、昼間に訪れたあのお婆さんの家しかなかったような……。

「！」

そこでレティシエルは状況を察した。すぐに村はずれへ向かう。

予想していた通り、お婆さんの家が燃えていた。母屋だけでなく距離がある離れも燃えており、周囲の畑も一部巻き込んでいた。

「おい、婆さん！　しっかりしろ！」

「うう……」

お婆さんは村人に助け出されていたが、既に左腕と足を火傷《やけど》してすっかり衰弱してしまっていた。

「お婆さん、大丈夫ですか？　何がありました？」

レティシエルを追いかけてルーカスとジークもやってきた。お婆さんのそばにしゃがみ込み、レティシエルはそう訊《たず》ねる。

「……あの子が」

「？」

「明朝旅立つと言ってきたの。だからお弁当を持たせようと台所に……そしたら、花瓶が……」

「花瓶?」

「燃えたのよ……あの子が、燃やして……」

あの子……恐らく女旅人のことだろう。その人が無機物である花瓶を燃やしたことで火事が起きたように聞こえる。

ということはレティシエルの予想が当たってしまったということか。本当にこの村が次の不審火事件の現場になってしまった……。

(そういえば例の旅人は……?)

人ごみの中にもそれらしい人影がないことに気づいた。

火事発生からそう経《た》っていない。まだ遠くに行っていないはずだ。レティシエルは索敵魔術を起動して周囲の気配を探る。

(……いた)

効果範囲を最大にして探知したが、村から少し離れた森の中にポツンと人の気配が一つあった。恐らくこれだろう。

「……お婆さん、失礼しますね」

追いかける前にレティシエルはまず衰弱したお婆さんの手を取る。そして治癒魔術を発動させた。

帝国は魔法のような能力を禁忌としている国だ。本来安易に魔術も使うべきではないのだろうが、このままではお婆さんの命が危うい。迷っている場合ではなかった。

星のような淡い光の粒子がお婆さんの全身を包み、やがて火傷の傷を癒やして蛍のようにまた散っていった。

「あ、あんたは一体……」

近くで介抱していた男性村人が驚きのあまり目を見開いていた。何も言わずに立ちあがり、レティシエルはそのまま村の外へと出る。

「なあ、このあとどうするつもりだ？」

ルーカスとジークもすぐに追いかけてきた。荷物はどうやら宿を出た時点で既に持ち出し済みだったようだ。

「東に向かいます。多分例の旅人はそっちに逃げています」

「東？　索敵したのですか？」

「ええ、急ぎましょう」

お婆さんの言ったことが本当なら、この火事の犯人はあの女旅人だ。状況からして、一連の発火事件を引き起こしているのが彼女である可能性も浮上してきた。

索敵魔術で探知した通りに東の森へ向かう。その間、索敵はずっと続けていたが、女旅人の移動速度はそこまで速くない。まだ十二分に追い付けそうだ。

「……！　エル、あそこ」

森に入ってからしばらく、ジークが人影を目視した。一瞬だけ見えたシルエットはマントをかぶった人物だった。

「ありがとう、ジーク。追いかけるわ」

見失わないよう気を付けながらレティシエルはその後を追う。マントの人物に追い付いたのは、森を抜け武骨な岩場に出たときだった。

「待ちなさい！」

レティシエルがそう叫ぶと、人影も足を止めた。

「あなた、リンドガルムに来ていた旅人よね？　聞きたいことがあるわ」

「……」

「あの村でついさっき不審な火事が起きたわ。燃えた家の家主はあなたがやったと言っている。一体何をしたの？」

単刀直入にそう切り込んだ。

「………フフ」

長い沈黙を経て人影……女旅人は小さく笑った。この状況でなぜ笑うのだろう。というよりこの声、どこか聞き覚えがあるような……？

「昨日のうちに逃げておけばよかったんだわ。そしたらもっと遠くへ行けましたのに」

「……！」

振り向いた旅人の顔にレティシエルは目を見開いた。ずいぶん久しぶりに目にした顔だった。

「あなた、死んだのではなかったの？」

「死んだわよ？　公爵令嬢としてのわたくしはね」

　そう言ってサリーニャは壊れた笑みを浮かべた。生きていたことにも驚いたが、彼女が不審火事件の犯人かと思うとさらに驚愕《きょうがく》した。

「火事の元凶はあなた？」

「そうよ。このキューブを使ってね」

　サリーニャが懐から取り出した白い立方体には見覚えがあった。かつて帝国陣でディオルグと対峙《たいじ》したとき、最後の手段としてディオルグが用いたあの物体だ。あの物体から放たれた炎に呑《の》まれる形で、最期ディオルグは息絶えた。まさかあれはサリーニャから渡されたものだったのだろうか。

「どうして……」

「アハ、教えてあげる義理はなくってよ」

　終始顔に笑みを張り付けたまま、サリーニャはマントを翻して走り出す。それと入れ替わるように無数の人影が両者の間に割って入ってきた。

　薄暗い中でも白い髪と赤く輝く眼《め》はよく見えた。呪術兵だ。どうやら岩場の陰に隠れていたらしい。おびき出されたのか。

「ぎゃっ」

　こちらを見るなり摑《つか》みかかってくる呪術兵の額に圧縮した空気弾をぶつける。

悲鳴を上げて呪術兵が倒れるが、すぐに別の個体が躍り出てくる。こちらも弾丸の数を

増やして対抗するが、倒しても倒しても湧いてくる。

（これはキリがないわね……）

サリーニャの姿はもう見えなくなっていた。索敵魔術を使えば行方を捜すのは簡単だが、この敵の数では振り切るのも一苦労だ。

「おい、エル。ここは俺たちに任せろ」

「え？」

水の魔法をまとわせた義手で敵を殴り飛ばし、振り向くこともなくルーカスがそう言ってきた。

「お前はあの女を追え。見失うわけにはいかないだろ」

「しかし……」

「大丈夫です。私たちもすぐに追いかけますから」

ジークもそう言って背中を押す。少しの間迷ったが、結局レティシエルはこの場を二人に託すことにした。

（サリーニャは……）

呪術兵の群れを抜け、レティシエルはすぐに索敵魔術を発動する。岩場の上へ上へと逃げていく人影が一つ。サリーニャだろう。

「！」

すぐさま後を追ったが、こちらの追撃に気づいたサリーニャがキューブを一つ投げてよこしてきた。

とっさにかわすとそれはレティシエルの前方に落ち、一瞬で炎の壁を形成した。

「それはどんな物質でも燃やすことができる特別な炎よ！　消せやしないわ！」

サリーニャの姿は壁のせいで見えないが、声だけは周囲に反響しながら耳に届いてきた。

なるほど、これまでの発火事件で無機物ばかりが出火原因となったのはそういうわけか。

試しに水魔術を炎にかけてみたが、確かに全く鎮火には至らなかった。消火は諦め、レティシエルは自身に身体強化魔術をかける。

そのまま強く地面を蹴り上げる。身体強化が為《な》されたレティシエルのジャンプは炎の壁を楽々と越え、反対側に着地した。

行く先を見るとさらに炎の壁が複数個あった。逃げるついでにサリーニャが投げていったもののようだ。

壁の高低はあれど、跳躍の高さを調整すればどうってことない。全ての炎の壁を、レティシエルはあっという間に飛び越えていく。

炎の壁を越えた先には崖があった。そのギリギリのところに立ってサリーニャはジッとこっちを見据えていた。

「もう、逃げ場はありませんよ」

「……」

レティシエルが一歩前に踏み出してもサリーニャは微動だにしない。ただその顔が少しずつ歪《ゆが》み、やがて満面の笑みに変わった。

「そう……やっぱりお前はどこまでもわたくしの邪魔をするのね」

「答えてください。どうして王国から逃げたのですか？」

「……裁判から逃れるためよ、当たり前じゃない」

「……意味がわからない。それはあなたの自分勝手な都合にすぎない」

「フフ、お説教なんてお呼びじゃないわ」

不自然に口角が吊《つ》り上がった不気味な笑みを浮かべるサリーニャの目に感情はなかった。何も映していないうつろな瞳が静かにレティシエルに向けられている。

「……あなたがディオルグのところにいた理由は何？」

「あら、根掘り葉掘り聞くつもり？」

「いいから答えなさい」

「まぁいいわ。そのくらいなら教えてあげる」

サリーニャの笑みが一層深まる。崖の上を駆け抜けた風がマントとフードをあおり、サリーニャの銀髪が舞う。

「プラティナ王国を滅ぼしてもらうためよ」

「……え？」

「そのために王国軍の情報も、あなたの存在も名前も教えてやったのに、本当に役に立たない男だったわ。死んで正解ね」

以前、帝国兵がなぜか、秘匿されているはずの『魔道士シエル』の本名を知っていたことがあったが、あれはサリーニャが教えていたのか。

「なぜ、そんなことを……何のために？」

「簡単よ。わたくしを知るあの国が滅べば、わたくしの過去は全てなかったことにできる。わたくしの言葉が唯一の真実になり、そうすればわたくしはもう一度返り咲ける。またあの煌《きら》びやかな世界に戻れる……」

そこでサリーニャはいったん言葉を切る。憎々し気な視線がまっすぐレティシエルに突き刺さる。

「でも、その前にまず真っ先にあなたを始末するべきだったわね。本当、それだけが惜しい誤算だったわ」

「理解できない。国を一つ滅ぼしてまで守りたい秘密など……」

「フフ……」

それ以上レティシエルが何を聞いてもサリーニャは薄ら笑いを浮かべるだけだった。もう何も話すつもりはないらしい。

「……サリーニャ様、あなたをここで見逃すわけにはいかない。あなたを本国に送還します」

「あら、嫌よ。わたくし、もう誰にも捕まってやるつもりはないわ」

そう言うが早いか、サリーニャは懐から取り出したキューブを自分のすぐ足元に叩《たた》きつけた。一瞬の出来事だった。瞬きの合間にサリーニャの身長ほどはある火柱が立った。

「……！　何を!?」

「ウフフ。言ったでしょう？　捕まってやるつもりはないと」

炎はサリーニャの周囲を隙間なく取り囲んで燃えていた。チリチリと風に乗って何かが焼け焦げる臭いがする。サリーニャの服に引火でもしたのか。

「サリーニャ様、バカなんですか？」

「ずいぶんひどい言い草だこと。わたくしは至って正常よ」

「……罪を逃れるために死ぬつもりですか」

「ええ、もちろん。わたくしの命はわたくしだけのものよ、みすみす踏みにじらせるつもりはないわ」

「……歪んでる」

「アハハ！　歪んでる？　わたくしが？　あなたがそれを言うの？　あの家で一番歪んでいたのはあなたじゃない」

陽炎《かげろう》に揺られてサリーニャの姿が歪み、笑い声が爆《は》ぜ音に紛れて不協和音を起こす。

「家のものは何でも壊したし、癇癪《かんしゃく》を起すたびに部屋を破壊していたわ。あなたが泣けば雨が降って、地団駄を踏めば大地が揺れた。それを見てあなたはいつも声をあげて笑っていたわ。物心がつく前から、あなたはあの家の疫病神だったわ！」

「……」

その記憶は、今のレティシエルの中にはない。

レティシエルの意識が目覚める以前のドロッセルの人生は、まだわからないことのほうが圧倒的に多い。

サリーニャが本当のことを言っている保証はないが、今わずかに痛んだ胸の奥は本物だ。いつかその記憶までわかるときが来るだろうか。

「そんなことより、あなたこんなところでわたくしにかまけていていいのかしら？」

「？」

「あの白い少年、名前は何と言ったかしらね？　わたくしがただ逃げ回っていたとでも思っているの？」

「……え？」

白い少年……サラこと仮面の少年のことが脳裏をよぎる。

「どういう……こと？」

全身から血の気が引いていく。今の言葉では、まるでこうしている間に結社の計画がさらなる段階に進んでいるようでは……。

「言葉通りの意味よ。囮《おとり》に使われたのは心外だったけど、あなたのその青ざめた顔が見られただけも甲斐《かい》があったわ」

「……何が起こるというの。あなたはどこまで知っているの?!」

「さぁ？　世界なんてスケールの大きいことに、わたくし興味はなくてよ。知りたいなら自分で確かめに行くことね。あはは！」

笑うサリーニャの表情は本当に楽しそうだった。火は既に彼女の腰あたりまで回っている。じき死ぬというのになぜこんなに笑えるのだろう。

目の前にいるかつて姉だった人物が、レティシエルには今得体の知れない怪物のように見えて仕方なかった。

「あはははは！」

＊＊＊

子供の頃から、いつもすぐそばに嘘《うそ》があった。

最初の嘘は王女アレクシアが公爵領で亡くなったあの事故だった。原因はサリーニャが持ち込んだキューブだった。

それは通りすがりの商人から、選ばれた人だけが使える特別なおもちゃ、と言われてもらったものだった。でもいくら触っても動かなくて、飽きて物置部屋に置いていった。

魔力を吸収してそれを燃料とするキューブが、それに触れた王女の魔力と引き換えに火を噴いた。だけどその罪をドロッセルになすりつけた。それが始まり。

事故の責任を取って王妃ジョセフィーヌが死を賜った日の夜、大人たちの会話を盗み聞きした。ドロッセルが本当の犯人だと思っている人はいなかった。でも誰もそれを指摘しなかった。

嫌われ者の忌み子に全部の咎《とが》を背負わせておけば、誰も余計に傷ついたりしないと、大人たちは笑った。嘘が真実を乗っ取るなんてたやすいと初めて知った。

それからたくさんの嘘を見てきた。社交界での根も葉もない憂さ晴らし用の噂《うわさ》、貴族同士の腹の探り合い、策謀の応酬。人間の負の面をたくさん見た。

人を信じられなくなった。本当のことを言わなくなった。嘘ばかり言うようになった。気づけば本当の自分が何だったのかもわからなくなった。

残されたのは初めての嘘以来、ずっと嘘で塗り固め続けてきた偽者の自分一つのみ。

自分はもう空っぽだ。だから嘘の仮面だとわかっていてもそれだけはなくさないようにしよう。これがなくなれば嘘でも自分を自分だと思えるものがなくなってしまう。

だから王国から逃げた。裁判にかけられれば、全ての嘘は明るみに出てしまう。アイデンティティを失うのは絶対に嫌だった。

そのときふと気づいた。陰に隠れてコソコソする必要はないのだと。あのときの大人たちのように、真実を嘘で塗り替えてしまえばいい。

だから王国が滅べば良いと思ってディオルグのもとに身を寄せた。サリーニャの抱える始まりの嘘、その真実が明らかになる可能性があるのはプラティナ王国のみ。その王国がなくなってしまえば、サリーニャの嘘が今度こそ本当に真実に変わる。

だけどそれも失敗に終わった。すぐそこまであの子が迫ってきている。

あとに残った選択は多くない。全てを諦め罪を告白するか、謝罪を口にして和睦を請うか。……どちらも嫌。

火に飛び込むことに恐怖はなかった。むしろ最後に残ったこの嘘を最後まで守り通したことに達成感すら覚える。

もう選べる道がないのであれば全てをうやむやにしてしまおう。死人に口なし。サリーニャが死ねば、王女殺しの真相を話せる者はいない。

それでいい。それがいい。この嘘、この罪、誰だろうと裁かせはしない。

さぁ、地獄ではどんな嘘が待っているのかしら？

＊＊＊

サリーニャの高笑いは業火《ごうか》の中に吸い込まれ、やがて紛れて聞こえなくなった。

あとには勢いよく燃えさかる炎の音だけが響き、そこに人間がいた痕跡すら跡形もなくなっていた。

「ドロッセル、無事か!?」

遅れてルーカスたちがやってきた。向こうの戦闘も一段落したらしい。

「早く、サラのところに行かないと……！」

決着がついてもレティシエルの焦りは治まらない。自分が知らない間に、サラの陣営では何が起きているというのか。

　あの子の目的は魔術の滅亡だと言っていた。しかしそれだけとは思えないくらい、これまでの動きは手段を選ばないものばかりだったように思う。

「ん？　どうした？　おい、落ち着け」

「無理です。こうしてる間にも結社の計画が進んでいるかもしれないんですよ？　すぐに確かめに行かないと……」

「だから待てって！　焦ってもしょうがないだろ！　だいたいそいつの居場所、心当たりあるのか？」

「それは……」

　あるわけがない。レティシエルはサラの行方や存在を探知できるわけではない。向こうも探られないよう足跡はひた隠しにしている。

「しらみつぶしに探すというわけにもいきませんし……」

「とりあえず近くの村まで戻るぞ」

　ルーカスとジークが踵《きびす》を返して来た道を戻ろうとした。レティシエルもそれに続こうと一歩前に踏み出す。

　その瞬間、視界の隅をよぎるものがあった。

　反射的に振り向いたレティシエルの目に、美しい白銀の髪の少女の姿が飛び込んでくる。

（あの子は……）

見覚えのある後ろ姿だった。腰まである長い銀髪に白い無地のワンピース。靴は履いておらず、陶器のように白い足が直《じか》に地面に触れている。

少女の輪郭はぼんやりと光り、まるで陽炎のように頼りなく揺れている。とても生身の人間とは思えない。

視界の左だけが赤く染まるこの感覚も知っている。間違いない。かつてシルバーアイアンを探すため夜の山に出向いたとき、レティシエルの前に現れたあの少女だ。

「……あなたは、誰？」

『……』

少女は答えない。いつの間にかルーカスたちの姿も見当たらなくなっており、薄ぼんやりとした空間内にレティシエルと少女だけが残された。

『……』

何も言わないまま、少女は静かに右腕をあげる。その右手でどこかを指差している。

彼女の伸ばされた人差し指をレティシエルも一緒にたどる。黒々とした山頂がその先にはあった。

あの方角は……確か三国の国境が交わっている地点だったはず。大陸最高峰のノクテット山がそびえ、国境近辺からであれば各国からその山頂が見えるはず……。

「……！」

そのノクテット山の山頂を、どす黒くうごめく何かが覆い尽くしていた。時々風にあおられるように空中に枝を伸ばすそれは、よく見ると霧状の物質だった。

猛烈に嫌な予感を覚えた。なぜかはわからない。ただ自分が向かうべき場所はあそこなのだと、それだけは強く確信した。

「……い、おい、ドロッセル！」

大声で名を呼ぶ声に引き戻された。目の前にはもうあの少女もいなければ、黒い霧に覆われた山頂もない。

その代わり眉間にシワを寄せたルーカスがレティシエルの顔を覗《のぞ》き込んでいた。後ろでもジークが心配そうに様子をうかがっている。

「……ノクテット」

「ん？」

「学園長、出発しましょう」

「あ？　おい、どうした急に。出発って、どこに行こうってんだ」

開口一番そんな突拍子もないことを言い出したレティシエルに、ルーカスは混乱を隠せない様子だった。

「ノクテット山です。急げば日暮れには間に合います」

「は？　ちょっと待て、なんだ急に」

「……多分、そこにあの子がいると思うのです」

確信もなくそう言うレティシエルに、ルーカスとジークはますます戸惑っていた。特にルーカスは眉間のシワを一層深くさせた。

「思うって……何を根拠に……」

「……根拠があるのかと言われると何も言えません。これはただの私の勘です」

こうとしか説明できないことに少しもどかしさを感じた。だって自分の幻影に教えてもらったなんて、どうやって説明すればいいのか。

「妙なことを言っている自覚はあります。でも、そうとしか答えられないのです」

「……」

「今はどうか行かせてくれませんか？　どうしてもあの場所に行かなくてはいけないのです。誰かがあの山で私を呼んでいる。行かないと、きっと後悔する……」

自分で言っていてなんだかワガママめいているように思えてきて、レティシエルは思わず目を伏せる。沈黙が流れ、誰も動かない時間がしばらく続いた。

しばらくして小さくため息を吐《つ》く声が聞こえた。顔を上げると、根負けした様子のルーカスがやれやれと頭を乱暴に掻《か》いていた。

「……わかった、お前を信じるよ。そんなタチの悪い冗談を言うようなお前じゃないだろうしな」

「……ありがとうございます」

「それなら今すぐ準備をしませんと。私、必要最低限の補給品をそろえてきますね」

「おう、頼んだわ。あんま遠くいくなよ？」

小走りで去っていくジークの背中にルーカスが声をかけていた。レティシエルは無言のまま遠くにそびえるノクテット山の山頂を見上げる。

つい先ほど見たばかりの黒い霧は、山頂付近には見当たらない。代わりに鳥の大軍が影を舞わせていた。霧は無いにしろ、不吉な予感を掻き立てられるのは同じだ。

視界の左が赤く染まる。もう、驚きはなかった。

先ほどまで何もなかった視線の先に、白い少女が立っていた。両手を後ろに組み、こちらを向いている。彼女がはっきりと顔を見せるのはこれが初めてではないだろうか。

風もないのに少女の髪が大きくなびく。顔にかかる髪を払いもせず、赤と青の二色の瞳がこちらを無感情に見つめている。

そこにはドロッセルがいた。正確には少し顔立ちが幼いドロッセルがいた。まだこの体がドロッセルのものだった頃の幼少の姿か、あるいはそれを騙《かた》った何かなのか。

驚きは、なかった。なんとなくそうなのでは、と思っていたことだった。

「……どうして？」

だが、疑問はあった。囁いた問いに対する返答はない。気づいたときには少女は再び消えてしまっていた。

彼女は一体何者で、どうしてレティシエルの前に何度も姿を現すのだろうか。そうしてレティシエルに、何を伝えようとしているのだろうか。

七章　ノクテット山の山頂にて

　イーリス帝国リンドガルムからノクテット山まで、魔術を駆使して全力で急いでも半日は有した。

　おかげで目的地まで到着した頃には昼はとっくに過ぎ、太陽も雲の裏に隠れて灰色の空が頭上に広がっていた。

「……二人とも、大丈夫？」

　山のふもとまでたどり着き、いったん足を止めたレティシエルは後ろからついて来ているジークとルーカスを振り返る。

　道を急ぐために彼らにも身体強化魔術を施していたが、慣れない魔術を使われて疲れていないか心配だった。

「ええ、なんとか……」

「平気だ。ちと体は重いが、まぁなんとかなる」

　ジークは額の汗をぬぐいながら、ルーカスはゴリゴリと両の肩を回してほぐしながら言った。やはりかなり負担にはなっていそうだ。

　あとは山を登るだけなので二人の分の強化魔術は解除し、それからどこまで効果が出るかはわからないが、出発前にジークが準備した疲労回復のハーブティーを、水筒ごと二人に渡しておいた。

（魔術に疲労回復の術があればなぁ……）

今だけは切実にそう思う。この頃いろいろと忙しくて魔術の研究ができていないが、研究してみてもいいかもしれない。

「少し休んでいきますか？」

「いや、必要ない。急ぐんだろ？」

「そうですけど……」

「大丈夫だ、ドロッセル。俺たちのことは気にするな」

そうは言っても、ルーカスの額からは大粒の汗が流れ、息も乱れているのでは説得力がまるでない。こんな状態の彼らを置いてさっさと行くわけにはいかない。

「……ドロッセル様」

「何？」

「先に行っていてください」

その場を動かずにいたレティシエルに、ジークまでそんなことを言い出した。

「ダメよ、こんな状態のあなたたちを置いてはいけない」

「平気ですよ、怪我《けが》したわけではないですし、休めばすぐよくなります」

「それが心配だと言っているのよ」

ルーカスもそうだがジークとて疲労困憊《こんぱい》なのは同じなのだ。それもレティシエルの無茶に付き合わせたことが原因だ。なおのこと放ってはおけない。

「ですが、ドロッセル様には時間がないのではないのですか？　こうしている間にも、この山のどこかで、結社の計画が進んでいるかもしれません」

「それは……」

「……ジークの言うとおりだ。俺たちにかまけてないで、お前は先を急げ。あとから追いかけるからさ」

「……」

確かにそれを言われるとぐうの音も出ない。それでもしばし迷ったが、結局レティシエルは二人の意見を聞き入れ、一人先を急ぐことにした。

「……わかりました、先に行って待っています」

ジークたちに背を向けてレティシエルは山道を登っていく。

道と呼べるのかどうかも怪しい獣道を見上げ、灰色の空を背にそびえるノクテット山の山頂をレティシエルは見据えた。

(……この感覚、覚えがあるわ)

自分は一度この辺りに来たことがある。直近のことだ。そのときは夜だったから気づけなかったが、確かにレティシエルはここでシルバーアイアンを拾った。

「……ここに、何があるというの？」

小さく呟いてみる。返答は、当然どこからも聞こえない。

資材集めのためにここを訪れたときも、レティシエルは同じく白い少女の影を見た。それに導かれるように、ここでシルバーアイアンを手に入れた。

今回もまた、レティシエルは白い少女……ドロッセルの幻影に誘われてここにいる。あのときから、ドロッセルの幻影はここに何かあると気づいていたのだろうか。

幸い、山の頂上に続いている道はこの獣道一本だけのようだ。蔦《つた》や根に足を取られないよう気をつけながらレティシエルは山頂を目指す。不思議と目的地はそこだと心のどこかで確信していた。

身体強化魔術のおかげで、早足で山道を登っても大した疲れはない。一心不乱に坂を進み続けて行くと、坂の終着点が黒々とした穴に吸い込まれているのが見えた。

(洞窟……?)

まだ山頂には届いていないが、獣道はその山肌に開いた洞窟の中へと続いている。どうやら洞窟に入ってもまだ上り坂のようだ。

道なりに行けば山頂に着けるかもしれない。そう判断してレティシエルは洞窟を進む。中は暗いだろうと光魔術の用意はしていたが、思いのほか明るかった。

理由はすぐにわかった。坂道は洞窟内で螺旋状に続いていたが、その一番高いところからかすかに光が降ってきている。

やがて坂の終わりが見えてきた。レティシエルは洞窟を抜け、光の下に出る。目の前の視界が一気に開けた。

山頂部はどうやら巨大なカルデラになっているようで、ここからだとその盆地の中を一気に見渡すことができる。

「ここは……」

そこには広大な街が広がっていた。いや、正確にはかつて街だったであろうもの、広い廃墟《はいきょ》だった。

辺り一面の緑の中に、柱の残骸や石の壁、家屋の土台だったであろう四角いブロックが見え隠れし、苔《こけ》や蔦がそれらを覆い尽くさんばかりの勢いで茂っている。

その様子を見る限り、この街が廃墟になってから今日までかなり長い年月が過ぎたのだと思う。原型をとどめている建物は、ほとんど見当たらなかった。

でも、一つだけ例外があった。草木に覆われて消えかかっている街の中央、崩れかけの周囲の建物よりも遥《はる》かに高く、一つの塔がそびえていた。

頂上付近の屋根の下には、数字が剝がれた白い円盤と、折れて不格好になった長針。どうやらあれはかつて時計塔だったものらしい。

(この朽ち具合……ずいぶん昔の都市なのね)

でなければ放棄されたあと、こうも大地に還《かえ》りかけるほど荒れることはない。

洞窟の外にも崖に沿って下り坂が続いていた。それを伝ってレティシエルは廃墟の中へと降り立つ。

建物が崩れているとはいえ、道に立つとそれなりに左右からの圧迫感はあった。かつては石の道路だっただろう通りはレンガの隙間から雑草が生え、歩くたびに風化した石がパキパキと音をたてて割れる。

家自体は二階の壁が残っているものも多く、最盛期にはかなりの住民がいたのではないかと考えられる。

よく見てみれば建築の様式は石レンガを積んで塗り固めるという、今の世では見ない古い方式だ。この都市が栄えていたのはいつ頃だろう。

「……！」

背後に気配を感じた。ジークたちではない。もっと明確な殺意を孕《はら》んだ気配だ。

振り向くと同時に黒い塊のようなものが飛びかかってきた。とっさに横へ避けたが、先ほどまでレティシエルがいた場所には風穴があいていた。

呪術兵かと身構えたが、風穴にいたのは黒い霧をまとった怪物だった。呼吸とともに口から霧を吐き出し、狼《おおかみ》にも似た形状をしている。

かつて同じようなタイプと戦ったことがある。ロシュフォードが聖遺物を解放してしまったときに野に解き放った怪物だ。この頃結社との戦闘では呪術兵ばかり相手にしていたが、ずいぶん久々に見た気がする。

グルゥゥゥ……。

気づけば周囲一帯から獣の唸《うな》り声《ごえ》が聞こえていた。姿は見えないが、どうやらレティシエルは怪物どもに囲まれているらしい。

（あいつらは……確か無属性が弱点だったわね）

聖遺物の封印を解放することで出現するこの怪物たちの対処法は既にわかっているが、この狭い通りでは立ち回りにくい。

化け物たちと距離を取りながら広い場所を探して廃墟を移動し、最終的に旧噴水広場と思《おぼ》しき場所を選んだ。

無属性魔術は単体では使用できないので、攻撃に使う術式に属性を付与して使う。属性を付与させた風魔術が旋風となって敵を切り裂き、まき散らされる黒い粒子を上空へ搦めとる。

最前列の敵が一掃されても、すぐに後続の敵が湧いて出てくる。

今度は炎魔術で対抗する。地面の石畳の隙間を伝って赤い光が伸び、それが敵の足元まで到達すると爆発音とともに赤い花が咲いた。

炎の花である。熱風にあおられて雑草が燃え、化け物たちは一瞬のうちに火に呑《の》まれて灰に変わる。

（……こいつら、そこまで強くはないわね）

一撃で蹴散らせるのは、これまでに戦ってきた敵の中では少し拍子抜けする部類だ。

術式の規模を拡大すれば、さらに大勢の敵を一網打尽にできた。化け物の数自体は相当だが、やっぱり弱い。

若干の違和感は覚えるものの、敵が弱い以上この状況を有利に使わない手はない。

空に向かってレティシエルは両手を掲げる。その指先を通って緑色の光が宙に舞い、地上から天に風が集まっていく。

普段、大規模魔術を使うときには周囲の状況を常に配慮するが、廃墟で人のいないこの場では派手に戦っても問題ないだろう。

レティシエルの頭上に形成された風の渦は、周囲の空気を巻き込み膨張し、やがて雲をまとって嵐へと変わる。

嵐はレティシエルによる操作で徐々にその範囲を拡大させる。激しく荒れ狂う風に抗《あらが》えるものはなく、木の葉や瓦礫《がれき》、そして化け物たちはあえなく飲み込まれていった。

渦の中では無数の風の刃が、飛び込んできた獲物たちを待っていた。

宙に投げ出され、踏ん張りも抵抗も利かない体勢の化け物たちに、その攻撃が防げるはずもなかった。

「ギシャァァァァ！」

風に乗った化け物の断末魔の声があたりに響き渡る。

これで何十体と一気に倒せたとは思うが、それでも地上に目を向けてみれば未《いま》だおびただしい数の化け物がこちらに襲い掛かろうと機をうかがっている。

(どう片付けようかしら……？)

魔素は魔力のようにある程度使用上限があるわけではないが、大規模な術は使えばそれに見合った精神的疲労がついて回る。

そう何度も連発できるものではないのだが、かと言って小さい術式で削ったところで焼け石に水だろう。

（……自分の心身状態と相談しながら戦うほかなさそうね）

「ドロッセル様！」

ふいにレティシエルを呼ぶ声が聞こえ、後方から光の矢が飛んできた。

矢はレティシエルの正面にいた化け物に命中し、周囲にいた数体も巻き込んで浄化した。飛んできた方向を見るとそこにはジークがいた。

「ジーク?!」

「何とか追いつきました」

まだジークの息は少し上がっていた。休んでは来ていると思うが、ここへ来るまでにまた走ったのだろうか。

「ジーク、平気？　また無理をさせてしまったかしら？」

「そんなことはないですよ。ここに着いたときにちょうど中心部辺りで強い嵐が起きて、ドロッセル様に何かあったのかと走ってきたに過ぎません」

「あぁ……」

先ほどレティシエルが敵を一掃するために使った風魔術のことだ。確かにかなり派手な技だし、遠くから見たら何事かとも思うか。

「しかし、これは一体……」

「私にもよくわからないわ。でもやはりこの場所で正解だったみたい」

「そうですね……あの怪物には見覚えがあります」

ロシュフォードの事件のときは、確かジークもレティシエルと同じ場にいて例の聖遺物の怪物と遭遇していた。

「おい、ジーク！　ドロッセル！　無事か！」

そこへルーカスが少し遅れて駆けつける。彼のむき出しの義手にはわずかに炎が残っていたあたり、ここへ来る道中に化け物と戦闘があったらしい。

「いきなり走っていくもんだから何事かと思ったぞ」

「すみません……」

「まぁいい。ところであの怪物どもはなんだ？　ずいぶん久々に見たぞ」

「それは私にも……。ただサラ……いえ、仮面の少年は本気で戦おうとしてはいない気がします。こいつら、大した強さはありませんし」

「だな。魔法をまとわせてたとはいえ、俺の拳一発で倒せたんだからな」

具体的な威力を推察するのは少々難しいが、ルーカスの体感でも敵が弱く感じられていたのはわかった。

となるとあの子がこいつらをけしかけてきたのは別の理由ということになる。あと考えられるのは足止めか時間稼ぎか……。

「……！　ドロッセル様、あれ！」

ふと何かに気づいたジークが声をあげた。空を見上げ、どこかを指差している。

彼の指し示した場所を振り返ったレティシエルは小さく目を見開いた。空に赤い星が煌々《こうこう》と輝いていたのだ。

「あの星は……」

十数年前、スフィリア戦争の数年前から突如空に出現するようになった赤い星。伝承では世界に災いが訪れる前触れとも言われ、不吉の星と忌避されている。

先ほど山登りのときに見かけなかったのは、そのときまだ雲が多く、隠れていたからだろう。今は空に雲は一片もなく、目を刺さんばかりに赤い星がその存在を主張していた。

「嫌なタイミングで目にしちまったな」

「そうですね……」

ドロッセルの幻影に導かれてここにたどり着いて、この場所で凶星を見る。何もかもが意味を持つように思えてならない。

それにあの星を見たからというわけではないが、さっきからずっと胸騒ぎが止まらない。もし本当に足止めが目的なら、こうしている今にも取り返しがつかないような出来事が進行しているかもしれない。

「行ったらいい」

「？」

「ここは俺たちが引き受ける。お前は思うように動け。やりたいことがあるんだろ？」

どうも見透かされてしまっていたらしい。そこまで焦りが顔に出ていたつもりはなかったのだが……。

「……いえ、まずはこの場を片づけます」

「おい」

「こんな化け物の群れの中に二人を置き去りになんてできませんよ。それに、三人もいればこの群れもなんとかできるかもしれないでしょう？」

「それはそうかもしれないが……」

ルーカスはそう言いかけたが、レティシエルにこの場から引く様子がないのを感じてやれやれとため息を漏らした。

「わかったよ。ならさっさとこいつら、蹴散らさねえとな」

「ええ」

戦闘態勢に入ったルーカスに短く返し、レティシエルはすぐさま化け物の群れへ魔術を撃ち込み始める。

戦力が増えるというのは馬鹿にならない。分かれて戦っていたときよりも、化け物たちが倒れていくスピードは速かった。

「……今ので終わりみたいですね」

やがて最後まで残っていた化け物が倒れ、辺りに静寂が戻ってきた。軽く汗を拭いつつジークが周辺を確認する。

「ありがとう、ジーク。ごめんなさいね、援護を全て任せてしまって」

「いえ、お役に立てるのなら何だってしてしまいますよ」

「それよりこのあとはどうする？　増援が来る気配はないが、ここに立っていても仕方ないだろ」

「……」

「ドロッセル、何か心当たりでも？」

「……一か所、行きたい場所があります」

そう言ってレティシエルは通りを歩き出す。後ろからルーカスたちもついてくる。

根拠も何もなかったが、走るレティシエルの足は自然に時計塔に向いていた。あそこに、恐らくサラはいる。

時計塔の周辺は広場のような空間になっていた。しかし市街地跡であれだけ黒い化け物が現れたというのに、ここは音もなければ気配もない。不気味なほど静まり返っていた。

塔のふもとには、頂上まで続く螺旋《らせん》階段への扉が口を開けていた。元あったドアは蝶《ちょう》番《つがい》が外れて近くに転がっている。

「本当に、ここに親玉がいるのか？」

「まぁ……また勘ですが」

意を決してレティシエルは階段を上り始めた。苔《こけ》と蔓《つる》だらけの階段を踏む足音が、縦に長い時計塔内部に響く。しかしこの螺旋階段、ずいぶんと長そうだ。しばらく上ってもまだ頂上が見えない。

「……ん?」

ふと違和感に気づいてレティシエルは振り返った。

レティシエルが立ち止まると階段からは全ての音が消えた。ルーカスたちの足音が全くしない。

「……ジーク? ルーカス様?」

呼んでみるも返事がない。レティシエルの声だけが石の壁に反響してエコーがかかる。

上り始めるときに確かに後ろは確認していなかったが、最初は数人分の足音がちゃんとしていたのだけど……。

戻ろうかとも思ったが、ここまで上がってきて今さら引き返すのも時間がもったいない気がしたのでそのまま上り続けることにした。

かなり長い階段だったはずが体感は一瞬だった。上り切った先は四角い空間だった。風化で天井の半分以上は崩れ、曇天の空がのぞめた。

四方にも壁はなく、一部だけ辛うじて残った石の手すりの隙間を甲高い音をたてて風が吹き抜けていく。かつては展望台だったのかもしれない。

「来ると思っていたよ」

頭上から声が降ってきた。レティシエルは顔を上げる。

崩落を免れていた天井の頂上付近、柱と柱をつなぐ石のアーチの上に、仮面の少年は空を背にして座っていた。

「だが遅かったな」

「……どういうこと？」

「言葉の通りだ。すぐにわかる」

仮面の奥にどんな表情を浮かべているのかはわからないが、クツクツと少年……サラはどこか楽しそうに笑った。頭にかぶっているフードの隙間から真っ白な髪が覗《のぞ》く。

「ならその前にあなたを捕らえるわ」

「相変わらず勇ましいことだ」

そう言うとサラはアーチの上に座ったままパチンと一回指を鳴らした。

何かの術が発動したか、とレティシエルは身構えたが、しばらく待っても周囲に何も変化が起きない。

「……何をしたの？」

「大したことは何も。ただ時計塔の階段を上る者が、永遠に頂上にも出口にもたどり着けなくしただけさ」

「！」

何気なさそうなその一言に、血の気が引いたのはレティシエルだった。先ほど階段半ばでジークたちとはぐれた記憶がよみがえる。

「助けに行くつもりならやめたほうがいい」

階段のほうを振り返ったレティシエルに、せせら笑いながらサラが声をかけてきた。

「今、あの者たちは異界の中だ。それをどうしようと、こっちの力一つだ」

「……あの二人に何かあったら許しはしないわ」

「なら余計に迂闊《うかつ》な言動はしないことだな。お前の魔術で破れる術ではない。魔術はもう全能ではないんだ。それはしっかりと自覚できたことだろ？」

「……っ」

やはり帝国軍の持っていた魔術無効化の木片は彼からの提供品だったか。レティシエルは無言のままジッとサラを睨《にら》み続ける。

「ここに来てお前に邪魔をされるわけにはいかないんでな。大人しくしていてもらおうか」

「サラ……」

「……その名前も、ずいぶん久々に聞いたな、レティシエル。忌ま忌ましい」

小さく舌打ちする音が聞こえたような気がする。こう呼ばれるのは気に入らないらしいが無視する。

そのまま両者の視線がぶつかり合ったまま時が過ぎていく。ジークたちを助けたいのはやまやまだが、現状事態は完全にサラの優勢に傾いてしまっている。悔しいが、今は機会が訪れるのを辛抱して待つことしかできない。

「……ここからの眺めは素晴らしい」

沈黙を先に破ったのはサラのほうだった。脈略もなく突然そんなことを言い出す彼にレティシエルは眉間にシワを寄せる。

「急に、何？」

「ずっと見ていても実に飽きない。君も見てみると良い」

「興味はないわ。何を企《たくら》んでいるの？」

「……」

雑談に付き合うつもりなどはない。レティシエルがそう切り返すと、サラはしばらくの間黙りこくった。

「……かつてここは、ひどく栄えた大きな街だった」

再び口を開いたと思ったらまた妙な話を始めた。一体その話が何だというのか。

「しかし街は一夜にして滅んだ。大きな戦争の最中だった」

大きな戦争と言うと真っ先に浮かぶのは、レティシエルも生きていた千年前のアストレア大陸戦争。そのときにこの街が滅んだのだろうか。

「本来の予定とは少し違っていたが、結果としては思うように事が進んだ」

「……あなた、一体何を……」

「おかげでこの場所から、魔術は滅んだんだよ」

「……？」

この場所から……？　その言い回しにレティシエルは首をかしげた。それに先ほどの言葉。あれではこの街を滅ぼしたのはサラだと言っているようなものではないか。

「それは一体どういう――……」

ドゴォォン！

思考が中断された。突然周囲に重々しい地響きがとどろいた。

何事かとレティシエルが辺りを見回すのと、灰色の雲の上に向かって無数の黒い柱のような光が突きあがったのは同時だった。

ノクテット山の山頂であるこの場所は盆地のような形で、周りには山の壁が迫っている。黒い柱は全てその壁の外側に見えていた。つまりここではない、王国や帝国の領地内ということだ。

「何が、起きて……」

「黒い池の魂柱《たまばしら》は無事に全て起動できたようだな」

「黒い……池？」

魂柱《たまばしら》？　黒い池？　前者は何のことかわからないが、後者はどこかで聞いたことがある気がする。確かカランフォードの郊外の爆心地であるクレーターの中に黒い池のようなものが……。

（まさか……あれがそうだというの!?）

そういえばその事故が起きた辺りでは、同様の不審な爆発事故が各地で相次いでいた。

あの黒い池がこのために存在していたのだとするなら、他の事故ももしかしてこの魔法陣のために起こされたものではないか。

それに直近に帝都メルドで起きた爆発。あれは結局現場を確認できなかったが、爆発地が円形にくぼんで陥没していたという話だ。

その場所は以前にも同様の爆発が起き、それを埋め直して使っていた土地だ。まさかあれも魂柱《たまばしら》とやらだったのだろうか。

灰色の空が光を帯び、白い魔法陣が浮かびあがった。しかし陣の紋様には見覚えがある。似た形の星座を知っている。あれは……北斗七星？

「……さぁ、始まるよ」

光を放つ魔法陣を見上げ、サラが小さくそう呟《つぶや》いた。こちらに背を向けているから、彼の表情は見えない。

「これでようやく、私の計画が完成する」

雲を突き破って、黒い柱たちが魔法陣目掛けて落ちてくる。

その光によって徐々に魔法陣が黒色に染められていくのを、レティシエルはなす術もなく見送るしかできないでいた。

終章　黄昏《たそがれ》の廃墟《はいきょ》

廃墟の街に嵐が巻き起こった。

ノクテット山の山頂、カルデラの廃墟、その旧市街地の上空に巨大な風の渦が形成されている。

うなりをあげて逆巻く風は、あらゆるものを巻き込んで宙を躍る。廃墟の瓦礫《がれき》、石の破片や木材の切れ端、そして黒い霧をまとう化け物たち。

この場所からは遠く、渦の中の様子までは肉眼では見通せないが、何らかの攻撃術式が織り込まれていることだろう。化け物どもの断末魔の声がここまで響いてくる。

「……」

その様子を、サラは時計塔の頂上からジッと見つめていた。

レティシエルがここに来ることは予想していた。だから聖遺物より解き放った化け物を彼女に差し向けた。

しかし自分から出向くことはしない。サラはただ、この塔の上で彼女が上ってくるのを待てばいい。

『……ずいぶん消極的な姿勢だな』

背後から金切り音にも似た不快な声が聞こえてくる。振り向かずともそれが誰の声か、サラにはよくわかっていた。

「日中に出てくるなと言ったはずだが？」

『我は誰の指図も受けん。それは貴様が一番よくわかっておろう』

チラと後ろに目を向ければ、背中に張り付くように黒い闇が陽炎《かげろう》のように揺れながら忍び寄っている。

「ならその言葉そっくり返してやる。私にも私のやり方がある。お前にとやかく言われる筋合いはない」

『ほう……言うではないか、人間が』

黒い影が不敵に嗤《わら》って揺れ、影の中に浮かぶ赤い眼《め》がこちらをあざ笑うかのように細くすぼめられた。

自分の影からにじみ出ているそれを、サラは無感情に見つめる。これとは既に千年以上の付き合いになる。

この黒い怪物を解放したのは千年前、荒野の中に埋もれる古い遺跡の中だった。彼の望みを叶《かな》える代わりにこちらの計画に協力する、そういう取引のもとでサラと怪物の魂は契約によってリンクした。

以来その能力で何度も転生を繰り返した。途中に何度かハプニングはあったが、ようやくここまでたどり着いた。

怪物のことは今も信用はこれっぽっちもしていない。こいつの存在すらサラにとっては道具の一つに過ぎないのだから。

『しかし、我の同胞どもも弱ったものだ』

建物の影があるギリギリの場所までにじり出し、怪物は未《いま》だ荒れ狂っている嵐のほうを見ている。

『あの程度の術に屈するとは役に立たんゴミばかりだな』

それはサラが弱い聖遺物を狙って解放しているからだろう。強力な聖遺物の数は限られているが、雑魚に限ればいくらでもある。

この大陸には聖遺物と呼ばれる物が点在している。時の流れを感じさせない輝きと不可思議な力によって人間たちに神聖化されているが、その正体を知るサラからすればずいぶんとおかしな話である。

太古の昔、この大陸、しいては世界を牛耳っていたのは、今サラの影に身をひそめている黒い怪物……『古《いにしえ》の漆黒』と称されるモノだった。

しかしそんな怪物もやがては封印される時が来る。そのとき怪物の持っていた能力、まとっていた生物に悪影響を及ぼす黒い霧、その魂、それらは細切れにされて本体から切り離され、様々な物にバラバラに封じられた。

そのうち黒い霧を封じて出来上がったのが、今の世で聖遺物と人間がありがたがっている道具の数々だ。知らないとはいえ邪悪な怪物を神聖と崇《あが》めているのは滑稽以外の何物でもない。

「ゴミでも何でも足止め程度の役には立つ」

『足止めではなく始末が必要なのではないか。あの女は災いにしかならん』

「これでいい。お前は黙っていろ」

何せサラの目的はこの場でレティシエルを滅することではないのだ。

彼女には今後も大いにサラの計画の中で駒として動いてもらわなければいけない。こんなところで死なれるのは困る。

『人間は理解できんな。己の父を殺した女に千年も固執し続けるなど、奇特すぎて理解不能だ』

「……黙れ」

『それとも何か別の目的でもあるのか？　貴様が何を考えていようと魂がつながっている我には筒抜けだが、ただの建前だったりするまいな？』

「黙れと言っているだろ！」

一喝してやれば、黒板をひっかくような耳障りな笑い声を立てて怪物は影の中に引っ込んでいった。嵐は気づけば収まっていた。

空を見上げれば赤い凶星が爛々《らんらん》と輝いている。怪物との契約から千年の間、サラが転生し、その魂に寄生する怪物が目覚めるたびこの星はそれを警告するように現れ続けた。

気づけば爆発音なども聞こえなくなっている。市街地の戦闘は一段落したらしい。なら次にレティシエルがやってくるのはこの時計塔だろう。

（……しかし、あいつはどうやってここを特定したのだろう）

そう遠くないうちに来るだろうと予想はしていたが、サラが思っていたよりもレティシエルの来訪は早かった。だからこそ下級の聖遺物を使って足止めすることになったのだが、誰かこの場所に関する情報を彼女に漏らしたのだろうか。

（可能性があるとしたらジャクドーか、捨て駒に使ったサリーニャあたりか……？）

結社の一員ではないサリーニャはさておき、ジャクドーならやりかねない。プラティナ王国がベバル朝から今のアレスター朝に代替わりした時……盲目王の時代からの腰巾着だが、サラは彼に対して全く信頼心はない。

恐らくそれはジャクドー側も同じだろう。この頃彼がひそかに怪物と個人的にコンタクトを取っていることをサラは知っている。

「……そんなことは今はどうでもいい」

小さく首を振って雑念を払う。たとえ誰が裏切ろうとも、サラは自分の目的さえ達成できればそれで構わない。

そのために長い時間をかけて準備をしてきた。呪術を編み上げ、闇の精霊たちを手中に収め、スフィリア地方を手に入れ、カランフォードやメルドを始めとする各ポイントに楔《くさび》を打ち、それをミルグレインたちが無事発動させた。

ラピス國《こく》を操ってスフィリア戦争を起こしたとき、この体もまだ幼い子供だったが、思えば遠くまで来たものだ。

石のアーチの上に座って廃墟の街を見渡す。ここから一望できる市街地の中心には、水を溜《た》めこんだ大きなクレーターが湖のようになって広がっている。

かつて六百年前、あのクレーターができた原因となる事故を契機に、サラの計画は動き始めた。魔術を滅ぼし、精霊を無力化し、世界から魔素を駆逐する。そうして最も憎き女に最高の復讐《ふくしゅう》を果たす。

あの怪物はそれが理解できないと言うが、アレに理解できてたまるものか。千年間くすぶらせた想《おも》いの真意を知るのは、自分以外誰もいない。

時計塔の下に目を向ければ、ちょうど待ち望んだ者がふもとの広場に駆けこんで来たところだった。

「……早く」

サラのやろうとしていることは、怪物の目指すものとも一致している。だから怪物が裏切ることは、今はまだない。

だから早くここへおいで。もうすぐ大陸に打ち込んだ魂柱《たまばしら》が起動する。それをあの女に見せてやりたい。

(私の計画には〝レティシエル〟が必要なのだから……)

用語集

千年後の世界に転生したレティシエル。
彼女が記したメモの一部をここに公開。

聖遺物

聖人たちの所有物だと伝えられている物の総称。大陸各地に点在している。不可思議な力を内包した特殊な物体で、信仰の対象となる場合も多いが、実際は人体に害を為す黒い霧を封じるための媒体にすぎない。みんな見た目に騙されているのだと思う。

ルクレツィア学園

プラティナ王国王都ニルヴァーンにある、聖ルクレツィアの名を冠する王立学園。貴族家の子息令嬢のための教育機関だが、時たま優秀な平民の入学も認めている。授業のほうはどうでもいいけど、国内二番目の蔵書量を誇る大図書室は魅力的。

ドゥーニクスの遺産

吟遊詩人ドゥーニクスが残したという品の総称。どの物にも色のついた謎の図形が描かれているのが特徴。司書のデイヴィッドがこれを集めているようだけど、いったいどんな目的があるのかしら?

探究者の一族

世界各地に散開しているという古き一族。一族の者は特別な痣を持って生まれるというが、その目的や起源、実態など全てが謎に包まれている。

黒い霧

聖遺物の中に封じられている物質。人に憑りついたり、怪物のような形をとることもある。呪術の力の源である呪石もこの黒い霧と関係があるようだけど、この霧はいったいどこで生まれてどうやってこの世にやってきたのだろう。

GLOSSARY

カランフォードの爆発事故

かつてスフィリア戦争よりも前に、王国南にある避暑地カランフォードで起きた原因不明の爆発事故。その事故によりカランフォードは人が住めない地になってしまい、今では廃墟のようになっている。黒い霧が関係しているのではないかと私は踏んでいるが……。

盲目王

六百年前に前王朝を倒し、今の王朝を築いた初代の王。名前の通り盲目だったという。圧政から民を救った英雄として、今も国民の間では根強い人気を誇っている。

赤い瞳

プラティナ王国では、どうも赤い瞳は不吉なものとされているみたい。短命だとか災いのもとだとかいろいろ言われているけど、確かに言われてみれば私と国王以外周りで赤い目をしている人を見たことは一度もない。時々赤い左目の方に痛みを感じることがあるが、それも何か意味があるのだろうか。

アルマ・リアクタ

イーリス帝国のエネルギー基盤の中枢とも言われる巨大融合炉。構造は国家機密のようで、実態はほとんどわかっていなかった。帝国はこの炉の生み出す力を兵器に転用することで、魔法に頼ることなく強大な軍事力を得たみたいだけど……。

赤い凶星

スフィリア戦争より二年ほど前から、南の空に浮かんで沈まなくなった赤い星。千年の間にも何度か観測されているらしく、この星が空に浮かぶと災厄が起こると言われている。いったいどういう条件でこの星は空に現れるのかしら。気になる。

あとがき

この度は『王女殿下はお怒りのようです』七巻を手に取っていただき、ありがとうございます。八《や》ツ橋皓《はしこう》です。

レティシエルの物語もいよいよ七巻に突入しました。長かったような短かったような……応援してくださった読者の皆様には感謝しかありません。

今巻は一言で総称するなら『転換点』な一巻でした。イーリス帝国との戦に目途が立ち、その裏では白の結社の計画が本格的に始動し、国家規模の諍《いさか》いから一気にレティシエル近辺の事件に収束していく過程を描いています。

また、前巻からは用語集をつけていただけました。物語が展開するにつれて設定や用語もどんどん増えていき、読者の皆様には大変なご不便をおかけいたしました……。お待たせして申し訳ありません！

五巻から始まった第二部の物語も大詰めを迎え、次巻からは最終章とも言える物語が始まります。

これまで謎のままだったラピス國《こく》もいよいよ結社と一緒に動き出しますので、楽しみにお待ちいただけたら幸いです。

最後に担当編集Y様及び拙著の出版に関わってくださったすべての方々、イラストを描いてくださる凪白《なぎしろ》みと様、コミカライズをご担当いただいている四つ葉ねこ様、そしてこの本を手に取ってくださったすべての読者に心から感謝を申し上げます。
それでは、また次の巻でお会いできることを祈っております。

八ツ橋　皓

作品のご感想、
ファンレターをお待ちしています

あて先

〒141-0031
東京都品川区西五反田8-1-5 五反田光和ビル4階
オーバーラップ文庫編集部
「八ツ橋 皓」先生係／「凪白みと」先生係

OVERLAP

王女殿下はお怒りのようです
7. 星に導かれし者

発　行　2021年11月25日　初版第一刷発行

著　者　八ツ橋 皓
発行者　永田勝治
発行所　株式会社オーバーラップ
〒141-0031　東京都品川区西五反田 8-1-5
校正・DTP　株式会社鷗来堂
印刷・製本　大日本印刷株式会社

Printed in Japan ISBN 978-4-8240-0022-4 C0193

オーバーラップ文庫
――そして、少年は〝最強〟を超える。
ありふれた職業で世界最強
ARIFURETA SHOKUGYOU DE SEKAISAIKYOU
WEB上で絶大な人気を誇る
“最強”異世界ファンタジーが書籍化!
クラスメイトと共に異世界へ召喚された“いじめられっ子”の南雲ハジメは、戦闘向きのチート能力を発現する級友とは裏腹に、「錬成師」という地味な能力を手に入れる。異世界でも最弱の彼は、脱出方法が見つからない迷宮の奈落で吸血鬼のユエと出会い、最強へ至る道を見つけ――!?
著 白米 良　イラスト たかやKi
シリーズ好評発売中!!

オーバーラップ文庫
現実主義勇者の王国再建記
Re:CONSTRUCTION
THE ELFRIEDEN KINGDOM
TALES OF REALISTIC BRAVE
この国を作るのは「俺だ」
「おお、勇者よ!」そんなお約束の言葉と共に、異世界に召喚された相馬一也の剣と魔法の冒険は――始まらなかった。なんとソーマの献策に感銘を受けた国王からいきなり王位を譲られてしまい、さらにその娘が婚約者になって……!? こうしてソーマは冒険に出ることもなく、王様として国家再建にいそしむ日々を送ることに。革新的な国家再建ファンタジー、ここに開幕!
著 どぜう丸　イラスト 冬ゆき
シリーズ好評発売中!!

オーバーラップ文庫
ひとりぼっちの異世界攻略
チートに頼らず、チートを超えろ――
[“最強”にチートはいらない]
高校生活を“ぼっち”で過ごす遥《はるか》は、クラスメイトとともに異世界へ召喚される。気がつくと神様の前にいた遥は、数々のチート能力が並ぶリストからスキルを選べと告げられるが――スキル選びは早い者勝ち。チートスキルはクラスメイトに取り尽くされていて……!?
著 五示正司 イラスト 榎丸さく
シリーズ好評発売中!!

オーバーラップ文庫
The Berserker Rises to Greatness.
黒の召喚士
この男、戦闘狂《バトルジャンキー》にして最強!!
見知らぬ場所で目を覚ました男は、一切の記憶を失ってしまっていた。ガイド役に尋ねてみると、異世界へ転生する権利を得た彼は、前世の記憶を引き換えにしてレアスキルを獲得し、召喚士“ケルヴィン”として転生を果たしたらしい。
しかも、この世界の女神メルフィーナまで配下に従えており——!?
最強の死神が、仲間とともに戦場を駆けるバトルファンタジー、堂々の開幕!!
著 迷井豆腐 イラスト ダイエクスト、黒銀(DIGS)
シリーズ好評発売中!!